How to Read Novels Like a Professor

如何阅读一本小说

〔美〕托马斯 · 福斯特 著
梁笑 译

南海出版公司

新经典文化股份有限公司
www.readinglife.com
出　品

献给琳达·瓦格纳－马丁

没有她，我的工作会糟糕很多

目录

前言

不是所有的动物都是猪？

当哈克和吉姆[1]在木筏上南漂时，我们在哪里？我们怎么会与约翰·加德纳笔下的格伦德尔这个怪物产生共鸣？你曾经是露西·霍倪彻奇、利奥波德·布卢姆、亨伯特·亨伯特、汤姆·琼斯和BJ吗？[2]阅读小说可以让我们遇到另外的自己，也许是我们从未见过或不允许自己成为的那类人；可以让我们身处一些我们不可能去到或未曾关注的地方，又不必担心回不了家。与此同时，小说呈现出它自身的可能性：神奇的叙事、自圆其说的把戏、对无论是轻信还是机警的读者都会产生的诱惑。

小说持续的感染力很大程度上在于它的协作性质，读者沉浸在人物的故事中，积极参与着意义的创造。与此同时，他们也享受愉悦，这快乐比从戏剧和电影里得到的间接体验更加私密。作者和读者之间的互动，从第一行就开始，一直持续到最后一个字，哪怕合上书页，

① 《哈克贝利·费恩历险记》的主人公。——本书注释如无特别说明，均为译注。

②分别是《看得见风景的房间》《尤利西斯》《洛丽塔》《汤姆·琼斯》和《BJ单身日记》的主人公。

小说也会长时间萦绕在脑海里。

这是一种真正的互动。小说从卷首语开始，就在乞求被阅读，就在告诉我们，它愿意怎样被阅读，在暗示我们可能会寻觅到什么。是我们读者决定是否将阅读进行下去，甚至决定是否要读这本书。我们还可以决定是否赞同作者看重的事情，用自己的理解和想象来演绎人物和事件，我们不仅仅是被故事，也被小说的方方面面吸引，我们共同创造了意义。我们能铭记小说，让它保持鲜活，哪怕它的作者作古已好几个世纪。积极而投入的阅读对一本小说的生命力来说是决定性的，同时它也能充实读者的生命。

1967 年，小说面临困境，或者说，看似如此。两篇影响巨大的论文发表在美国期刊上（两位作者连名字也悲观得相似[①]），预告了小说的劫数和萧条。法国评论家和哲学家罗兰·巴特在《阿斯彭》杂志上发表了《作者已死》一文。文章中，巴特把解释权，或者说，将意义和符号挂钩的责任，全部给了读者。而作者被他戏称为“打字机”，充其量不过是将文化积淀注入文本之中的水管。巴特否定作者拥有类似于神的权威[②]，而在此前对文学创作的理解里，作者是拥有这一特权的。巴特这么做，不仅仅是淘气。不过他主要支持的，还是积极而有创造性的阅读，这一点，我们有机会在整本书中加以讨论。也许更危言耸听的，是美国小说家约翰·巴斯在《大西洋月刊》上发表的《文学的枯竭》，读上去好像他在讲小说就要完蛋了。其实他主张的是，我们过去所理解的“小说”已经剧终，题目中的“枯竭”指的是小说的潜力被耗尽了。他认为小说必须找到新的可能，以重新焕发活力。1967 年，人们纷纷谈论旧秩序的“死亡”，推崇“新

①分别是 Roland Barthes 和 John Barth。

②权威（authority）可分解为作者－权（author-ity）。

生事物”，标志性事件就是在旧金山海特和阿什贝里街口发生的“爱之夏”运动[①]。

巴斯似乎不知道（尽管就他而言，很多“似乎”并不真诚），援军正在路上。这一年，一位哥伦比亚作家的小说即将出版，还有一位英国作家正在创作另一部小说，它们将提供走出表面上的绝境的道路。英国小说家约翰·福尔斯正在写《法国中尉的女人》，这可能是第一部严肃探讨小说理论变迁的主流商业小说。第十三章开头，作者说，他的伪历史小说不可能是一部传统的维多利亚式小说，因为尽管表面如此，但毕竟“我生活在一个罗伯·格里耶和罗兰·巴特的时代”。小说用维多利亚时代的人物和背景戏弄读者的同时，还提醒他们：这是一部在20世纪虚构出来的小说，它沿袭维多利亚小说的写法有自己的用意。这种文学的“游戏手法”无损于小说的销售，这本书是1969年美国最畅销的小说。毫无疑问，那部哥伦比亚小说正是加布里埃尔·加西亚·马尔克斯的《百年孤独》，三年后有了英译本。它提供的解决方案不是一种“元小说”[②]的游戏，而是日常琐事中寓言色彩的狂野爆发，这就是所谓的“魔幻现实主义”。这些作家和作品改变了一切，以至于1979年，巴斯又在《大西洋月刊》上发表了一篇题为《文学的复原》的文章，他承认，过去十

---

①1967年夏开始，来自世界各地的约十万名年轻人聚集在海特和阿什贝里街区，他们自认为是寻找和平、追求平权、发现新生活方式的一群人，他们展开的“爱之夏”运动将嬉皮士运动推入公众视野。但是，“爱之夏”一开始就被毒品和滥交玷污了，到了10月，露宿街头的嬉皮一族由于高犯罪率、毒品交易、与FBI交恶等原因，以“嬉皮之死”的游行宣告了运动的结束。

②元小说又称超小说，是关注小说的虚构身份及创作过程的小说。传统小说往往关心的是作品叙述的内容，而元小说更关心作者是怎样写这部小说的，小说中往往声明作者是在虚构作品，喜欢坦白作者是在用什么手法虚构作品，更喜欢交代作者创作小说的相关过程。这种叙述就是“元叙述”，而具有元叙述因素的小说就是元小说。

来年发生的改变远超他的想象，可能，仅仅只是可能，小说的确还有前途。他特别提到马尔克斯和卡尔维诺对复兴小说形式所做的贡献。那么，他们“改变了一切”，说的是什么意思呢？是不是其他人都开始复制他们做过的事情？不，即便是马尔克斯他们也没有重复自己。《百年孤独》只此一本，甚至马尔克斯本人也写不出第二本。但这些小说展示了小说形式的潜能，此前，这些形式从未被尝试过；作家对小说做的这些事情，非常新颖有趣，足以让读者欲罢不能。

此外，我相信，以上提到的文章和小说还展现了其他东西：小说作为体裁（文类）的历史。小说总在死去，总是会耗尽它的动力，也总能得到更新，被重新创造。我们或许可以学着像哲学家赫拉克利特那样说，人不可能两次进入同一篇小说。保持不变就是停滞不前。甚至那些因“统一的风格”而备受我们尊重的小说家，如狄更斯、乔治·艾略特、海明威，他们也在不断改变和成长。他们只是潜移默化地变化着，从一部小说到下一部；他们给自己设置了新的挑战。那些一成不变的小说家很快会显得无趣、沉闷而无益。不仅单个作家如此，小说形式本身也是如此。这种变化既非必然向前也非必然向后；“进步”在文学范畴中是个幻觉。但变化始终存在，也必须存在。因为这种体裁叫作“小说”①，读者有权期待新奇感。很公平，不是吗？

我的一位朋友，也是别系的一个同事，注意到我上一本书和这本书在题目上的细微变化②，问我：“那么小说和文学的差异是什么？”这是一个精彩的问题，是文学大师不屑去问，而外行人会过早得出结论的问题。我想起了那个古老的演绎推理：“所有的猪都是动物，

① “小说”（novel）一词另有新奇、新颖之意。

②作者另一本书《如何阅读一本文学书》与本书书名仅有一词之差。

但并非所有的动物都是猪。”如果把“猪”换成“小说”，把“动物”换成“文学”，我们就可以用文学术语大致说出同样的话。所有的小说都是文学吗？对此，学院内外都可能会有些不同意见。很大一部分文学工作者都希望围绕着他们的文学小天堂建起围墙，但谁可以在墙内，谁又被拦在墙外，他们却很少取得一致。比如说，乔纳森·弗兰岑会反对跟杰基·科林斯放在一起吗？我也不认为所有的写作在性质上是相同的。不同小说之间，正如在诗歌、故事、戏剧、电影、歌曲和脏话之间一样，存在着非常显著的性质上的差别。然而，我还是认为，它们同属于人类的一个活动领域，我们称之为“文学”。具体区别会在后面加以描述。对我来说，存在着“书写”（我愿意把娱乐活动和教学中的口述形式也包括在内，因为当我读到它们时，它们就已经被记录在案），而写作只分两种，好的和坏的。噢，也许还有第三种：令人讨厌的，但是我认为大体上可以放进“坏的写作”之内。这样，所有的小说都是文学。但另一方面，不是所有的文学都是小说。我们还有抒情诗，叙事诗，诗剧，传奇诗，短篇小说，戏剧，甚至包括伍迪·艾伦和戴维·塞达瑞斯常常发表在《纽约客》上的那些文章。还有更多文学形式。现在只剩下一个问题：

小说是猪吗？

所有文学形式共享许多元素，不管是分析一首诗、一出戏剧还是一部小说，我们都可以看见许多共同的表意方式：布局、想象、比喻、细节描写、虚构……这个清单很长。然而，每个文类还有一些特别的元素。本书讨论其中一个文类——小说——特有的形式元素。我知道，我知道，那些结构化的组织安排，诸如讨论视点、风格、声音、开始和结尾以及人物塑造等等的章节，乏味得就像一潭死水。这正是英文课上引起抱怨的东西，对吧？哦，别再说什么扁平人物和圆形人物了。但是，它们不一定非得那样枯燥不可，因为它们也是通向意义的入口，是可能性建构自身的门户。通过选择这一开篇而非另一种，作者封锁了某些选择，而打开了其他一些可能。一种表现人物的方法既限定了人物的类型，也决定了什么样的人物能够被表现出来。换句话说，讲述故事的方式和被讲述的故事同样重要。

还有就是读者将如何反应。我不可能像巴特一样走得那么远，宣布作者已死，不过我赞同读者的重要性。毕竟，我们（读者）会在作者（真实的、肉身的存在）进入坟墓后，继续长久地存在下去，是我们选择阅读哪本书，确定它是否还有意义，确定它对我们的意义，确定我们对其中的人物和他们的问题是同情、轻蔑还是饶有兴味。就先读一下开篇呗。读了后，如果我们认定此书不值得花时间，那么这本书就结束了，不再有任何意义。或许别人会在又一次阅读中让它在某一天复活，但至少现在，它就像那个雅各布·马利[①]一样彻底死翘翘了。你是否意识到你掌握着如此大的权力？巨大的权力总与巨大的责任相伴。如果我们这些读者要手握小说的生死大权，那么，就应该尽可能多地了解它们。

①狄更斯小说《圣诞颂歌》中的人物，讲述了一个守财奴的故事。雅各布·马利是守财奴的合伙人，在小说中已死，以鬼魂的面目出现。

引言

一部简短、混杂而独特的小说史

艾丽丝·默多克一生中只写了一部小说。但她写了二十六遍。安东尼·伯吉斯从未将同一本书写两遍。他大概写了一千本书。这样的描述准确吗？公平吗？当然不。你不时会听到对默多克的这种评价，而且公平地说，她的小说确实很相似。她在饱受阿尔茨海默病折磨时写了《杰克逊的困境》，而这之前的最后一本《绿骑士》（1993）与《在网下》（1954）差别并不大。相同的阶级、相同类型的问题、相同的道德预设。强有力的人物刻画和扣人心弦的情节设置。在她的有生之年，这些都被认为是值得赞赏的美德：她的小说迷们可以每隔两三年就等来一部既新鲜又熟悉的小说。这些小说总是扎扎实实，而时不时地，就会有像《大海，大海》（1978）那样赢得布克奖的作品，让人大吃一惊。

那么伯吉斯呢？他也有他的一贯性。但他早期的小说没有一本能让读者为阅读《发条橙》做好心理准备。《发条橙》和伯吉斯在七十年代创作的恩德比系列小说[①] 完全不同。恩德比系列在形式上

①伯吉斯以恩德比为主人公创作了一系列小说，包括《恩德比的内心》《恩德比的外部》《发条遗嘱，或恩德比的末日》和《恩德比的黑女士》。

和实验主义的《拿破仑交响曲》(1974) 相差甚远；而在运用历史叙述技巧和伊丽莎白时代语言风格方面，也与他讲述莎士比亚爱情生活的小说《不像太阳》[1] (1964) 和讲述克里斯托弗 · 马洛[2]生平的小说《德特福德的死者》大为不同；而且，也跟被许多人称为是杰作的、有毛姆风格的作品《世俗权势》(1980) 相异。更别说他的诗体小说了。默多克的读者总是带着宁静的信赖感阅读她的新书，但打开伯吉斯的书，却意味着焦虑：这次他会放出什么样的魔鬼？

这种存在于统一性中的差异是否重要？不完全重要。毕竟每部小说既有老读者，也有新读者，所以每本书都需要引导读者怎么读，就好像读者是第一次读到这样的书，而对某些读者来说，情况也确实如此。

真的，每篇小说都是崭新的。在过去的世界历史上，它从未被写过。同时，小说不过是叙述艺术（不只是小说，而是一般意义上的叙述）这一源远流长的家族中最小的一辈，从人类给自己或别人讲故事开始，叙述艺术就已存在。这是文学史基本的辩证法。原创的冲动与既成事实的书写传统发生了冲突。但奇妙的是，两者似乎都未能战胜对方，新小说总是在不断出现，正如阅读它们的读者也在不断产生。尽管如此，一些小说更为传统，一些小说更具实验性，一些小说则无法分类。

让我们回到小说还是新事物的时代。很久很久以前，那时没有小说。那时有别的叙事手段，也非常长，比如史诗、部落的宗教或历史记述、散文或浪漫诗、类似游记的非虚构记叙文等等。你知道的，

---

①书名取自莎士比亚的十四行诗第 130 首《我情人的眼睛不像太阳》(*My mistress' eyes are nothing like the sun*)。

②马洛 1593 年死于伦敦附近的德特福德，年仅 29 岁。马洛之死疑点重重，有人怀疑他没死而是借用莎士比亚一名继续创作。

就是《伊利亚特》《奥德赛》《吉尔伽美什》，爱尔兰史诗《夺牛长征记》，克雷蒂安·德·特罗亚和玛丽·德·法兰西的传奇之类。还有许多其他的可说，就是没有小说。然后，开始零星地出现一些苗头。西班牙加泰罗尼亚作家朱亚诺·马托雷尔写的《白骑士蒂朗》于1490年在瓦伦西亚第一次发表，可能是现在所知的第一部欧洲小说。记住这个时间。此时哥伦布还没开始航海，去发现"现代性"，不过他正打算这么做。小说的兴起和现代世界——探险、发现、发明、发展、压迫、工业化、剥削、征服和暴力——的兴起是同步的，这并非巧合。要让小说出现，光靠活字印刷是不够的；它需要一个新时代。不过这是另一个话题。

对也好，错也好，我们通常认为有两部小说可谓"最早"[①]的小说——而它们在时间上相差了七十年。1678年，某人（可能是拉法耶夫人）出版了一部小说，它意义深远。小说非常受欢迎，人们甚至在出版商那里排队等待它的出版，有时一等就是几个月，就像等待《哈利·波特》一样。小说名叫《克莱芙王妃》，它名声如此之大，不仅因为它是第一部小说，也因为它还是第一部心理分析小说，它审视情绪和精神状态，并不仅以情节来推进叙事。三百多年后的一些读者可能会觉得，以他们的欣赏口味而言，这故事有点笨拙，尽管这笨拙大部分存在于表面的细节，存在于小说中人物说话和对话的方式以及作者处理人物形象的表达手法上。这部小说中的道德观念并不适合我们，但对它自己而言却是真诚的，正如其听从良心的教导而引向的结局一样。在它自己的时代里（它出版于《失乐园》开启的类似"狂飙突进"运动的那十年内），叙述极其微妙细致，

①这里作者所用的first一词既指最早的，第一个，也指最重要的，后文随语境翻译。

若没有这种叙述风格，即便是像奥斯丁、亨利·詹姆斯、福楼拜和安妮塔·布鲁克纳这样风格各异的作家都无法开展写作。拉法耶夫人是小说的巨人之一，但还只是个孩子。

而在那个世纪初，确切地说是1605年，一部令世界大为兴奋的书出现了。我曾听了不起的墨西哥作家富恩特斯在一次研讨会上说："所有拉美文学都源于《堂吉诃德》。"他说的不是虚构作品或小说，而是文学，一切文学。西语世界声称塞万提斯和他的杰作是属于他们的，那是当然，不过它也同样属于我们其他人。这部作品伟大到没有一个群体能独自占有它。它痴傻又庄严、滑稽又悲伤、讽刺又独创。它是"第一部"。当然，当然，有许许多多"第一部"。但它是"第一部"巨著。塞万提斯向其他人示范了书写的可能。他戏仿了以前的叙事模式，让他笔下的堂吉诃德堕入两个世界的混乱之中：一个是他的罗曼司的世界，他读了太多那样的故事；另一个是他无奈生活在其中的枯燥世界。塞万提斯通过一个被困在既不消逝、也不存在的过去中的不合时宜的人物，对他自己所处的"此时此地"作了一番评说。他的主人公无疑是可笑的，但有一种绝望而无助的孤独感，我们看见他沉浸在幻想中，根本没注意到自己已走得太远；而他对杜西尼亚的捍卫以及与风车的作战，这种姿态既高贵又可悲，既令人振奋又毫无意义。当一个人物命名了整个热爱冒险的阶层时，它就已经俘获了我们的想象力。堂吉诃德和桑丘·潘沙烙在了西方人的想象中，他们组成了一对原型，成为典范。三个半世纪后，威廉·汉纳与约瑟夫·巴伯拉[1] 就按这种组合建了一个卡通帝国。瑜伽熊和波波熊，快枪麦克劳和巴巴·路易斯，弗雷德·

①两人是好莱坞动画界的"传奇人物"，曾共同创作了《猫和老鼠》《摩登原始人》《猎犬哈克利伯利》《瑜伽熊》《快枪麦克劳》等著名卡通动画。

费利斯通和班尼·鲁伯[1]，都是这一类型的变种：愚笨无能的贵族和坚忍忠诚的奴仆。现在这成了传统。塞万提斯的手法是旧瓶装新酒。而且，他告诉其他作者，你也能这样做，忽略习俗，去创造发明，边写边把各种素材都用进来。他正是这样做的。以前，没有人见过这样的作品，之后也没有。当然，每个人都试图达到塞万提斯的水准，不过，这尝试真的非常堂吉诃德。

当然，在当时以及以后很多年，每篇小说都是实验性的。如果一种文类为时不够长，就无法建立它的传统，那么也就没有一个可以成为“传统”的样本。一直到十七世纪末十八世纪初，这种新形式的作者们恍然大悟：这是一个新事物，这是……小说！

再说几句关于文学术语的话：对定义的绝望。我们口中的“小说”(novel)，在母语非英语的欧洲地区叫“传奇”(roman)。*roman* 一词来源于 *romanz*（抒情叙事诗 / 传奇），这是一个通用的术语，专指印刷时代之前用韵文写成的长篇叙事文。相反，英语中的“小说”一词来自意大利词语 *novella*，意为新颖和短小。英语把短小的意思去除，突出了“新颖”，这个术语就诞生了。一本书那么长的虚构性叙事，开始被认为是“小说”。“传奇”(romance) 这个术语特指某个特定种类的虚构性叙事，它比“小说”更为程式化，故事更由行动所驱动，更多依赖于类型化人物而不是心理上真实的人物，还常常运用不可思议的情节。哥特故事、探险故事、霍桑和布拉姆·斯托克[2]的书、西部小说和惊悚故事，还有，是的，历史爱情小说，都被归入传奇的名目。这种区分或多或少地沿用了几个世纪，但仍然是种模糊的

①瑜伽熊和波波熊出自《瑜伽熊》，快枪麦克劳和巴巴·路易斯出自《快枪麦克劳》，弗雷德·费利斯通和班尼·鲁伯出自《摩登原始人》。

②爱尔兰籍英国小说家，以创作吸血鬼小说出名。

说法。《红字》显然是浪漫传奇（romance），《一位女士的肖像》是小说（novel）。但是，《白鲸》呢？《哈克贝利·费恩历险记》呢？《荒凉山庄》呢？你看，这就是问题所在。当我们要求要达到外科手术的精确度时，术语却只是一把黄油刀。今天，任何人都很难区分传奇和小说。你什么时候听人提过斯蒂芬·金写的传奇？“传奇”这个词一旦和“禾林公司”[①]相连，问题就更复杂。所以，我们在这里将使用“小说”一词来指代具有书籍长度的虚构叙事这类体裁，当然这并不严谨。但是，它确实表达了某些东西，而就它的宽泛定义而言，我们大致可以达成一致。

还是回到早些时候。那些新的小说家并不是无中生有，造出了他们的新形式。散文叙事已有许多形式，大部分是非虚构的：散文体传奇、书信、布道文、忏悔录、游记、囚禁记[②]、史书、回忆录。当然，最大的一类就是传记或“生平”。塞缪尔·理查逊的小说是书信体的；也就是说，它们由一系列书信组成。他最著名的小说是《克拉丽莎》（1748），这部长达一百万字的作品就是一整捆书信。丹尼尔·笛福的《鲁滨孙漂流记》（1719）使用了漂泊者游记的形式——它的真实原型是亚历山大·塞尔柯克；而他另一部小说《摩尔·弗兰德斯》（1722）则采用了忏悔录的形式，粗略借鉴了德国公主玛丽·卡尔顿的故事。忏悔录的惯例之一就是罪人沐浴在救赎的光芒中，但是摩尔对自己罪行的叙述，却要比对救赎的描述更有活力，也更具说服力。

---

①加拿大禾林公司（Harlequin）以出版浪漫爱情小说闻名，此处禾林代指浪漫爱情小说。

②囚禁记（captivity narrative），一种类似冒险故事的记叙被囚禁经历的小说。英国文学中的“羁缚”（captivity）叙事传统可以回溯自1682年，那年玛丽·罗兰森女士在她的著作中记录了被印第安人羁囚11周的心路历程。此后随着愈来愈多的欧洲人移民新大陆，更多类似的遭遇也不断上演，关于这种经历的故事也越来越多。

对我来说，最根本的是，在小说的那些早年岁月中，一切都令人激动。读者不会说："哦，我们以前看过这个了，不过是旧货。"每部小说都是实验性的，每一尝试都打开了新天地。当然，情况不一定是这样，但从 21 世纪看过去，情况的确如此。今天，关于实验性，我们可以说，并非所有的实验都会开花结果。但有件事情是注定要发生的，那就是，大约一个世纪之后，小说家们会发现，有些叙事结构要比另一些更有效，比如靠书信体已经很难构造出引人入胜、条理清晰而直接的叙述。理查逊书信体的尝试没有引发相似作品的浪潮。这对我们而言是好事。

那么，什么样的叙事结构最有效？线性叙事，围绕着个人成长或走向崩溃而展开情节，有能够让读者投入感情的人物，并有给予情绪快感的清晰的情节展开。换句话说，就是维多利亚时代小说的写作方式。

你要做的就是等。

多长时间？两年怎么样？这些小说（那个时代大部分的英国小说）每个月都在发表，要么在杂志上，要么出单行本（你只需步行到附近的书摊，购买本月精装本，里面是威廉·麦克皮斯·萨克雷的新小说），或者每星期在类似狄更斯创办的《家常话》或者《英国图片报》这些报纸上看连载。《英国图片报》就是我们现在的《今日美国》《纽约客》和《人物》的混合体。19 世纪 90 年代早期，当托马斯·哈代发表他倒数第二本小说《德伯家的苔丝》时，连载频率达到每周一次，只有两周没登：一周是要举行亨利泰晤士河上的划船赛，另一周是安哈尔特的阿尔伯特王子迎娶石勒苏益格－荷尔斯泰因的玛丽·路易丝公主（你不能占据这些事情的版面）。这两期版面全被以下内容占满了：出席那些活动的名流，对女士礼服的详细描绘，伴娘们的装扮，以及俊男靓女的社交活动。有些事情永远都不会变。

以下是这些连载运作的情况：每期连载都保持一定的字数，通常是两个章节，也就是四千来字。连载一个月一次（或一个星期一次），有时会延续两年，直到终曲奏响。结局的长度是通常连载章节的两倍，一部分原因是最后章节囊括了许多分散线索的结局，因此并不一定引人入胜，一部分是为回报读者长时间的忠诚。

那么，连载小说看上去像什么？多数像肥皂剧（只是性描写不那么直接）。因为同样的理由，肥皂剧也像连载，只是更缓慢。长时间讲故事需要面临的难题是：

- 保持连续性。
- 让信息容易处理。
- 让读者保持忠诚。

连续性是所有连载叙事的大问题。你不得不保持连续性，如此保证人物在上星期和这星期有同样的行为方式。你还要周期性地巩固读者对某些角色的熟悉程度，因为他们已经有一段时间没看见这些人出现了，也要让读者更新事件的进展。连载开头通常会对之前发生的事情进行概述——这有点像小学的教育方法，每年秋季开学都要花一两个月的时间温习上一年教的数学。

处理信息？在狄更斯的三层交叉式小说中，常常会有大量（甚至上百个）有名有姓的人物。一个次要人物从这次到下次出现，往往会间隔几个月。如何保证人物不被忘记是关键。好吧，如果你是狄更斯，你可能会赋予这些人物奇怪的名字、异常的癖好、怪诞的相貌、滑稽的口头禅。马格韦契、贾格斯、文米克、郝薇香小姐、乔·葛吉瑞、乔大嫂，这些都是《远大前程》中的人物。文米克总在担忧他的老父亲，称他为“老爸爸”。郝薇香小姐穿着她五十年前的婚纱，坐在从未开场的婚宴废墟中。想一想，你会忘了他们吗？在《大卫·科波菲尔》里，米考伯太太几乎每次出场时都要说：“我永远不会离开米考伯先生。”从来没有人真的要求她这样做。那么她为什么要说这些？是为了我们。三月以后，我们就再也没有见过她了，现在是六月了，我们可能会在巴吉斯一家和辟果提一家人中忘了她——如果没有那句口头禅的话。

读者的忠诚度是什么？就是给他们一个理由，可以在明天、下个星期、下个月重新回到作品上来。要做到这一点，叙述就要倚重情节；也就是说，驱动力必须是故事，而不是主题、形式、原创性或者其他任何东西。而最重要的设计元素就是在连载篇章的结尾提升强度。换句话说，在每次连载的结尾，你安排一些扣人心弦的悬念。最著名的例子就是《达拉斯》[①]每季结束时那个问题：谁开枪杀了J. R.？是的，维多利亚时期小说也有“谁开枪杀了J.R.”这样的问题。狄更斯的《老古玩店》就是一个最著名的例子，在每次连载结束时，总会让女主人公小耐儿病得不轻。

我们总想将艺术从商业中分离出来，公开谴责金钱对电影或者保险公司对博物馆的影响，但事实上绝大多数艺术在一定程度上都会受商业影响。抒情诗不在其列，那是因为写诗不指望赚钱，这或许是人们喜欢抒情诗的另一个原因。

无论如何，对维多利亚时代的小说家来说，连载真能来钱。首先，许多作家和杂志签约，由此获得很多报酬。其次，杂志带来的

①美国著名电视连续剧，全剧都在达拉斯州拍摄。主人公 John Ross Ewing Jr.（J.R.）是个贪婪狡诈的石油业巨头。该剧刚开始由 5 个迷你短剧构成，从 1978 年 4 月到 1991 年 3 月共播出 13 季。

曝光率和兴趣度会让小说在出书时大卖。于是，连载的长度和数量成了一门重要生意。各种作家都可以通过这种方式赚钱，理想的话，一个相对无名的作者可以获得 50 镑（这是英镑，对我们美国佬来说比价很高），而主流作家则能通过一部作品得到 10000 镑的收入。

因此，谈判是一件很讲技巧的事情。乔治·艾略特（真名叫玛丽·安妮·伊文思）是她那个年代最著名的作家，她的丈夫（乔治·亨利·刘易斯）是她的经纪人。出版商提出给她的小说《罗慕拉》连载 16 期，出价 10000 英镑。而刘易斯则建议减至 12 期，7000 英镑。结果最后的版本连载了 14 期，多出的两期，艾略特却没有获得报酬。谈判的艺术，真的很重要。

那么，假设有一本小说十分成功，那它会出版两次以上，第一次是装订简陋的三卷本，接着，如果被认定有利可图，就会出价格昂贵的镶皮边的单行本。

这种维多利亚时代的运作模式有效吗？

确实有效。“严肃的”或“文学性强的”小说从未受到过如此大规模的追捧，真是空前绝后，但在维多利亚时代就是如此。读者的心被吊住了。如果有一部特别令人激动的新小说正要连载，那么报刊的订阅数可能暴涨几万份，在书报摊可能一小时之内就被抢购一空。萨克雷、狄更斯、艾略特、哈代和乔治·梅瑞狄斯他们因为连载小说卖得好，确实变得非常富有。甚至在美国，虽然连载小说不那么流行，但常规出版的小说也为很多作家赢得了巨大成功，纳撒尼尔·霍桑、马克·吐温、威廉·迪安·豪威尔斯，甚至包括赫尔曼·梅尔维尔（如果我们不把他的杰作包括在内）。《白鲸》对读者来说实在太超前了，人们期待读到的是《奥穆》和《泰比》那样的海上奇闻逸事。

有效吗？真的有效。

那么，发生了什么？为什么现代主义者反对甚至中伤一个如此甜蜜的约定？部分原因是经济状况发生了变化。维多利亚时代的重要杂志（《布莱克伍德》《爱丁堡评论》）流失了读者。没有了这些杂志，连载小说难以生存。不过更重要的原因是，你究竟能把相似的小说写上多少遍？已故的阿根廷作家豪尔赫·路易斯·博尔赫斯曾说过，他怎么能写长篇小说呢，19 世纪英国作家的长篇小说写得那么出色，没给后人留下什么空间。而他指的不过是罗伯特·路易斯·斯蒂文森！

自然，经济变迁并非唯一变化。素材也在发生变化。维多利亚时代的小说非常适合维多利亚时代的世界，但对新时代来说，它完全不适合。想想在新旧世纪之交时人类思想上发生的那些变化吧：西格蒙德·弗洛伊德、弗里德里希·尼采、威廉·詹姆斯、亨利·柏格森、卡尔·马克思、阿尔伯特·爱因斯坦和马克斯·普朗克都在 1910 年前提出了日后影响深远的开创性理论。狄更斯和艾略特从未读到过这些。他们的小说适合以马和马车代步的社会。但此时亨利·福特开始大批量生产 T 型汽车，让我们步入了一个每小时行进三十英里的时代。一切事物都加快了动作。小说也不得不去寻找一种新的步调。作者，毫无疑问还有读者，都变得对传统小说缺乏耐心。他们开始思考：除了情节，小说或许还有其他事情可做。结果，极为传统的维多利亚时代小说被极度实验性的现代主义小说取代。不是马上，但是很快。在爱德华七世时代——也就是爱德华七世成了国王的世纪之初那几年，出现了一大批由阿诺德·本涅特和约翰·高尔斯华绥之类的作家创作的传统小说，但在那些更年轻的作者那里，这些人的名字几乎很快就成了“老套陈腐”的代名词。

很快，实验开始了。到1920年为止，许多主要的现代主义作家——詹姆斯·乔伊斯、D. H. 劳伦斯、弗吉尼亚·伍尔夫、约瑟夫·康拉德和福特·马多克斯·福特（英国和爱尔兰），格特鲁德·斯泰因（美国），托马斯·曼和弗朗茨·卡夫卡（德国），以及马塞尔·普鲁斯特（法国）——已经把小说中的传统彻底颠覆了。为什么不呢？当时间（柏格森）、意识（弗洛伊德和荣格）、现实（爱因斯坦、波尔和海森伯格），甚至伦理（尼采）都已全然改变，当人类开始飞行、画面开始活动、声音在空气中遥遥传递，除了尝试新事物，还能做什么？

小说也确实变新了。斯泰因写出了怪异、重复、节奏单调的散文，就像某个没学好英语或任何其他人类语言的人写的。在《三个女人》（1909）和《美国人的形成》（1925）那样的小说中，她让语言陌生化，让以之为母语的人感到奇怪，以至于他们必须去重新思考自己和母语之间的关系。毫不奇怪，她花了十八年时间才为《美国人的形成》找到了出版商，那是一部长达九百页的庞然巨著。卡夫卡要比她更进一步，在十几部短篇和三部长篇小说里，他让存在的整体陌生化了。大部分读者都知道他的短篇小说《变形记》，至少对其名声略有耳闻，小说里，一个年轻人一早醒来，发现自己变成了一只巨大的昆虫。故事用一种非常常见的形象表现了异化，让它实实在在，因此赋予异化一种怪诞色彩，让异化本身具有异化感。他的长篇小说也表达了同样的状况，不过知道的人稍微少一点。在他死后发表的小说《审判》（1925）中，主人公约瑟夫·K发现他被指控犯下了一桩子虚乌有的罪行，而他很确定他并未做过。这个罪行本身，围绕着它的种种情境，以及使指控得以产生的法律权威，在小说中通通没有清楚说明。然而，他却让自己屈服于法律程序，任由这一程序导致审判、认罪和死刑。《城堡》（1926）也描述了一个相似的荒诞情境，里面有个同样名叫 K 的测量员（这是卡夫卡名字的首字母，他用在笔下各种代表了被虐者的人物身上，带有自传意味），他进入一个小镇，去执行据称是小说标题所指的城堡委派给他的任务。当发现事态一片混乱，而城堡其实也没有聘请他来工作时，他试图去接洽那个隐蔽的城堡管理者，村民视这名管理者为绝对权威，从不敢接近或者质疑他。答复从不曾出现，却制造了基于虚假信息的指控，官僚主义的错误大量存在，但城堡还坚持它绝无错误，村民们也相信它一贯正确。K 自己来到村子，也是因为一个他永远无法纠正的官僚主义错误。像斯泰因一样，卡夫卡为小说所能做的事情提供了全新的可能性。斯泰因的施展舞台是语言，而卡夫卡的则是情节和逻辑前提。不过，他们都把小说带到了一个以前从未到达的地方。

当然，在我们谈论现代主义小说时，立刻出现在脑海的那个词就是意识流。的确，那个时代的好几位明星——乔伊斯、伍尔夫，尤其是福克纳——致力于我们可以称之为意识流的写作，尽管他们本人并不一定赞同这个术语。然而，我们可以确定，对意识的探索和呈现，在那时一直深受关注。即便像 D. H. 劳伦斯那样对伍尔夫或多萝西·理查逊那种写作方式几乎没什么耐心的作家，也花费大量的精力，试图呈现笔下人物的内心世界。比如，表面看来，《恋爱中的女人》（1920）里有大量行动和戏剧冲突，但是小说的主要精力却集中在四个主要人物内心生活更为尖锐的戏剧性上：我对这个朋友、这个情人、这个对手的感觉是什么？这个人对我的心灵有什么索求，我是同意还是拒绝？独立自主意味着什么？建立联系呢？意识呢？我能生存下去吗？我想吗？

在许多方面，这种对内在的追问是现代主义小说的特征之一。下面这段文字表面看来是关于食物的：

> 这口带蛋糕屑的茶水刚触及我的上颚，我立刻浑身一震，发觉我身上产生了非同寻常的感觉。一种舒适的快感传遍了我的全身，使我感到超脱，却不知原因所在。这快感立刻使我对人世的沧桑感到淡漠，对人生的挫折泰然自若，把生命的短暂看作虚幻的错觉，它的作用如同爱情，使我充满一种宝贵的本质：确切地说，这种本质不在我身上，而是我本人。我不再感到自己碌碌无为、可有可无、生命短促。我这种强烈的快感从何而来？我感到它同茶水和蛋糕的味道有关，但又远远超出这种味道，两者的性质想必不同。这快感从何而来？它意味着什么？我怎么去抓住、描绘这种快感？[①]

这是文学史上最著名的一小口点心所引发的段落，在马塞尔·普鲁斯特的《追忆似水年华》中，正是蘸着茶吃的“小马德莱娜蛋糕”引出了七大卷回忆。英文译者 C. 斯科特·蒙克里夫将书名译为《过去事物的回忆》（1913/1922），不算太准确。这里有什么动作？一个家伙吃了一口蛋糕。在过去，这个动作甚至不会被记录下来，除非它能和其他更重大的行为联系起来。例如，在威廉·迪安·豪威尔斯那里，这个动作产生的反应只能是接下来再咬一口，或者，因为说话时嘴里塞满了东西，在同伴那里很丢脸，等等。但，不是这里。不是，先生。我有切实可靠的依据去说，即便看上去有点奇怪，

①马塞尔·普鲁斯特，《追忆似水年华》，徐和谨译，译林出版社，2010 年版，第 45–46 页。

但普鲁斯特从来没读过豪威尔斯的东西。你能想象吗？讲述者马塞尔会再咬一口，也必须是在精神上对这一口蛋糕反复咀嚼之后。这个动作完全是内在的：感觉淹没了他，随之而来的是难以言传的情绪（即他所暗示的快感），然后是关于这情绪的缘起和意义的询问。换句话说，他的整个生活随着那一小口湿软的蛋糕滚滚涌来。是的，他将“抓住、描绘它”，但这要让他写上百来万字。

不是每个现代主义作家都会洋洋洒洒写上那么多，虽然有许多大部头的现代小说，但大多数作者还是将他们的作品及其叙述，聚焦于人物的心灵与思想。像乔伊斯、海明威、杜娜·巴恩斯、薇拉·凯瑟和 E. M. 福斯特这样风格各异的作者，都深入了意识的洞穴去探险。事实上，福斯特的《印度之行》之所以显得比他新世纪头十年创作的小说《看得见风景的房间》和《霍华德庄园》更为现代，不是姿态或者形式，而是它强调对意识的追问：人物在最私密的层面上，对周遭环境的刺激是如何感知、处理和反应的。而当你走到意识最深处、再也不能往前一步时，将发生什么？《芬尼根的守灵夜》。这是一本谁都读不懂的小说，可能包括它的作者——事实上，我读过《芬尼根的守灵夜》（虽然不是一口气读完），也喜欢它的大部分内容（尽管我不会宣称我看懂了）——并不是说书里真的有什么难解的神秘：

> 河水流淌，经过夏娃与亚当教堂，从凸出的河岸，到凹进的海湾，沿着宽敞的循环大道，把我们带回霍斯堡和郊外。
>
> 特里斯特拉姆爵士，爱的提琴手，越过爱尔兰海，还没有从布列塔尼半岛北部，重来小欧洲那参差不齐的地峡，再次发动他的半岛战争。奥康尼河边上风锯木工的财富一直成倍地（doublin）自我增加，还未被堆进劳伦斯郡的胃囊（gorgios）。

一个声音也没有在火中喊着是我是我，接受圣帕特里克的施洗。山羊皮诡计尚未被用来欺骗又老又瞎的伊萨卡，虽然很快就会如此。孪生姐妹也还未怒对两位一体的纳丹和约瑟，尽管瓦内萨十全十美。吉姆或肖恩在弧形的光线下，把老爸的大量烂麦芽酿成酒，彩虹的东端映照在水面，犹如盟约之戒。

现在，你怎么会不想继续读下去？这仅仅只是小说的开头两段。不过，奇妙的是，要读懂这部小说，你所需知道的已尽在此——双关语、绵绵不息的河流、北欧大陆的传说和词汇借用、家族（“gorgios”就戏仿了乔伊斯儿子的名字乔吉奥 [Giorgio]）和故乡小镇（“都柏林”[doublin]，虽然我的最爱是“亲爱的脏饺子”[dumplin]）的密码系统、对英语正确拼法的恶作剧、循环论（“再到达”、“再循环”，在“宽敞的循环大道”中对历史循环论哲学家詹巴蒂斯塔·维柯的援引，以及小说开头的句子碎片 [riverrun,…]，似乎与小说结尾处的句子碎片连成完整的一句，这样构成了小说的循环）。另一方面，对多数读者来说，要了解这本英语文学中最奇怪的小说，这两段也就够了。或许一段就够了。

《芬尼根的守灵夜》提醒我们注意 20 世纪小说的另一个重要特征：实验主义。如果说维多利亚主义彰显了对革新的抗拒，那么，现代主义和后现代主义则好像是在要求革新。当然，不是所有的实验主义都像乔伊斯的作品那样极端。海明威就是个伟大的实验家，但他的实验手段是简短紧凑的句子和有限的词汇，并试图用尽可能少的词语涵括尽可能多的含意。绝大多数小说作者终其一生的写作生涯，都没有创作出像海明威结束《太阳照常升起》时所用的那样一个既简单又丰富的句子：“就这样想想，不也很好吗？”相反，却有许多充斥着乏味句子的书卷，当然，换一个角度看，它们可以被当作虚无的象征。海明威的第一部小说就是如此。杰克·凯鲁亚克则走上另一条与之相反的道路，在他的第一部小说中，他构造的句子是各种亢奋过度、天花乱坠、充满爵士感、动力和旺盛精力的尝试，意图捕捉那个完全晕眩、悲伤、狂喜、垮掉的世界。

> 除了几座山麓丘陵之外便是太平洋了，蔚蓝、浩瀚，一堵高墙似的白浪从传说中旧金山雾气产生的土豆地逐渐逼近。再过一小时，雾气就会通过金门，把那浪漫的城市笼罩在白色中，一个青年人握着女朋友的手，口袋里装着一瓶托考伊白葡萄酒，在漫长的白色人行道上缓缓上坡。这就是旧金山；漂亮的女人站在白色的门道里，等待她们的男人；还有科伊特塔、内河码头、市场街和十一座热闹的小山丘。[①]

这是简·奥斯丁从未写过的文字。凯鲁亚克努力要捕捉一个战后新美国的节奏，在封闭汽车这带着强制性的孤独之中，沿着高速公路以危险的速度奔驰，在爵士俱乐部和通宵营业的咖啡店中加速运转，以尽快从战争年代的阴影中走出来。这是怎样的声音和语言！如果说，跟海明威一样，他的作品很容易被戏仿——他后期作品有时似乎就是在戏仿自身，那正是因为他的声音是如此独特，如此原创。

实验主义以各种样貌和形式出现，有的甚至拆解了小说本身的样貌和形式。所谓的法国新小说家，如阿兰·罗伯－格里耶、玛格丽特·杜拉斯、克劳德·西蒙和娜塔丽·萨洛特，废除了我们定义小

①杰克·凯鲁亚克，《在路上》，上海译文出版社，王永年译，2006年，第100页。

说的大部分事物：情节、人物、主题、行为和叙事。替代了它们的，通常是客观物体和感觉，不同视角下的相同场景，有时甚至是一遍一遍的相同视角。在《嫉妒》这部新小说运动的标志性作品中，罗伯－格里耶笔下备受折磨的主人公，着了魔地不断寻找妻子和邻居“偷情”的所谓证据。这个丈夫只用一个字母加省略号“A...”来称呼妻子，并小心翼翼地在叙述中避免提到自己在场，他避开第一人称，并且经常避免把自己放在那些他显然在场的场景中。新小说也拥有后来的追随者，最著名的也许是大卫·马克森，他的小说总是不落窠臼，出人意料。《维特根斯坦的情妇》由一系列非常简单的表述组成，说的是一个女人体验的世界以及她对这个世界的回应，这个女人相信她是世界上最后一个人。

比如说，总是能相当准确地感觉到卡桑德拉什么时候身上来事儿了。

卡桑德拉又觉着不舒服了，可以想象特洛伊罗斯[1]或其他特洛伊人时不时这么说。

再有，海伦可能也来事儿了，就算她仍然有着耀眼的高贵，一副海伦的样子。

我自己的经期就让我脸蛋浮肿。

反过来说，基本上可以肯定，对这件事，萨福[2]从来不会绕着弯子说。

这就解释了为什么没等那些教士接触到她留下的诗歌，它们就被用来填塞在木乃伊里面了。

---

①希腊神话传说中的神。

②公元前6世纪前后的希腊女诗人。

好吧，在这个故事中，很难期待什么常规的东西，是吧？他的小说已经日益减少了传统叙事构成元素的依赖，而越来越多地依赖于那些意识和感知的瞬间。这些当然也是传统元素，但很少像马克森的作品那样，被如此强调。

每个时代都有它自己的文学思潮，有时候甚至不止一个。20世纪的大部分时间，都围绕着几个相关的战斗口号："滚蛋吧，旧世界"、"打倒传统"、"要创新"，或者"试了以后才知道"。实验和创新的冲动呈现出多种形式，而且很多时候都是在抛弃上一群反叛者的创新。至少，这是成为现代或者后现代的一种方式。

但还是回到维多利亚时代的小说。让我们再问一次：到底发生了什么？什么也没有发生。19世纪小说从来没有真的离开我们。那种小说模式——线性叙事、清晰描绘的正面和反面人物，及其他——可能已经不受专业"文学"作者的宠爱，但它在通俗小说中一直存在。你会在许多类型小说中发现它，比如言情小说、恐怖小说或者惊悚小说。打开一本西德尼·谢尔顿或杰基·柯林斯的好莱坞式故事，一本朱迪丝·克兰兹或梅芙·宾奇的"读物"，一本詹姆斯·A·米彻纳、约翰·杰克斯或者爱德华·卢瑟福的历史传奇，你会发现它们是《弗洛斯河上的磨坊》或《利己主义者》的后继。你可能会在辨认时有些困难，因为这些小说充满了性和亵渎，充满了床笫间的胡闹，它们从未在乔治·艾略特和豪威尔斯的作品里出现（或者也许他们转过这个念头）。20世纪后期甚至还产生过几位属于这个时代的维多利亚式巨匠，其中最著名的可能是伟大的加拿大作家罗伯逊·戴维斯。戴维斯直到快四十岁才开始发表小说，在他82岁去世前，创作了三个三部曲以及一个三部曲中的两部。

因为他那惊人的坦率，他的小说对 19 世纪 70 年代或 80 年代来说可能不太合适，但在形式和感觉方面，他是他们的同道。在《本性难移》(1985) 中，他甚至问：一个生错时代的艺术家应该去做什么？答案贯穿他所有的小说：去创造他生来就要创作的艺术。文学历史和文学风尚是人为的建构，一个维多利亚者就应该是个维多利亚者，无论他生在什么时代。戴维斯正是如此。

宽敞的循环大道带我们回到我们的立足点。每个时代都有实验主义者和传统主义者，都有形式的破坏者和追随者。你大可称他们是激进分子和保守分子，但他们的美学立场并不必然和他们的政治观点相同。有些年代会倾向于这条道路，有些年代则是另一条，但其中总是会有一些和他们所处的时代不合拍的作家。有反叛者，也有反对反叛的反叛者。这就是为什么每种文学史都是一个谎言，包括这一个。它们都过于简单，在各自的历史时刻，男人和女人做着他们自己的事情，不管这事情是否和其他作家一致，但文学史无法捕捉其中丰富的复杂性。在詹姆斯所谓的“小说之屋”[①]的灿烂多样性中，纯粹的记录不可能捕捉到方方面面，不可能捕捉到特定年代小说的所有微妙差异，更别说所有年代了。谁能一直跟得上呢？你的脑袋一定晕得转不过来了。

①詹姆斯将小说家比喻为工匠，其工作是建造“有着千扇窗户”的“小说之屋”。每扇窗户外都有不同的景象，每间屋子都提供一种不同的生活方式，每扇门都通往另一个国度。

1

第一行和开篇的诱惑

注意过逛书店的人吗？他们从书架上抽出一本书，看看封面，接着封底，然后是扉页（如果是平装本，上面有各种推荐语），然后……怎么啦？就算了解了这本书。我几乎很少看到有人会直接把书翻到中间第二十三章，所以最好第一页就能把优点展现出来。否则，这本书会被放回到书架上。你不可能把架上的书都读一遍。

我们需要第一页，小说家也是如此。一本小说从一开始就向读者施展魔力。可能更值得注意的是，读者也从一开始就向小说施加魔力。小说的开头姿态万千，它是一场社交合约的谈判，是一次邀舞，是一张游戏规则的清单，也是一次相当难解的诱惑。我懂，我懂——但是诱惑？听上去太极端了，不是吗？

然而，这就是小说开头要做的事情。我们被要求花大量时间和精力去做一件事，但很难保证能从中有所收获。这就是诱惑介入的地方。它想告诉我们它认为重要的事情，重要到都等不及要开始了。也许更重要的，是它希望我们能入套。或许等一切结束，我们会生出爱恋、崇拜、欣赏或者鄙视，但它将是一次难忘的“风流韵事”。

小说开头就是邀你入局，参与游戏。在这个语境下，第一页与其说是担保书，不如说是张空头支票："我这里有好东西。你会喜欢的。你可以信任我。试一试。"这就是为什么第一行那么重要。试一试，看看是否合你意。

> 那么，接下来会发生什么？
>
> 达洛维夫人说她会自己买花。
>
> 这是我听过的最悲伤的故事。
>
> 多年以后，面对行刑队，奥雷里亚诺·布恩迪亚上校将会回想起父亲带他去见识冰块的那个遥远的下午。
>
> 有一条真理举世公认：拥有大笔财产的单身汉，必定要娶个妻子。
>
> 在那个大多数苏格兰男子都提溜着裙子耕田播种的时代，穆戈·帕克正在向拉德马尔的统治者奥哈－阿里·伊布·法塔德露出他的光屁股。

好了，你怎么可能不想读有着上述开头的小说呢？它们激发了兴趣。什么花？为什么是最悲伤的？看在老天爷的分上，穆戈·帕克是谁？他的光屁股上有什么？这是小说《水上音乐》的开篇，它的作者那时候还叫 T. 科拉赫桑·博伊尔，后来他好心地把中间名简化为首字母 C[①]。小说就像开篇许诺的那样狂野，充满了骇人的事件、

①作者原来的笔名为 T. Coraghessan Boyle，后来简称为 T. C. Boyle。

铺张的语言、令人震惊的奇遇和荒诞的幽默。博伊尔随后的长篇和短篇小说，第一页总是会展现出同样的夸张炫耀。

第一页就等于整部小说吗？当然不是。我曾在课上提问，摇滚乐里哪个乐队最吸引人？回答我的不是一个魁梧壮汉，而是个看上去非常娴静的女孩，她说是 AC/DC 乐队。我想这回答也符合我的分析。被誉为最好摇滚组合的这些小伙子，不过就是写出了最棒的勾人曲风，受查克·贝里影响，安格斯·杨[①]成了另一个莫扎特。不过杨的曲风确实动听易记，令人深受吸引。博伊尔的情况也是如此。小说以勾人的片首开始，也让读者开动起来，进入即将到来的诱惑之中。它让我们产生想读的愿望，并开始教我们如何阅读它。

听好了，我们甚至能在这里建立一个普遍命题，即“**开篇法则**”：开篇是如何阅读小说的第一课。我们不得不去学习阅读每一部新小说，因此每部小说必定是如何阅读这本小说的一系列课程。你不信？想一想。推理作家罗伯特·B·帕克的斯宾塞侦探系列，有什么地方跟《喧哗与骚动》相似吗，除了都很长，排版都是右对齐？但是那些重要方面呢，譬如叙述风格、展现人物的方式、意识的挖掘、对话、情节？你可以在很多方面称赞老福克纳，但他的小说里没有引人入胜的情节和漂亮的对话。你可能会想，这意味着福克纳很难读，任何傻瓜都能读懂帕克，不过事情并非如此简单。我们知道，帕克赋予斯宾塞某种我们必须要去了解的思维方式，一种属于他的叙述节奏，还有，我们要花些时间去熟悉他的朋友和同伴。可能喜欢读他小说的人要远远超过喜欢福克纳的，但当我们打开他的小说时，依

---

①安格斯·杨于 1973 年组建了 AC/DC 乐队并担任主音吉他手，他受查克·贝里很大影响，其吉他演奏具有直接的布鲁斯风格。疯狂单脚跳是他的另一个标志，也是查克·贝里最先使用的。

然有一个我们需要经历的学习过程。类型小说和“纯文学”之间的另一个差异，是这部小说和下一部小说之间的变化幅度有多大。帕克的课程从这一本小说很好地过渡到下一本，因此，你如果读过《寻找华莱士》，就能很容易适应《卡茨基尔老鹰》。相反，福克纳很少把相同的事做两遍，因此阅读《喧哗与骚动》时所学到的策略，不太会在阅读《八月之光》或《押沙龙，押沙龙！》时有所帮助，每本新书都在提出新的不同挑战。我们在第一页就会看到这些变化。这就是新课程开始的地方。

比如说马尔克斯《百年孤独》的第一句，那个关于奥雷里亚诺上校、行刑队和冰块的句子。我们阅读这本小说时需要了解的所有事情，几乎都出现在第一句里。它确定了小说主写的那个家族，以及由行刑队所表明的那个动荡年代。它强调了神奇的力量，不是用名词冰块，而是用动词“见识”，这个动词暗示着，对一个孩子来说，冰块这样东西是多么神奇，而我们马上会知道，他生活在还没有通电的赤道国家哥伦比亚。我们还知道小说将会用哪种口吻讲述故事，它将如何安排信息，选择哪些字词——接下来的两段，会告知我们更多内容。将这门技艺用到出神入化的，不仅仅有这位南美诺贝尔奖获得者创作的寓言小说。罗伯特·帕克的侦探小说、安妮塔·施里夫的家庭小说、丹·布朗的惊悚小说和本月度的禾林浪漫小说，都同哈代、霍桑和海明威的经典小说一样，做着同样的事情：在开头告诉我们怎样去阅读。他们忍不住这么做，真的。无论哪部小说，最先告诉我们的就是信息：谁？什么事情？在哪里？什么时候？怎么回事？为什么？它的意图。它的讽喻。它的作者这次要做什么。

第一页，有时是第一段，甚至是第一句，就能提供给你阅读这本小说所需了解的一切。怎样做到这一点？在第一页就告诉你差不多十八件事情。第一页不费什么力气就能传递出信息，但它们一直不吝在这里下功夫。

是啊，不过……十八件？我说，五件或六件、甚至七件还有可能，但是十八件？这还是保守说法。从第一页里，我们肯定还能收集到许多其他信息，但主要是以下十八件。

1. **文体**。长句还是短句？简单还是繁复？匆忙还是悠闲？有多少修饰语——形容词副词等等？海明威所有小说的第一页，都是短小清晰的陈述句，给我们留下了深刻印象，我们强烈感觉到，这位作家大概还是孩子时就很怕“ly”作后缀的词语。任何一位美国侦探小说家——约翰·迪弗、罗斯·麦克唐纳、雷蒙德·钱德勒、米奇·斯皮兰、甚至琳达·巴恩斯，他们的第一页都让人确信，他们读过海明威。就斯皮兰而言，他领会得不怎么样。

2. **腔调**。每部小说都有自己的腔调。它是忧伤的，就事论事的，还是讥讽的？简·奥斯丁《傲慢与偏见》的开头“有一条真理举世公认：拥有大笔财产的单身汉，必定要娶个妻子”，就是腔调的杰作。它让叙述者与“真理”保持距离，同时允许她轻巧地展示一种讥讽的陈述方式，暗示妻子如何打探丈夫的财富，多金男当然比穷小子更合心意。“必定要”暗示了至少两边都说得通。

3. **情绪**。这和腔调有点相似，但并不完全相同。前者表示语调听起来如何，这个词是指它对自己的叙事有何感觉。不管我们如何形容《了不起的盖茨比》的腔调——以尼克·卡拉韦为第一人称的叙事中所含带的情绪是惋惜、内疚甚至愤怒，而所有这些都潜藏在一个听上去过分通情达理的陈述之中，反复衡量着父亲给予的忠告以及特权社会的鸿沟。那么，我们立刻感到好奇，他在这里没有明说的是什么？

4. **措辞**。这部小说使用了哪一类词语？它们是寻常的，还是罕见的？是易读的，还是晦涩性的？这些句子是完整的，还是断断续续的？如果是后者，它是有意的，还是偶然的？安东尼·伯吉斯的《发条橙》以一个极具欺骗性的简单问题开始："那么，接下来会发生什么？"但就我所知，这部小说的措辞极为精彩。它的叙述者，那个几乎没受过什么教育的年轻暴徒亚历克斯，说话用词讲究得像伊丽莎白时代的人，堪比莎士比亚及其同代。他的脏话多姿多彩，让对手张口结舌，他的表达和吹捧无拘无束，他的谩骂充满了创造性，他的语言随着七拼八凑的青少年俚语喷射出来。这就是所谓的Nadsat[①]，很大程度上建立在斯拉夫语基础上。我们在小说开篇就对他的语言风格有了一个大致的感觉。这仅仅是个极端例子；每部小说都有自己的措辞，而每个被选择的词语都进一步细化了小说。

5. **视角**。首要问题不是根据身份确定谁在讲故事。事实上，我们读过的绝大多数小说中，没有那个"谁"。但跟故事和人物相关的人，这是我们马上能确知的。这是一个"他（她）"的故事，还是一个"我"的故事？一旦"我"出现，我们预料会碰到下一个角色，可能是主要的也可能是次要的，好奇心立刻被激起来了。不过这一讨论可以暂时先放一放。如果故事采用"他"和"她"来叙述，没有"我"在其中，我们会相当安心，认为这是一个更客观的第三人称叙事。如果叙述使用的是"你"，原来的预设都不存在了，一切重新开始。幸亏第二人称叙述很少，不过它们可能是一种陌生而

---

① Nadsat 语是安东尼·伯吉斯自创的一种语言，有英语俚语、俄语等成分，是真正的多语言杂烩。

新奇的体验，就像卡尔维诺的《如果在冬夜，一个旅人》和汤姆·罗宾斯的《半睡半醒间，着青蛙睡衣》。我们会被所有这些人称愚弄；但就像所有的文学规则一样，人称的规则也一样能被打破。有时一个人物－叙事者会将倾向性隐藏在模拟的第三人称中，而一个局外人叙述也会使用“我”作为叙事策略。即便有这些诡诈手法，我们有时候还是能在最初的段落里得到暗示。

6. **叙述的在场**。现在我们可以来谈一谈这个“谁”的问题。这个声音，是不见其人的，还是由一个参与或旁观人物发出的？这是一个谈论主人的仆人？一个谈论迫害者的受害人？一个讲述自己罪行受害者的罪犯？小说总是会马上给我们提示。如果是第一人称叙事，叙事者的“在场”就非常清楚。海明威的杰克·巴恩斯（《太阳照常升起》）和弗雷德里克·亨利（《永别了，武器》）立刻让读者知晓了他们；从小说的第一个句子起，他们的人物形象就鲜明显现。而第三人称叙述呢？在18世纪，叙述者通常是全知全能的，如同一个亲切的伙伴。就像我们一样（也像我们一样自负），他们就是这个世界的男人和女人，能明白每个人的喜好，拿邻居们的小缺点作为消遣。我们在亨利·菲尔丁的《汤姆·琼斯》或者奥斯丁的《傲慢与偏见》中看到过这样的姿态。随后的时代中，查尔斯·狄更斯在《我们共同的朋友》中，用开篇几个字，暗示他的叙述者在场：“在我们这个时代”，这句话宣告了叙述者是故事的深入参与者，热情的观察者和讲解员。到了我们的20世纪，第三人称叙述者经常是客观、超然而冷静的，就像在海明威或安妮塔·布鲁克纳的作品里那样。比较一下刚才狄更斯的那个开头和以下这个你可能在学校里就读过的开头：“他是个老人，独自一人在小船里，在湾流捕鱼。已经八十四天了，他没有捕到一条。”和维多利亚时代的同仁相比，这个声音显得更为淡漠，不参与，也不夹杂情绪。

7. **叙述的态度**。即对待人物和事件的态度。叙述者是如何看待小说的人物和行为的？奥斯丁的叙述者通常有趣顽皮，略带冷漠，稍有优越感。狄更斯如果是第三人称叙事，会倾向于严正、深奥而直率；如果是第一人称，则单纯、诚恳而多情。福楼拜的《包法利夫人》中，叙述者有名的冷静客观，很大程度上是在对抗之前浪漫主义时代过于投入感情的叙述者。在抵制当时存在的陈词滥调时，福楼拜创造了主宰下个世纪叙事的陈腐手法。

8. **时间框架**。所有这些事情发生在什么时候？是当代还是很久以前？我们怎么去搞清楚？小说时间的跨度是长还是短？如果叙述者是小说中的人物，那么小说中她在经历人生哪个阶段？马尔克斯的开头“多年以后”非常神奇。首先，它告诉我们这部小说将跨越很长一段时间，长到足够让一个牵着父亲之手的小孩，爬上权力高峰，又坠落下来。它也告诉我们其他神奇的事情：“很久以前”。它说，这是一个发生在域外的时间和地点的神话故事，这时间和地点都已不再（他暗示再不可能更早了），这个故事在它们自己的时间里也极为特殊。如果一个小说家对“多年以后”这几个字本身不生出嫉妒，那他对小说这门技艺就不够当真。

9. **时间的掌控**。在这部小说中时间行进得快还是慢？讲故事的时间就是或者接近故事发生的时间，还是在很久以后？尼科尔森·贝克的精品《夹层》，所有事情都发生在叙述者坐着自动扶梯从第一层到前文提到的终点这段时间内。为了完成这一惊人之举，作者必须依靠闪回和离题，将时间延长到极致，而且，这一策略立刻显而易见，它理应如此。

10. **地点**。对，就是背景，但不仅仅是背景。地点是一种对事物的感觉，一种思维模式，一种观看之道。用我上文引过的博伊尔的开头为例。在第二段，我们得知苏格兰人穆戈·帕克是个探险家，在寻找尼日尔河的过程中，完全走错了方向。地点在这里既是事件发生的场所，也是故事本身。诚然，这里——帐篷、陆地和乡村——是他所在之处。这是刚刚萌发的帝国主义野心想要开发的一片边缘地区，在这里，他是局外人；他还是个屡犯错误的冒失汉，一直让自己处在各种蒙羞的情境中。在某种程度上，地点，这个正在发生事情的地点，成了主题：我们一次又一次地看到穆戈跌跌撞撞地陷入灾难性的境地，因为他对自然、文化和地理全然无知，换句话说，就是对“地点”一无所知。它把我们带到……

11. **母题**[①]。一再出现的事物。对不起，这里用了一个专业术语，但就是这个词。母题可以是意象、动作、语言方式，或者任何一再发生的事情。比如说穆戈和他因为文化上的傲慢无知而一再遭遇的灾祸。比如说《百年孤独》中的各种奇迹和奥雷里亚诺上校的数次侥幸逃脱。比如说《达洛维夫人》中的鲜花。

12. **主题**。不要抱怨了，不会考试。主题让所有十年级学生都头疼，不过它说的就是“关于……”。故事让小说向前推进，让我们聚精会神，但主题让小说值得一读。粗略地说，主题就是小说的思想内容。有时候，这内容简单明了：绝大多数侦探小说共有这样一个主题——罪行将被揭露，没人逃脱惩罚，秩序无往不胜。但具体的侦探小说的主题常常比这更微妙。阿加莎·克里斯蒂通常会有一个次要主题，即关注贵族阶层的没落。注意过没有，她笔下有多少坏蛋来自庄园豪宅，或者他们有多无能、堕落和愚蠢，你认为这

① Motif，也译成主旨、动机。

是偶然的吗？有时候主题和母题会部分重叠，因为那些反复重现的事物是为了增强某个主要思想。《达洛维夫人》的一个主要思想是过去的重现，这在第一页就显现出来，当时克拉丽莎沉浸在1923年的美丽六月天中，这让她似乎回到了与之相仿的一日，而那时她才十八岁。整部小说里，这些旧日时光不断以记忆和人物的形式呈现，而且都是一下子涌来。

13. **嘲讽**。或不嘲讽—— 一些小说真的极为诚恳。我马上想到整个19世纪。好吧，也许马克·吐温不是如此。噢，还有居斯塔夫·福楼拜。不过你们应该知道我是什么意思。嘲讽的作家在许多层面上都可以反讽，包括言语、戏剧性、滑稽和情境，而且，这种讽刺常常一览无遗。帕克的斯宾塞系列小说《卡茨基尔老鹰》是这样开始的："这是午夜，我刚探完案回来。初夏的这个暖和天，我一直在跟踪一个贪污犯，监视他如何花掉他的非法所得。我的最大收获，就是逮住他在国家安全银行对面丹佛斯广场的一家店里吃牛排。其实没花多少钱，但这是一个人在丹佛斯广场最接近罪行的时候了。"当斯宾塞展开侦探工作时，他严肃认真地对待自己的事业，比如说，他在枪杀某人时从不表达疑虑或嘲讽，但等到他谈起此事，却充满了嘲讽。他知道，他选择的职业——在另一本书里他称为"专业刺客"——在道德上有些可疑。这种意识以它自己的方式体现在小说中，比如说像"我刚探完案回来"这样的话语。而且，他可能想要将他的"真实"或"个人"自我，与他的职业自我区分开来："我是敏感的情人和优秀的厨师，喜欢在用餐时喝点葡萄酒。我可不光是个受雇的粗人，只会去恐吓和枪杀别人。"他好像一直用这样的策略说话。同时，他还非常清楚，在丹佛斯或其他任何沉睡的街区，你都能发现无数罪行；说起来真是让人丧气。于是小说从头至尾，他都在强硬激进的行动（在这部小说中有很多人死了）和讽刺淡然的评论之间摇摆。

14. **节奏**。节奏的某种类型。一部小说中有两种层面的节奏：行文节奏和叙述节奏。叙述节奏需要花点时间才能确立，但行文节奏在开篇就立刻显现出来。而且，行文节奏常常暗示出大部分叙述节奏是怎样进行的。节奏和我们之前讨论过的措辞相关，但是两者有区别：措辞和作者的词汇选择有关，而节奏则是作者如何在句子里运用这些用词。在实际写作中，两者密不可分，因为行文节奏在很大程度上依赖于用词，同时也渲染了这些词语的感觉。叙述中的每一个元素都在某种程度上和其他元素相关联。作者是将信息脱口而出，还是有所保留？他是直接陈述，还是将其隐藏在一堆从句中？是让词语相互磕磕碰碰，还是悠然漫行？以下是芭芭拉·金索沃《毒木圣经》的开头：

> 想象一片废墟，这废墟怪异之极，绝不可能存在过。
>
> 首先，勾勒出森林。我要你成为它的良心，成为树之眼。树，一列列地立着，长着滑溜的、条纹状的树皮，犹如肌肉发达的野兽，不可思议地疯长着。每一寸空间都盈满生命：精致而有毒的蛙，斑斓的纹路有如骷髅，攫住对方交媾，将珍贵的卵分泌到滴水的叶片上。藤蔓紧缠着自己的同类，无止休地角力，要迎着阳光。猴子在呼吸。蛇腹滑过树枝。[1]

这是怎样一种节奏？平静、慎重，几乎从容不迫，但是，每个细节都是一个警告或者威胁。为什么用的是“良心”而非更为中性的“意

①本书《毒木圣经》节选译文均出自张竝译本，南海出版公司，2017年版。

识”？为什么形容毒蛙时用的是“精致”？这是高超的技艺——宁静的危险。小说声称，喜不喜欢我，随你便，但是，至少你清楚了你要进入的情境。

15. **步速**。我们会走得多快？看看这个开头，引自亨利·詹姆斯的《一位女士的画像》：

> 在某些情况下，所谓午后茶点这段时间是最令人心旷神怡的，生活中这样的时刻并不多。有时候，不论你喝不喝茶——有些人当然是从来不喝的——这种场合本身都会给你带来一种乐趣。在我为这简单的故事揭开第一页的时候，我心头想到的那些场景，就为无伤大雅的消闲提供了一幅绝妙的背景。这是在英国乡间一幢古老的住宅前面，草坪上陈设着小小的茶会所需要的一切，时间正当盛夏。

这不是一个百米冲刺。段落里每件事都说得很“从容”——长而抽象的词语，“有些人当然是从来不喝”的插入语，叙述不会比它所描绘的事件（如果你能这么称呼它）更匆忙的感觉。知道吗？你要习惯它。詹姆斯从不紧张，从不匆忙。他在叙述中重视的事物，就像心理洞察和内心戏，不能匆匆忙忙。

16. **期望**。作者的期望。读者的期望。等等——读者的期望？是，我知道你在想什么：这人脑子坏了。但是你的期望确实在第一页上。这是第一页最大的互动空间，其他页码也是如此。作者开始宣告他的期望。小说家期望什么？像乔治·艾略特，是否在期望那些有时间、有耐心的读者？像托马斯·品钦，是否在期望那些新潮而悟性高，不会害怕癫狂和离经叛道的读者？或者像沃德豪斯，是否在期望轻松自得的同伴？小说希望我们在阅读时付出什么程度的努力？我们为读这本小说要准备多少信息？一位理想读者应该有怎样的态度？这都好说，但第一页也是我们读者拥有发言权的地方。我们想读那本小说吗？我们赞同那些词语的选择吗？我们有那么新潮吗，或者更新潮？我们希望那小说做什么？第一页是作者和读者谈判或合作的开始。在这一过程中，作者付出了很多，读者也同样如此。读者的期望——这是今天我要从小说那里得到的——和作者的期望——这是我要从读者那里得到的——同样重要。第一页是我们精神层面的第一次相遇，也是我们搞清楚想不想读第二页的地方。

17. **人物**。人物不会总是在第一页就出现，但出现的概率比不出现高。而更经常的是主要人物会出现。“主角”（protagonist）一词来自希腊语“第一作用者”(first agent),而首先亮出来的是明星的魅力，这个方式在21世纪的小说中十分有效地运作，在公元前5世纪的戏剧中也是如此。自然,在第一人称叙述中,我们会立刻遇到一个人物，譬如哈克贝利·费恩、迈克·汉默[①]、亨伯特·亨伯特，甚至是一个我们在故事中不知道其名字和形象的人物。但是，他就在那里。而他也在第三人称小说中。伍尔夫的小说开篇前两个词就是达洛维夫人。而詹姆斯·乔伊斯以“神气十足、体态壮实的勃克·穆利根”开始了《尤利西斯》——他不是主角，而是主角的仇家。当然，奥雷里亚诺·布恩迪亚是那部百年家族传奇的主要角色之一。最根本的是：人物有助于小说起头。

18. **导读**。之前提到的所有这些元素，都是为了教会我们，小

①米奇·斯皮兰笔下的侦探。

说想要如何被阅读。当然，是否采用这种方式要根据我们自己的需要。不过，每部小说都希望能以某种方式被阅读。看看下面这个开头是否合你意。

> 当我坐在浴缸里，一边给一只沉思冥想的脚打肥皂，一边唱着歌。如果我没记错，唱的是"我爱夏尔美香水边上苍白的手"，如果我说我觉着这是高雅的爵士乐，那就是在蒙骗我的读者。我面前的这个夜晚，肯定又是一个潮湿之夜，无论对人还是动物，都不好过。我的姑妈大丽花从她的乡村别墅写来了信，别墅就在伍斯特郡的布林克利城堡。她要我私下里帮个忙，带她的熟人特洛特夫妇去吃个饭。

好吧，"大丽花姑妈"[①]好像露出了马脚，让人知道这是一个伯蒂·伍斯特[②]的故事，当然，对读过P. G. 沃德豪斯"伍斯特和吉福斯"系列的人来说，这再明显不过了。我只读到过一个叙述者，能拥有一只"沉思冥想的脚"，也只读到过一个角色，能把一首从歌名开始就很乏味的事情唱出来，还在题外话里骄傲地说了出来。此外，"高雅爵士乐"充满了"伍斯特"的调调，描绘夜晚"无论对人还是动物，都不好过"，也是如此。而那些不太熟悉沃德豪斯的读者，这个开头仅仅预示了漂亮、干净和喜感，但这是一份导读的杰作。这个段落塞满了信息，里面有人物、叙述态度、文体、措辞（他喜欢爱德华七世时那类更为可笑的俚语）、出人意料的个人用语、对他姑妈

①英国小说家沃德豪斯笔下的人物。

②同样是沃德豪斯笔下的人物，是个迷迷糊糊、头脑简单的单身绅士，下文提到的吉福斯是聪明才智远胜于他的男仆。伍斯特每次遇到麻烦，都要靠吉福斯解围。

的感觉、阶级以及社会背景，还有音乐口味。这是《吉福斯和封建主义的精神》的第一段，几乎包括了阅读这篇小说所需了解的一切事情，除了没提到这个人的名字，以及至关重要的吉福斯，但即便是吉福斯，也能被推导出来。这么乏味的一个人，当然需要一个掌控局势的人。我们从中了解到的最重要的事情是什么？这肯定不会是陀思妥耶夫斯基的小说。真令人宽慰。这都是从第一段里了解到的。

好了，值得指出的是，我们不会在每个第一页都找到上面所有元素，但是其中绝大部分会呈现出来，即便只有十来个，也将组成相当多的信息。一页纸要处理那么多事！它就是小说的全部吗？当然不是。否则我们就不需要其他几十万字了。而且，无论如何，所有这些元素在第一页里才刚开始被表达出来。还有更多需要去完成，为此，我们还是先翻过这一页吧。

2

在最明净的地区，你不能呼吸

中土世界、马孔多、西艾格、约克纳帕塔法县、圣纳西索、纳尼亚[①],快说,什么是它们共有的特点？它们是你（和我）不曾生活过的地方，将来也不会。它们不适合人类居住。而且，不管这些地方细节如何精致，布置如何奢华，还是不可能成为我们的乡镇、城市和农场。它们不是乔伊斯的都柏林，不是法雷尔的芝加哥，不是罗迪·道伊尔的巴里镇，也不是卡洛斯·富恩特斯的墨西哥城（这章的标题就"滥用"了他的书名[②]）。不要误解——我喜爱它们。它们是小说带我们领略的了不起的地方；常常很逼真，甚至比真实更真实。但是，它们不是真实的空间。

我一直对学生强调，要去理解小说的首要的技艺。它是虚构，说的是虚构空间里的虚构人物。但一切又都非常真实。它们要求

①分别是托尔金《魔戒》系列、马尔克斯《百年孤独》、菲茨杰拉德《了不起的盖茨比》、福克纳的多部小说、品钦《拍卖第四十九批》、C. S. 刘易斯《纳尼亚传奇》里的虚构背景地。
②卡洛斯·富恩特斯有部小说名为《最明净的地区》(Where the Air Is Clear,1959)，与本章标题有重合之处。

我们相信其存在，把这个明显假想的空间当作可能的真实。头疼吧？

听听下面这件事：1954年6月16日，五个男人绕着都柏林踏上了一次悲伤的旅程。这是“布卢姆日”[①]五十周年纪念日，乔伊斯的《尤利西斯》（1922）就设定在这一天发生。这群人是乔伊斯的堂兄汤姆·乔伊斯，诗人帕特里克·卡瓦纳，青年作家安东尼·克罗宁，画家和酒馆老板约翰·莱恩，还有布莱恩·奥诺兰。奥诺兰以麦尔斯·纳·戈卡普兰为笔名给著名报纸专栏《废言》撰稿，还用弗兰·奥布莱恩的名字发表过小说《双鸟渡》（这是后话）。他们的目的是想要再现小说人物的漫步之旅。奥诺兰至少正确体会了小说的精神；尽管他们一大早就碰头，他已经烂醉，一贯如此。这个小团体的每个成员都被安排了小说里的一个角色，在他们的旅程中，他们要上演这个角色。他们的目标是要按小说中指定的时间点，到达小说中的每个著名地标。他们略过了早晨的第一个地点“埃克尔斯街7号”，在那里小说的主角利奥波德·布卢姆给自己煎了一个猪腰子。最终，这趟行程中止于里恩的酒馆，对我来说这好像合情合理。这计划当然注定要失败，理由很多，不光光是要把喝醉的奥诺兰从出租车里费劲地挪进扛出。但同时，它又获得了轰动一时的成功，这几个人都没预料到或期望过会如此。

接下来的半个世纪，布卢姆日成了门实实在在的大生意，因为它提供了一年一度的旅游资源。所有痴迷乔伊斯的美国人都可能会

①每年6月16日是世界各地读者纪念爱尔兰作家詹姆斯·乔伊斯的“布卢姆日”。乔伊斯为了纪念与后来成为他的妻子的诺拉·巴纳克尔的第一次约会，将小说《尤利西斯》就设定在1904年6月16日这一天。“布卢姆日”（Bloomsday）从小说主人公的名字利奥波德·布卢姆（Leopold Bloom）派生而来。

去那里吃住，拿着旅游手册一站站进行他们的布卢姆朝圣。到了1990年，这个产业如此庞大，巴塞洛缪·吉尔借机写了一部侦探小说《一个乔伊斯学者之死》，小说里一个好色而贪婪的乔伊斯专家遭遇悲惨结局，虽然他并不完全命该如此。2004年6月16日，为了纪念布卢姆日一百周年，都柏林举办了布卢姆日庆典，格拉夫顿街上卖出了一万份早餐。我不知道那天这份账单有多精确，但只要想一想成千上万份爆腰花，胃里的燕麦片马上就会吐出来。不过，这里可以肯定一件事情：在文学层面上，这些后来的庆典和那杂乱无章的初次尝试一样，都是注定要失败的。我确信商人肯定不这么看，而当我恭维这个“只争朝夕”（这个地方连续好些年举办千年庆，而不去解决关于当年维京人登陆此地的确切日子的争议）的城市时，我有着文学方面的充分理由。

以下是我的看法。即使你有街道地址，还有乔伊斯同行，你还是走不到斯蒂芬·迪达勒斯、布卢姆、勃克·穆利根以及其他人物到过的地方。它们不是真实的街道。相反，它们是街道的表征。乔伊斯最出名的一点是，他虽离群索居，但又不断向朋友亲戚索要每个最不起眼的文本，关于他的城市，关于他感兴趣的时代，诸如旧节目单、电话号码本、广告传单、剪报、赛马表、任何能够促进“逼真”事业的纸片。他还在酒馆里偷听父亲和朋友们的闲聊，以剽窃他们的谈话片断而臭名昭著。当然，在老一辈的亲朋好友中，他并不是约翰·乔伊斯的孩子中最讨人喜欢的一个。你可以把他想象成一个尽心尽职并稍微有些偏执的传记作者，不过他和传记作者的不同之处在于，他把所有素材内在化了。如果说传记或历史的目标是要再现其主体的客观现实，那么，小说的目标就是要展现其客体的主观现实。乔伊斯说，他要创造他的民族的良知，但他不是去追踪真实人物的行为，而是转向了虚构，创造出一群生活在都柏林幻景中的人物。他坦然地拒绝选择纪实题材——传记、历史、新闻，而更青睐有布卢姆、摩莉和斯蒂芬的那个虚构世界。他的兴趣不是真的再现这个都柏林，而是创造一个都柏林，一个他的人物可以栖居其间的都柏林。他致力于障眼法，提供了足够多的细节，让读者相信他们能看到这个都柏林，或更确切地说，他提供了足够多的细节，读者可以自行补充剩余的部分。如同大多数作者一样，他也用数不清的特定细节来施展这漂亮诡计，就他而言，用的是街道名称、实际存在的商店、真实的地址，还有国家图书馆。即便缺乏一点绝对牢靠的描绘，这也很有说服力。我们从人物的思想内部，主观地体验着"真实"。在《普洛透斯》一章中，当斯蒂芬在海边行走，他听见石子在靴子底下嘎吱作响；在《埃俄罗斯》一章里，办公室里的人们感到风在刮过；在《瑙西卡》一章里，当布卢姆盯着年轻的格蒂·麦克道尔时，他看见也听到了闪耀的焰火。但本质上，它不可能完全再现那座城市。否则，它会妨碍我们对小说人物的关注。在十分钟的散步中，你会处理更多对自己居住小镇的感官信息，远远要比读上七百六十八页的《尤利西斯》而了解的都柏林多。

这很像玛丽安·摩尔笔下关于诗歌创作的诗句："想象的花园里面有真实的蛤蟆。"小说家创造了想象的城市和想象的人物，他们有真实的危机、真实的问题、真实的困境。

谁觉得受不了啦？护士将给大家发阿司匹林。

有多少想象性？你想要多少想象？

看看以下这个明显的情况吧。举个例子，我们都知道中土世界并不存在。你走遍整个真实地球也找不到夏尔，或者幽谷，或者艾森加德，或者魔多[1]。许多解释这部小说的人会说夏尔代表了英格兰，魔多代表了德国，小说的整个地理分布反映了二战期间反抗纳粹统治的斗争。毫无疑问，的确如此。J. R. R. 托尔金勾画的这个图景强烈暗示着他自己的世界。但要点在于，这不是他自己的世界。这个世界不是任何人的，而是小说人物的世界。

怎么，这么说，它不重要了？

完全不是这么回事。事实上，这正是至关重要的一点。环境只为故事中的人物负责。他们的世界不必非得是我们的世界，但绝对得是他们的世界。想象一下曼哈顿挤满了霍比特人、巫师、精灵和强兽人的情况。兽人们蜂拥进入华尔街，矮人们住在摩天大楼的地下室里。是啊，这太傻了，听上去就像让你从头到尾笑个不停的低级恐怖电影。或者让这一切发生在内布拉斯加的玉米田里。不，弗罗多、甘道夫需要他们自己的风景，他们自己的地理。史诗传奇需要神话空间。另一方面，如果让亨利·詹姆斯笔下人物居住在同样的神话背景里，也会荒谬可笑。伊莎贝尔·阿彻尔住在艾森加德？米利·谢尔住在魔多？算了吧。相反，萨茹曼住在艾森加德或者索隆住在魔多是对的。以下是对那个荒原入口的描述：

> 此外，黑暗魔君还建起一道连接两边悬崖的防御石墙，扼守隘口的出口。墙上开有单独一道铁门，墙头的城垛上终年有哨兵巡逻不停。两侧山岭底下的岩石中开凿了数以百计的大小洞穴，里面蛰伏着大群的奥克，只要一声令下，他们便会如黑蚁倾巢而出，密密麻麻涌向战场。除了那些应索隆召唤而来的

①都是《魔戒》中的地名。

人，或那些知道通关暗语，能让索隆领土的黑门魔栏农敞开之人，没有人能经过摩多之牙而不遭咬噬。[1]

对任何人来说，这都令人生畏。注意那些严峻、尚武和毁灭的气息：隘口、魔多之牙、咬噬、洞穴、奥克、黑蚁、城垛、哨兵、大群、黑暗魔君、黑门。这全都在一个段落里！这是一个虽生犹死之地，一个没有自由、个体，显然也没有人性的地方。托尔金没有漏过一个戏法，他也不应该漏过。史诗传奇是叙述宏大事件和伟大英雄的鸿篇巨制，作为一个古代语言学者，托尔金非常熟悉它的庞大结构和微妙之处。在《魔戒》三部曲里，他掌控了一切，包括这里环绕着他者（也就是敌人）的极其邪恶的氛围。显然这不是大部分类型小说里能用得上的环境描写，但它的确有自己的特殊用途。面对眼前凶险的任务，弗罗多和萨姆一定出离恐惧，而读者也需要理解他们的无助和面临的威胁。只看这一段，当然后面还有许多，所有人都明白了事态。

所以，想象终归是想象，即便有些来自真实生活，但它们在自己的语境里仍然发挥作用。听起来我们有了一句格言，不是吗？好吧，这是**“关于虚构地点的法则”**：一个虚构作品里的地点绝不是真的地方，但必须表现得真实。

这法则意味着什么？第一，虚构。任何虚构作品的环境都是想象的构造物，不同于任何实际地点，即便它看来像是真有那么一个地方。小说家们即使用真实地点做模本，也会对它们进行选择、增减和修饰，或有时候直接进行篡改。它们不可能囊括所有的城镇，

① J.R.R. 托尔金著，邓嘉宛等译，《魔戒》，上海人民出版社，2013 年，第二册第 298 页。

所有的街道，就是不能。为什么？首先这样的信息量对读者来说是无法承受的，这样的话，小说会长三倍，没人想看。一些作者，尤其是那些伟大的现实主义作家和自然主义作家，为自己能运用真实场所的准确细节而自豪。在《情感教育》里，福楼拜想让读者切身体验他了解的巴黎—— 一座真实城市的风景、声音和气味。乔伊斯仿效他的榜样，也在《尤利西斯》中描写了他的都柏林。然而，这两个地方都不是真实的城市，不是完整的城市，只是小说中的城市。对细节的选择——选择这些，排除那些——让这些“实际”的城市变成了艺术的构造。这也不错。几乎没有人，甚至那些最忠心的崇拜者（我就是其中之一），会希望《尤利西斯》比现在更冗长。

此外，不加选择的细节会造成焦点的缺失。如果菲茨杰拉德把从西艾格村到纽约的车程中的所有东西都记下来，我们的注意力就不会被吸引到那三件重要事情上：灰谷、威尔逊的车库和艾克尔伯格医生的眼睛[①]。这三件事物至关重要；其余的关系不大。

第二，内在的真实。文学作品如果要在美学上令人满意，要求之一就是整体性。这个观点源自圣托马斯·阿奎那，它被提出来后，几乎每个人都做出了自己的解释。整体性，部分而言是指拥有让人物存在和采取行动的适当空间。一般来说，传奇式的人物和经历最适合于传奇式的风景。当 C. S. 刘易斯的《狮子、女巫和魔衣橱》中的孩子们从衣橱里偷偷进入纳尼亚的时候，他们实际上离开了世俗世界（如果纳粹的空袭逼迫他们离开家园可以被认为是世俗的），来到了幻想天地。女巫？会说话的狮子？半人半马？就在衣橱的另

①小说一个地点是位于长岛和纽约之间的灰谷。威尔逊是修车的，最后杀死了盖茨比。眼科医生艾克尔伯格是矗立在灰谷广告牌上的形象，一直俯视着这个死气沉沉、道德败坏的世界。

一边。另一方面，美国大草原的世俗大自然，却相当适合薇拉·凯瑟小说中的人物和行为。她想要讲述的故事，其本质正需要那些地方,不仅要正常平凡,还需要一定的特质。例如在《迷途的女人》中，她非常简洁地讲述了一个穿越西部的故事，而这故事需要发生在过去的边疆地带上的农场和小镇里。而当她在《大主教之死》中把故事进一步往西延伸到新墨西哥时，叙述的形态变了，转向地理和历史上都更为宽广的视野。凯瑟或者刘易斯作品中的那些空间之所以说得通，是因为它们在小说的现实中提供了内在的一致性，一种整体性。

某种程度上，小说的“现实”是由我们完成的。读者参与了这些虚构世界的创建。他们填补了叙述的缝隙，抓住了细节，在想象中让可能的世界变得实实在在，在某个时刻让无法住人的地方住满了人。我在其他地方说过，阅读是两个想象空间的互动，一个是作者的，一个是读者的。在背景方面，这点最为重要。小说家不可能提供他想象世界的每个细节，如果他们这样做了，读者也不见得会领情。所以读者是被迫（也是心甘情愿）接受那些提供给他们的现实的，甚至会在需要时丰富它们。当然我们也有我们的局限。我们不能接受那些粗制滥造的虚构世界，以及因为错误或作者的懒惰而造成的逻辑不连贯。请给我们一个制作精良的世界，有着我们可以理解的法则（即使这些法则不是我们的法则），我们会很快乐。毕竟，那些世界会让我们离开自己的世界几个小时，然后又把我们带回来——这不正是我们在寻求的吗?

3

这里谁说了算？

知道有两件事没人逃得过吧？小说家则有四件。跟我们一样，小说家也会死，也要交税，但他还要对付“第一页”和“叙述者”。小说家没法与它们生活在一起，但也离不开它们。而且，通常它们与小说家形影不离。

或许对小说家来说，最难的就是决定由谁来讲故事。由主要人物还是次要人物来讲？他对故事里的其他人物和事件是什么态度？应该讲正在发生的故事，还是很久以后再追述？是画外音吗？是单一视角还是全知视角？是讲述全部，还是有所保留？对讲述的事情是感兴趣，还是困惑？是被深深打动，还是觉得极其无聊？据说有时候角度的改变就意味着信仰的改变，一个不再坚信全能上帝的时代，无法使用全知叙述者。无论情况是不是这样，事实是：一旦角度被确立，小说的进程也就被设定了。而且，读者与小说中人物和行为的联系，也依赖于这个关键性决定。不能想象，除了尼克·卡拉韦，盖茨比的故事还能由谁来讲述；也无法想象不让伊希梅尔讲述《白鲸》，或者让弗罗多来讲述《魔戒》。我们阅读三万字到二十万字不等的小说时，这个声音、这个造物都一直陪伴着我们；他们中有些人甚至伴着我们入睡。所以，毫不奇怪，选择叙述者和角度从来都不轻松。

而这些不过是对小范围可能性的焦虑。以下差不多是整份清单。

• 第三人称全知叙述(有时候简称为“全知叙述”)。这是一个“上帝”般的视角，19 世纪很流行。这个叙述者能立刻出现在作品的任何地方，所以他总是知道每个人的想法和行为。维多利亚时代有各种各样的叙述者，但是这个人物存在于故事之外。如果他们使用了“我”，这是文本在直接跟读者说话。

• 第三人称限制叙述。跟全知叙述者一样，这个叙述者也是行动的局外人，通常就只是一个声音。但它是故事中一个角色的声音，去她去的地方，看见她看见的东西，同时也记下她的想法。这种叙述提供关于故事的一个相对片面的观察，看上去这似乎是个缺陷，但其实并不是。

• 第三人称客观叙述。这个叙述者在局外观察所有的事情，因此只能对人物内心生活给出外在暗示。因为这种状态，恰恰就是现实中我们跟所有我们认识的人的关系，所以它并不那么吸引人。谢谢，我真的不需要一本对别人的情况毫无头绪的小说。

• 意识流。确切地说，这并不是一个叙述者，而更像是一个钻进人物头脑中的抽取器，以吸出人物自己对自身存在的描述。之后我会单辟一章谈谈这个问题。

• 第二人称叙述。一个真正的珍稀品种。在你正常的阅读生涯里，你算算读到过的第二人称叙述小说，一只手就数得过来，即使不用拇指，剩下的指头也够了。

• 主要人物第一人称叙述。也就是主要角色以自己的口吻讲故事。比如哈克贝利·费恩或者大卫·科波菲尔。相比其他类型的小说（也有例外，如硬派侦探小说），它在成长小说中更常见一些。

• 次要人物第一人称叙述。哦，像你这样的人还需要我来解释这个吗？主角的忠实朋友、捧哏的、小角色、主角乘高速列车时正好站在他右边的人——你马上会想到这些。其中可运用的微妙和诡谲几乎无穷无尽，正好可以解释为什么长久以来，它在小说家中间这么受欢迎。

以上就是全部了。虽然看上去并不算多，不是吗？当然，还有无穷无尽的组合可能，小说家们可以在小说中插入报道、证词、信件、小说人物的陈述和麦德阿姨寄来的生日贺卡，但它们仍然可以归入上述几个类别。

另一方面，恰是因为选项有限，选择才非常重要：在这样一个有限的宇宙里，如何才能让我的小说脱颖而出？如果我使用主要人物第一人称叙述，我的成长小说（一个难发音的德语词汇[1]，专指讲述从童年到成年成长经历的小说）是否会和其他所有成长小说雷同？又或者，如果我不那样讲故事，人们是否还认得出它是成长小说？毕竟，每部已写的小说都有助于确定那个小说世界，但有时定义又意味着限制。如果用次要人物第一人称，讲述一个骗子因为虚幻的梦想而结局悲惨，就很难让人认为它没有模仿《了不起的盖茨比》。

然而，我并不认为这是主要问题。小说家当然知道，他们新创作的作品在那个小说世界会被如何归类，但他们更关心叙述视角的

① “成长小说”（Bildungsroman）一词是从德语中直接吸纳入英语的文学术语。

选择。它将确定每件事情：我们了解主角到何种程度，我们对被讲述的事情有多相信，读完整本书需要多长时间。

真的是每件事情？

差不多吧。可以思考这个问题：你读过的最长的小说是哪部？《名利场》？《米德尔马契》？《荒凉山庄》？《汤姆·琼斯》？《名利场大火》？除了压在胸口那沉甸甸的重量，这些八百页的大部头有什么共同点？全知叙述。第三人称全知叙述非常适合长篇巨著。事实上，这种叙述几乎总是会产生巨作。为什么？因为没有东西能被隐瞒掉。如果小说家公平对待，如果他建立了一个世界，其中的叙述者又无所不知，那么这个人物必须展现所有他知道的东西。他不能让某人在城市另一头的阴影里偷偷摸摸地行动，却假装不知道谁在行动、在做什么、为什么这样做。他是个全知者好不好。他无所不知。他绝不能只因为对他有利，就说，哦，我不知道这件事。这就没有遵守规则了。这也是为什么悬疑小说不会有很多全知叙事。它们需要秘密。而一个能看透每个人心思的叙述者，无法假装存在秘密。

那么，对悬疑小说来说，什么样的叙述是有效的？第三人称有限叙述或者第三人称客观叙述会稍好一些。我们要么只知道侦探的想法，要么谁的想法都不知道。第一人称也不错。英国悬疑小说倾向于使用次要人物第一人称，美国作家则倾向于使用主要人物第一人称。为什么？因为故事不一样。英国悬疑小说倾向于推理(ratiocinative，这个词语来自拉丁语，意思是依靠理性手段解答问题)。它们依赖于侦探的才智。如果是侦探自己讲故事，那么我们就会明白他的聪明才智将引领我们去往何处，这样会失去所有的意外和惊喜。因此，相对应地，故事就由某个稍微有些迟钝的人物来讲述。夏洛克·福尔摩斯有他的华生医生，赫尔克里·波洛（有时）

有黑斯廷斯上尉，或者只此一次派上用场的平头百姓。这些叙述者都不傻，或者就跟我们一样，我们可不傻。不过，他们也就智力平平，相形之下，福尔摩斯或波洛就聪明得不像人了。另一方面，美式悬疑则倾向于硬派侦探小说（hard-boiled，这个词语源于美语，意思是我比你强硬，我将以我的方式找出真相）。这些侦探都不是特别聪明，但他们强硬、坚韧、不乏狂傲，常常是个好伙伴。所以，他们讲述自己的故事，如雷蒙德·钱德勒的菲利普·马洛[①]、米奇·斯皮兰的迈克·汉默[②]、苏·格拉夫顿的金西·密尔虹[③]。这些人物在工作中沉默寡言，在生活中却令人惊讶地健谈，以自己的方式开玩笑或恫吓人。选择第一人称叙述有助于凸显他们的个性，尤其像琳达·巴恩斯的卡洛特·卡莱尔[④]或者密尔虹，她们用谦卑低调的俏皮话，以反讽的方式削弱了她们作为侦探的地位。这种叙述视角的另一个有用之处，就是可以让主角犯错误。美式硬派侦探小说的特点之一，就是让坏人阶段性地占据上风，主角会被抓获、误导、痛打，中枪或陷入困境。如果这发生在第三人称叙述中，就像《马耳他之鹰》中萨姆·斯佩德被下了药，就会看上去会像是他故意让这情况发生的。毕竟，小说大部分时间里他几乎滴水不漏，然后上述的这件事情发生了。这样就不可信了。反之，金西·密尔虹一会儿告诉我们她有多专业，一会儿又指出自己的弱点，所以当她陷入困境时，我们并不惊讶。

好，那么第一人称叙述能做什么？它还有什么其他好处？它制

①雷蒙德·钱德勒创造的虚构人物，出现在《大眠》和《漫长的告别》等多部长篇小说中。

②米奇·斯皮兰在《审判者》中虚构的人物。

③侦探推理小说家苏·格拉夫顿系列小说中的主人公。

④推理小说家琳达·巴恩斯系列小说中的主人公。

造了一种幻觉，让我们有直接代入感。这里，我们最好离题一下，停下来说说幻觉与现实。这一切都不是真实的，对吧？没有一个叫汤姆·索亚的男孩，没有他倾心的贝奇·撒切尔，也没有那个叫哈克贝利·费恩的朋友。他们都是语词的产物，让我们相信，哪怕只有一小会儿，他们存在着。而大脑不得不跟上趟，不仅相信（或至少是不怀疑），而且积极运用这些元素，组合这些元素，让它们呈现出比实际存在于书页里的人物更为完整的形象。而且，关键是，没有那个叙述者。那个在整本书中对我们说话的人，并不比小说中其他人物更真实。事实上，这是一个普遍真理，所谓的**“谁在说话法则”**：虚构作品的叙述者是想象和语言的产物，跟小说中的人物或事件一样。“全知叙述”的全知，不是上帝的全知，而是虚构出来的类似于上帝的全知第一人称或第三人称里的“人”，不是作者，而是一个构造的实体，由作者赋予他声音。（我的事业便是如此：专门研究那蜉蝣般短暂的生命、那影子、那并不存在的事物；我大约也可以做一个经济学家。）所以，当我们谈论某种技巧产生什么效果时，我们实际上是在谈论制造某种幻觉。就是这个，我很高兴终于一吐为快。

好了，第一人称叙述有以下问题，这些是让它伤脑筋的缺陷：

• 这个叙述者无法知道其他人的想法。

• 这个叙述者无法在自己不在场的情况下，前往其他人去的地方。

• 他会经常性地误解别人。

• 他会经常误解自己。

• 他只能局部了解客观真相。

• 他可能有所隐瞒。

既然有这些局限性，为什么作者会采用如此不可靠的视角？因为还有有利之处：

• 这个叙述者无法知道其他人的想法。

• 这个叙述者无法在自己不在场的情况下，前往其他人去的地方。

• 他会经常性地误解别人。

• 他会经常误解自己

• 他只能局部了解客观真相。

• 他可能有所隐瞒。

那么，第一人称的作用和功能是什么？首先，是直接性。如果想让读者亲近一个角色，就让角色自己谈自己。成长小说用第一人称很合适，因为这些故事需要我们认同匹普、大卫·科波菲尔或哈克贝利·费恩。在流浪汉小说中，这种认同也很有用，比如歌剧《浪子历程》的文学脚本。流浪汉（pícaro，这个词来自西班牙语）是指走遍世界的流氓无赖或浪子，他一再冒险，对通常意义上的对错甚或法律，从来没有太多顾忌，不让它们成为套在脖子上的枷锁。让无赖由自己或某个和他很亲近的人来讲述他的故事，更能赢得同情，就像索尔·贝娄的《奥吉·马奇历险记》（1953），或者杰克·凯鲁亚克的《在路上》（1957）。好吧，凯鲁亚克的书都是如此。我们喜欢奥吉，他迷人、机智、直率；我们喜欢萨尔·帕拉迪斯，他时而忧郁、时而愁闷、时而快活。我们喜欢这两个人，因为他们都在和我们交谈。

还可以把“身份认同＝产生共鸣”这个方程式再往前推一步，用第一人称叙述书写不堪的人物。有很多小说，主角是魔鬼（这通常是比喻意义上的，但时不时有些人物真的是魔鬼），但不管怎样，要是在其他小说里，他们就是恶棍。想一想吧：你会和《发条橙》里的阿列克斯做朋友吗？你真的想去了解他吗？一想到自己的小镇可能存在一个阿列克斯那样的人，缺德、凶残、热爱暴力美学、正伺机而动，大多数人晚上都会睡不着。但情况是，在书里，在阿列克斯自己的叙述里，他充满魅力。高智商。巧于辞令。风趣。聪明。引人共鸣。你怎么能从“缺德”和“凶残”那里得到“共鸣”？是语词的力量。阿列克斯，或者确切地说是他的创造者安东尼·伯吉斯，编织了语词的网络，诱使我们沦陷在他更具吸引力的个性元素中，同时让我们无法直接看到他更为邪恶的行径。约翰·加德纳的《格伦德尔》中那个与书同名的反英雄，正是通过“编织一张语词的网络”，来描述他在这个世界的自觉行动。加德纳的任务甚至要比伯吉斯的还艰巨：青少年暴徒只是新近事物，而格伦德尔作为邪恶的代名词，已经有一千多年了。小说家既不想改造它，也不想让它变得迷人可爱。他仍是魔鬼，仍然吃人，仍然痴迷于暴乱和血腥。他肯定不是做知心好友的料。加德纳想做的事情更具欺骗性和挑战性：让格伦德尔既是魔鬼却又能引起共鸣。因此他让他在很多方面和我们相似（除了吃人那部分）：风趣，观察敏锐，对语言及语言能带来的正负效应感兴趣，对人类社会的缺陷津津乐道、持批判态度，不合群，打抱不平，并为自己感到一点点遗憾。因此，读者虽然明白贝奥武甫必胜，但也为失去了格伦德尔那非凡的声音而遗憾。如果你能为这头一千两百岁的魔鬼做到这一点，你就真的完成了一件了不起的事情。

只存在六个选项这一事实，或者说实际上是四个，并没有真正限制讲述故事的方式。小说家们能对这些选项进行混搭、调整、变更，或直接改造。在杰作《雪》中，奥尔罕·帕慕克使用了万花筒式的视角，让小说大部分内容看上去都接近于全知叙述，然后开始使用第三人称有限叙述，最后用一个故事外的叙述者奥尔罕来做第一人称叙述，他的出现只是混淆视听，并揭示出这个故事是他用主角、那个叫卡的诗人留下的材料，以及由朋友和熟人对这位新近去世的作家所做的陈述归拢而成。表面上的全知叙述和客观叙述者都是幻象；作为朋友，奥尔罕讲述了卡返回土耳其最后的归家之旅，被自己的忠诚感和困惑感所打动。这里就存在着分类问题：它们常常相当粗疏。《雪》是一次相当微妙精巧的叙述表演。它是“次要人物第一人称叙述”吗？好吧，算是。也就是说，叙述者成了一个有名有姓的角色，他身处故事中，和其他角色一起互动。不过，他也是一条变色龙，模仿各种第三人称视角的叙事策略。确定的定义与分类，并不能解释像帕慕克这样的作家带来的变化。

如果《雪》是一部存疑的第一人称小说，那就让我们来看看约翰·福尔斯的《法国中尉的女人》，在这部小说里，第三人称叙述者确确实实登场了，还出现了两次。小说使用了维多利亚时代的小说形式，利用了它传统的全知视角（当它符合叙述目的时）以及读者—叙述者之间的亲密性。但是，一个类似于福尔斯本人（以不同的面目出现）的角色，两次出现在小说中，一次是在火车车厢里，他正在观察主角；另一次在快结尾时，他将手表回拨十五分钟，因此也让小说出现了那著名的两个结尾。在小说中只有一个人能够重新设定时间，而他不是故事中的角色。更有甚者，福尔斯频繁使用“我”意指叙述者，尽管他从不和小说中的任何人任何事发生互动。即便他坐上火车，在但丁·加布里埃尔·罗塞蒂的包厢外走动，都带有某种舞台技巧，暗示他不过是在隐喻上在场，而非真正在场。那么，他是第一人称，还是第三人称？很清楚，是第三人称，因为叙述者并非真的是小说中的人物，但是，就像《雪》一样，福尔斯的小说在运用视角方面，比任何单纯定义所能说明的，都远要精妙曲折。

那又如何？为什么我们要关心叙述视角？它是第一人称还是第三人称，或者定义分类并不总是有用，真的有关系吗？

好吧，既有关系也没关系。首先，是没有关系。你可以心满意足地读完绝大多数小说，根本不用在意是谁在讲故事。你一样可以知道每本小说基本上在说什么，知道里面的每件事情。但也有关系。谁是叙述者关系到信任度。一般来说，我们认为第三人称叙事更为准确真实。使用“我”为叙述者——我们马上就会看见这个“我”——就不那么准确了。真实人物会说谎，记忆会出错，会陷入困惑。在历史上最著名的一次作家纷争中，玛丽·麦卡锡说她以前的朋友丽莲·海尔曼“说过的每一个字都是谎言，包括连词‘和’以及冠词‘这’”。如果真实世界的人都这么不真实，我们为什么要指望那些编造的故事更加真实呢？

但是，在其他方面，叙述视角也很重要。我们和那个被讲述的故事的关系是什么？我们能被它带到多远？能多投入？我们怎样被它左右，用这种或那种方式去理解事件？这些事经常受制于对叙述者的选择。因此，我们也许想要关注那个捉摸不定的叙述者到底是谁。

4

永远不要因为叙述者说话就相信他

提问：你怎么判断一个律师说谎了？

先别抢着回答。

我们会碰到很多形式的谎言：半真半假的谎言、彻底的谎言、自我欺骗、偷换概念、政治辞令、新闻发布会，对了，还有法庭辩论。小说从定义来说就是一个谎言，许多小说家以马克·吐温为榜样，接受职业骗子这个角色。但是，知道小说是假的，并非完全有用；我们了解那种模式。在小说形式内，有不同层面的真实，在这个由虚构故事构建出来的伪世界里，有些事情是“真实”的，有些不是。又头疼了吧？

以下这句话你知道是谎言：这个故事说的不是我的事情。这当然是你的故事；要不然没必要作这种声明。说出此话的人不可信任。你知道他是什么人，对吧？讲故事的人。讲的是别人的故事。几乎跟自己没关系。尼克·卡拉韦也说了这样的话，但说得更重：“我压根儿不认为我怎么想有什么关系。”这个家伙在逃避责任，跑得要多快有多快。幸运的是，他做出这声明的时候（虽然已经很早），我们已经知道他在撒谎。我们早就知道了。很早很早。早到什么时候？小说的第一个词。什么词本身会告诉你叙述者是不可信的？一个简短、自负、干巴巴的词。**“叙述不可信法则”**是：当你看见“我”一词，就不要再相信叙述者。是的，即便它是小说的第一个词。他完了，露馅了。

等等。我说过他是坏人、是故意传播谎言和试图诈骗的人吗？很有可能，但也不一定。他也可能是被骗了。天真。误会。不知情。负罪感。并不了解所有真相。或者红口白牙，睁眼说瞎话。无论什么情况，他，或者她，都不可信任。

为什么？就像约翰·列侬所说：“除了我和我的猴子，每个人都有所隐瞒。”第一人称叙述者怎么就不可信？让我们逐一细说。

作为角色的叙述者时常不知道发生了什么事，或者不能完全处理他们见到的事情。儿童叙述者就是如此。比较著名的有哈克贝利·费恩、匹普、大卫·科波菲尔，甚至霍尔顿·考尔菲德，确切地说，他们告诉我们的要比他们懂的多，因为他们其实并不懂。当哈克贝利说谢泼德逊一家和格兰杰福特一家有贵族头衔、是善良正直的人时，这是因为那两家子是这样说自己的，也是这样告诉他的。然而，他们并不是中世纪贵族改朝换代时的人物，他们是偏僻林地的粗鄙杀人犯。我们能明了这些，但是哈克贝利不能，这就是吐温的立场，真的。哈克贝利是吐温的“赣第德”[①]，睁大了天真的双眼满世界流浪，这世界威胁要玷污他，将他拉低到自己的层次。但我们不想他被这样毁掉。如果年长一点，比如说十六岁或者十七岁，他将会更明白他所见到的一切，也将因为明白而愤世嫉俗。用不了多久，他

①伏尔泰笔下的人物，著名的老实人。

就会说："接着我碰到了下一个江湖骗子、冒牌行家、畜生、小偷或者恶棍，诸如此类。"然后他会被迫批评和判断他们的举止。说真的，那还有什么好玩？这样的哈克贝利没意思透了。对读者来说，部分乐趣在于我们能看出那些家伙是江湖骗子、冒牌行家、彻头彻尾的坏蛋，但他不知道。他正站在青春期的门槛上，那么单纯，没注意到他们的恶意。然后我们下判断，给出道德裁决，这是一项我们做起来津津有味的工作。但是，最重要的是要让小说可信，哈克贝利必须单纯。当他决定撕碎那张透露逃奴吉姆下落的纸条时，他必定会因此受到伤害，而事实也正如此。

> 我平心静气地思考了一会儿，随后就自言自语地说：
>
> "那么，得了，我就下地狱吧。"——我一下子就把它撕个粉碎了。
>
> 这是怪可怕的想法，也是怪可怕的话，但是我已经说出口了。而且一言既出，我就断断乎不改口，也不再想什么弃恶从善这等事了。

这是美国文学中最有道德感的一刻。别的都远远不及。不过，戏剧性的是，哈克并不明白这一点。只有他真的相信他将下地狱，相信他抛弃的不仅仅是法律，还有他认识的善良而高尚的人们，以及他们塞进他脑袋里的那个支持人对人的奴役的上帝，这一幕场景的道德感才如此高贵。而要它有效、有所意味，他就不能看清这情形。如果他想到了，哪怕只是一闪而过的念头，他们所谓的正义海洋，实际上是腐朽道德的泥潭，那么，他这一决定的道德力量就丧失了。

毫无疑问。如果我们不能明白他所谓的"遭天谴"恰恰是他的救赎，那就是我们的可悲了。幸运的是，我们能，而他不能，一切都很完美。

哈克是未成年叙述者的典型代表。更多时候，儿童叙述者的任务是提供火星人般的天真视角。克雷格·雷恩有一首诗，《一个火星人寄了张明信片回家》（1979），诗里一个外星来客尝试描绘他遇到的日常“新奇事物”，包括电话、汽车、书籍和浴室，所有这些他都无法理解，因为他没有可供参考的框架来描述它们。绝大多数小说没火星人什么事，因此这种域外来客的视角只能由一个熟悉地球家园、却对一些基本方面仍然陌生的人来提供。顺便说一下，你是否注意到，小孩子总有那么一点点，嗯，看上去像外星人？儿童叙述者虽然能观察事物，但并不能完全领会，同时，他会有一种目光清澈的坦诚，对小说家来说，用别的叙述者，做不到这一点。

甚至在叙述者已长大成人，但在用年轻的眼睛回顾过去时，同样能让小说家对平凡日常的成人世界进行陌生化。例如在《远大前程》（1861）里，查尔斯·狄更斯利用匹普去批判维多利亚时代的英国普遍接受的对上流社会的见解。俄国批评家维克托·什克洛夫斯基给出了“陌生化”一词，它的意思是“变得陌生”，或者说是将熟悉的日常事物变得陌生奇妙。他说，这是文学给我们施了魔法，让我们重新审视我们以为自己知道的事情。童年匹普会渴求那些他被教导要追求的价值观，将财富、闲适、体面和阶级意识视为重中之重，而对读者来说，这不仅毫无价值，甚至极其讨厌。匹普冷酷地背叛了他最大的资助者、姐夫乔·葛吉瑞，原因是乔的农民礼数让这个暴富的年轻“绅士”感到窘迫。他听从了郝薇香小姐的命令，因为他还不明白她的价值观就像她的婚宴一样腐朽不堪。他渴望得到傲慢残忍的埃丝黛拉的爱，但后者不过滥用这感情来证明自己的优越。自然，孩子时的匹普无法清楚表达这一切；事实上，他无法表达这一切在他的世界里都是错的，这种无能正提供了小说叙事的张力，也让读者大获满足。确切地说，这并不是孩子在讲故事，而是一个稍微年长的他在诉说。不过，这个叙事策略让那个年长的匹普不去泄露他所知道的事情，所以我们的所知受限于他那不成熟的处世能力。

对，这就是一个年少无知的叙述者能为你做的。不过，这不能解释长大成人的故事。他们的故事是什么？

有时间听吗？使用第一人称的理由，几乎和使用第一人称的小说一样多，不过它们总能够归为几类。以下是这些类别：

• 关于不解内情的人物的故事。对中心人物来说，生活中总有某些方面是个谜。我们都有自己的盲点、片面性和错误的自知。但是在谜一般的小说中，主要人物总是真正的高手。

• 关于藏有秘密的人物的故事。强调一下，这很典型。每个人都有秘密。

• 关于不同人物讲述同一事件不同版本的故事。

• 关于收拾残局的人物的故事。如果站在小说内部来看，这一类更有趣。

• 关于现实多重性或者没有定论的现实的故事。

• 关于十足的坏人或怪兽的故事。这种类型如此丰富，都可以另立章节讲述，不过为了展示所有的可能性，它值得在此提一笔。

这些叙述类型的共同点是什么？在每个类型中，作为角色的叙述者在讲述故事的同时，也在重大障碍下艰难前进：他（她）总是因为这样或那样的理由，与真相隔着距离。是，如果你要挑刺，真相总是容易获得的，不过，在小说中，真相和叙述者玩着捉迷藏游戏，而叙述者总是棋输一着。

比如？让我们这么说，你妻子死了。你最好的朋友也死了。他们中的一个，是你在整个世界里最爱的人。我们再假设，只是开个玩笑，十一年来他们一直在搞外遇，不仅就在你眼皮底下，而且还靠着你特别（快乐而无意识）的帮助。十一年来，你没感到任何不妥。当然，他们知道。另一边那个受委屈的妻子也知道。只有你被蒙在鼓里。因为各种原因，他们故意让你不知情，而每当他们试图坦白时，你总会让他们打消这个念头。真是聪明的家伙。现在你知道了吧，地球上只有一个人能平心静气地讲述这个故事，而这人肯定不是另一家还健在的妻子。这正是福特·马多克斯·福特动笔创作他的杰作《好兵》（1915）时作的决定。

或者，你将你的一生奉献给一个根本不值得你这么做的雇主，牺牲了快乐、爱情和个人成就，但最终发现，牺牲的动机被贬低了，而且也确实如此。可能你都不忍承认你究竟放弃了多少，不能公开说出你让自己错失了爱人，而她甚至是你一生的挚爱。你受困于自己的角色，要做个完美的管家，忘记去拥有感情，去生活，去做个有血有肉的人。然后，当你本可以拥有的一切都离你而去，你的主人成了个纳粹支持者，甚至这时你还是不能谴责他、离开他，因为他是你所拥有的一切。好，只能由你自己来讲述你的悲惨故事，不是吗？石黑一雄写作《长日将尽》（1989）时，就这么想的。在上述两部小说里，剧情都在自我探寻中发展；如果从外部去看待这过程，小说值得阅读的内容会流失殆尽。而这些内容都非常值得阅读。

或者第一人称叙述者也可能完全了解真相。也许他（同样，或者她，因为我们不想在这个不公平的赌局中错失任何一种可能）真的宁愿我们不知道真相。阿加莎·克里斯蒂经常让黑斯廷斯上尉或其他稍微有点愚钝的人物来充当叙述者，这些人没法觉察线索，或者没能辨别出错误的线索，这让他们误导了读者，也让赫尔克里·波洛显得更加聪明。在一本很出名的小说中（名字我就略去了，理由很明显），叙述者只是碰巧省略了一个小小事实，那就是（当真相大白时），他就是凶手。总的来说，第一人称叙述是个很好的手法，可以提供一部分真相，它也只提供真相。

当然，有时候真相不仅难以捉摸，而且令人痛苦。劳伦斯·德雷尔的《亚历山大四部曲》的主要叙述者达利，就有一堆问题要梳理。他把自己描述为一个筋疲力尽的人。每样他去接近的事物，都在想尽办法逃离他。他对爱人梅丽莎并不太好，她死于肺结核和情感上的被忽视（它们在文学中总是形影相随）。他的地下情人贾丝婷（这个系列小说的第一部就是用她来命名的）消失了，留下的更多是谜题而非答案。最糟糕的是，他以为自己了解的埃及海港亚历山大城，这个过往荣耀已衰败的肮脏破落之地，也随她一起消失了。这地方变得陌生而不友好，所以他带着小孩隐居到一个岛上，这小孩是梅丽莎的，但不是他的。他希望能将混乱的事件和情感理出头绪，让它们至少在美学上（如果不是伦理上）能让他应付。在四部曲的三部里（第三部《蒙托利弗》没有使用第一人称，这是四部中唯一一部使用第三人称的），达利告诉了我们他所知道的，查明了很多他不知道的，并认识到他所知道的事情大多是假象。然后他回顾自己一生的烂摊子，发现了错误，认识到他受到了怎样的蒙骗，并试图为自己的存在寻找一个更为坚实的道德基础。德雷尔怎么可能让不是达利的其他人来讲述这个故事？答案当然是他不能让别人来讲。

只有达利能讲述这故事，至少也应该在故事最初成形时由他来讲述，因为故事的成功依赖于达利集虚荣、欲望和缺乏领悟于一身的那种特殊性。

你知道更衣间里的那些镜子吧？在今天的百货公司里它们并不显眼。在更衣间里，三面镜子以一定的角度相互支撑，这样顾客就能看到新装的全部效果。如果把三面镜子翻倍，比如变成六面，你就有了一部路易丝·厄德里克的小说，这位作家大部分时间都在扎扎实实书写北达科他州奥吉布瓦印第安保留地的生活。从她的第一部小说《爱药》开始，她就在挖掘互相冲突的人性与记忆的碰撞。她的小说是种典型的组合体，由或多或少独立的短篇构成一个更大的叙事，而那些短篇让她可以在一部小说内变换不同的叙述角度。例如，她的第一部小说，有第三人称叙述，它在感情上同情琼·莫里西·凯斯珀、艾伯丁·约翰逊、戈迪·凯斯珀、贝福·拉马丁以及小亨利·拉马丁；同时还有来自艾伯丁、涅克托尔·凯斯珀、玛丽·凯斯珀、露露·拉马丁、莱曼·拉马丁和利普沙·莫里西的第一人称叙述。不用说，这些各种各样的讲述，在动机、观点，甚或他们互相交织的生活里的主要事实方面，都不太可能一致。嫉妒、怨恨、自欺、误信、迷信和受到启发的深刻见解，有时候还有超自然的干预力量，这些都在起支配作用。这是一部关于多个层次上的身份认同的小说，远远不止利普沙的出身问题，所以，叙事策略本身就包含着身份认同的诸多方面，一点也不足为奇。所有作为角色的叙述者都被这些问题所困扰：作为个人，他们是谁？在一个更大的部落结构内，他们又是谁？他们的目的是什么？他们需要什么？他们想要的又是什么？自然，这些由他们讲述的故事具有倾向性：自私的，短视的，满怀嫉妒的，善意的，渴求的，明智的，混乱的，夸张的，惊奇的。

这听起来可能有些奇怪，不过第一人称叙述正是应对这可能有点错乱的局面的手法。有时候叙述者并不知道真的发生了什么，而且也不知道他不知道。有时候你就是无法知道事实。纳博科夫《微暗的火》就是如此，在小说中我们永远不能完全确定事实是什么，只知道它不是叙述者查尔斯·金波特声称的那样。我们在小说中唯一能合理推定的“事实”，就是那首999行的与小说同名的诗，而诗歌作者约翰·谢德被谋杀了。金波特自称是这首诗的编辑者和阐释者，他的前言、评注和索引，构成了小说的大部分叙述内容。那也不错，只是这些评论“资料”跟诗歌和诗歌作者都没什么关系。金波特要么就是那个北欧小国赞巴拉被废黜的国王——查尔斯·泽维拉·维瑟拉夫、查尔斯二世或者查尔斯陛下，正被刺客格拉杜斯追杀，要么他相信自己是。而且，即便谢德的诗根本没提到赞巴拉、金波特、查尔斯陛下或者格拉杜斯，但金波特的几乎所有评论和注释都将之与自己的故事联系了起来。例如，他相信杀害谢德的凶手杰克·格雷就是格拉杜斯，他想刺杀金波特，却误杀了谢德。这个判断回避了这样一个事实：格雷是个刑事犯，脑子不正常，他被古德史密斯法官判决入狱，关在一家精神病院里。他从那里逃了出来。金波特租住的房子就是这位法官的，而受害人谢德长得很像法官。然而，这样的小细节无法阻止金波特的思维方式，他的奇思怪想将这些都抛在一边不予注意。还没有搞糊涂？会糊涂的。小说一直没有解开谜团，所以，金波特也许是对的，虽然看上去不可信；或者他真的疯了，虚构了整个故事；他可能是V.波特金教授的另一个自我，此人是谢德的一个俄国同事，不好打交道；他也可能是谢德设计的一个文学手段，作为幌子，谢德伪造了自己的死亡，围绕自己的诗，谋篇布局了整个故事。小说发表后很多年，有些读者和批评家得出了最后一种看法。在《微暗的火》里，第一人称叙述的关键是，一个飘忽不定的“我”消除了确定性或客观性的所有可能。即便金波特准确描绘了发生的事情，他坚持自己是宇宙中心这种认识，还是显露出某种精神错乱；自大狂总是让我们感到害怕。

也许，有时候你可以知道真相。最终会知道。在弗兰·奥布莱恩的《第三个警察》中，坏人碰到了坏运气，并且对此一无所知。小说的无名叙述者是精神错乱的科学哲学家德·塞尔比的狂热信徒，他参与了一起抢劫谋杀。当他按同伙的吩咐前去取钱时，事情出了差错，他发现自己进入了一个超现实的平行宇宙，那地方看上去像爱尔兰，但似乎有自己的逻辑和自然法则。在那里，他遇到了许多警察（除了警察他几乎没遇到其他人），这些警察宣扬着关于存在、物理和自行车的各种伪科学理论，却对他遇到的问题毫无帮助。事实上，他和这个看上去熟悉实际上陌生的世界里的居民似乎在各说各的，鸡同鸭讲。直到小说快结尾，他去拜访他的老同伙约翰·迪夫尼时，真相才清晰起来。迪夫尼如今过得不错。他大呼叙述者应该已经死了，因为那个黑匣子里装的不是赃款，而是炸弹，接着，他心脏病发作倒地死去。然后他就跟叙述者并肩同行了，尽管没有磷火闪烁，我们也知道他们行走在地狱之中。然而，由于叙述者对之前的事情没有记忆，他显然注定将无穷无尽地重复这一经历。当然，出于逻辑和神学上的理由，叙述者并没有认出他待的地方。他甚至不再记得自己的名字，所以他又哪有机会弄明白他的新家园呢？

好了，如果你想游刃有余地应付现实、真实、感知和幻想，那就让某一个角色来讲述你的故事。这好像是在说世界上的每一部小说，不是吗？但我不这么认为。不过，这些足够让你大概了解作为角色的叙述者，以及他们能搞出来的恶作剧。所有这些有什么共同点？那就是，在每个例子中，如果采用客观视角，就会损害情境的内在戏剧冲突。

哦，对了，还有那个律师。嗯，他的嘴唇在动吗？

5
一个安静微小的声音

叙述者就像猫。他们可能在谈论其他人，但世界都是在围着他们转。即便是那种全知叙述者，看似不动声色的旁观者，也容易在自我专注中扬扬自得。叙述视角是指哪只猫在讲故事，他是站在山顶上还是山脚下观看世界。叙述声音则指他是哪种类型的猫。这跟词语选择及语序有关，跟尾音省略以及和标准英语的差距有关。

它决定了小说是否值得一读。

有必要说上几句，尽管这些话听起来不证自明。首先，小说叙事中不止一个声音。你已经为自己挑了一个，是吧？但为什么小说选和研究小说的入门书里很少指出这一点？它们倾向于说"(某个)叙述视角"，好像在任何作品中都只存在一种声音似的。我们知道这是错的，一部小说可以拥有很多叙述者，就像艾米莉·勃朗特的《呼啸山庄》，表面上是洛克伍德先生在讲故事，但他是在小说中事件已经展开很久以后才到场的，所以他的讲述必然要交递给耐莉·丁恩，丁恩是那段动荡年月（这段时期是小说的基础）唯一在世的目击者，可以引用别人告诉她的证词。这并不算新方法。勃朗特已经用了好几年。讲故事这一方式本身有时候就需要额外帮手，所以，在小说出现的最早阶段，多重叙述者就出现了，他们常常在引号里，向主要叙述者讲他们的故事。

你看到问题了吧？至少是潜在的问题：混乱。这显然又导致了第二个问题：如果你想在小说中使用多重声音，你必须让他们有所分别。看上去这好像不用动脑筋，是吗？不过，试一下，你就会发现，要听上去像别人而不像自己，其实并不容易。声音越多，就需要越多区别。

关于不同的声音，最为突出的例子是芭芭拉·金索沃的《毒木圣经》，小说里一共有五种主要声音，四个来自普莱斯姐妹（蕾切尔、利娅、艾达和露丝·梅），她们提供了事件的主要叙述，一个是她们的母亲奥利安娜，她那焦虑而悲伤的回忆构成了小说各个章节的框架，这些章节由女儿们来叙述。

> 熟的果，酸的汗，尿液，鲜花，黑色香料，以及我闻所未闻的其他那些东西——我说不清楚是何物构成了这气味，当我心无疑惧地匆匆拐过街角时，它又为何要起身与我对峙。它在这座岛上，在我们的小镇里，在一条背街的小巷中发现了我，巷子里的时髦男孩们置身于当天尚未收走的垃圾堆中，坐在楼梯井里抽着烟。

即使在这么短的片断里，我们还是能感觉到，奥利安娜的描述也是对某些其他东西的评论，这些东西并不固守在过去，它们危险、陌生、含有敌意，它们仍然追寻——也困扰——着她。这些迹象随处可见："酸"、"尿液"、"黑色"、"闻所未闻的东西"、"背街的小巷"、"尚未收走的垃圾"。当她"匆匆"地在她的"小镇"里走动时，她"心无疑惧"，而一个庞然大物追踪到了她，偷偷潜行，但她根本没意识到。这些话不正说明了什么吗？

阁下，证人脑子里的确闪过这个念头。

确实如此。我们怎么理解这种精神状态？所有这些关于"危险"的词意味着什么？读者想要自己判断，但是，无可否认，这些词出现在她的叙述中，在很大程度上并不可靠。

1959年以前，这些女孩都在佐治亚州，后来因为她们父母狂热的传教使命，来到了刚果；但是年龄和长相的差异令她们截然不同。甚至那对双胞胎，尽管就天资而言她们几乎完全一样，但说话方式却相当不同，很大原因在于艾达的身体缺陷。她生下来就是偏瘫，一条腿瘸，也不爱说话。反过来，她的残疾让她跟执迷的父亲保持距离，而利娅与她完全不同，她几乎全身心地认同父亲。这也导致了一些有趣的语言特征：艾达非常聪明，无论在字母还是词汇方面，她都是一个玩转回文和其他倒装的高手。

> 道知不们我。[①]
>
> 那些我们不知道的事情，各自不知道的，以及全家都不知道的，会填满两只篮子，篮子底部各破了一个大洞。

"我们不知道"的倒装是纯粹艾达式的技巧：很新奇，看上去像是某种语言，但又不是，跟原文的正确拼法根本没关系。她随意打

---

①这句原文 Wonk ton o dew 倒过来是 we do not know，即"我们不知道"。这里用了倒装，又传递出道不蒙我之意。

破语词，插入或者去掉标点，以达到她的目的，正如她如此调侃威廉·卡洛斯·威廉的名诗《红色手推车》："小鸡白白，水雨旁边站，独轮手推车闪光。全是红色！都要看情况。就这样？"[①]她一声不吭就省略了冠词"a"和"the"，并插入了原文中没有的"站"。她的改编有一种古怪的逻辑，这逻辑并不来自原始材料。例如，在她的村庄里，每样东西都是红色的，那红色来自泥土和无处不在的灰尘，几乎每个女孩都提到过这一点。她的叙述不像利娅那样是有条理的常规散文，这不是因为她的话颠三倒四，而是因为她故意打乱次序。对艾达来说，这个世界没有计划，没有设计者，即没有她父亲信仰的那个执着于规则的上帝，她对此的回应就是语言。然而，具有反讽意味的是，她表面混乱的叙述，却是极有条理和审慎智慧的产物。逻辑或关联里的表面跳跃感，在它们的编排中，展示出伟大的条理。

十五岁的蕾切尔的叙述，大体上展示了青少年的俚语和胡乱用词：

> 我尖叫，踢家具。我踢断了一条桌腿。我这样大发脾气，连埃及都能听见了。瞧，一个女孩子家除了这样还能干什么呢。留在这儿？等着别的人全都打道回府了，尽情地玩兔子跳，尽情地喝可乐吗？好一幅五彩斑斓的正义图景。

当然，蕾切尔的叙述充满了喜感，她很可能是这些女孩中最肤浅的一个，也最有可能使用"正义图景"这类错误说法。但是，就像整体大于各部分之和，她也比自己的各部分加在一起要丰富，而

①威廉一诗原文为：这么多全靠/一辆红色手推车/因为雨水而闪光/旁边一群白色的小鸡。

且，这里她的声音也是种暗示。她使用所谓的青少年口头禅，提醒了我们她被夺走的东西，因为父母要去国外，她期望的高中校园生活被剥夺了，而就像她这一代的其他孩子，她认为这一生活是她的天赋人权。通过她，我们意识到她父亲的宗教狂热是多么残忍无情，除了他自己的抱负，他不让其他任何人有个人的志向和兴趣。

五岁的露丝·梅只能明白她摸得到的东西，或者可以跟她已知的东西做比较的事物。她把薄荷口香糖称作“实验口香糖”①，虽然词汇量少，却惹人喜爱。

> 我长大后，妈妈还会保留我的鞋子。她是想把它们做成亮闪闪的褐色金属鞋，放在佐治亚州的桌子上，和我小时候的照片收在一起。姐姐们的鞋子她都是这么做的，就连艾达的也是，虽然她有一只脚没有用；那只脚是弯起来的，把鞋磨得好搞笑。就连这只被歪着磨得破破烂烂的鞋子，妈妈也把它做成了金属鞋，保存起来。所以她也会保存我的鞋子。

儿童在理解力上的局限，让露丝·梅的声音拥有某种天真的魅力：因为不知道“青铜色”这个词，她只好想尽办法用“亮闪闪的褐色金属”来表示那双被妈妈染成了青铜色的童鞋。然而，她又不单纯是一个典型的小孩子，小说展示了这一点。她直接而强势，这一点她的姐妹们都有所领教。是露丝·梅打破了与土著孩子之间的坚冰，是她组织大家游戏玩耍，有时候也是她，会说出让别人不舒服的真话，就像她偶然提到父亲的粗暴那样。这种直率而坚定的品

①薄荷口香糖英文为 spearmint gum，露丝·梅将其称为发音较接近的 experiment gum（实验口香糖）。

质贯穿在她的叙述中，这些叙述不仅谈到了发生的事件，有时也提到她不留情面的诚实。可以说，她因为年纪太小，不被大人注意，成了一个间谍。她把自己比作那种致命的绿色曼巴蛇，能在树枝间滑行而不被看见，因此声称她行动时不会被察觉，当她父母正在讨论严禁其他女儿听见的事情时，根本就没有注意到身旁的她。

这五个非常不同的声音（实际上是六个，因为小说结尾时明显出现了一个新的声音），一起揭示了讲述者成长成熟过程中的不同经历和个性。金索沃提醒我们（尽管没有明说），我们对人生的体验是主观的，即便身处同一屋檐下经历了同样的事情，仍然会有属于个人的反应和回忆，会有属于自己的个性和见解。叙事的不同声音之间的互动正是这部小说令人着迷之处，因为没有一个人物可以单独讲述整个故事。即便避而不谈集体经历，即便无法采纳到每一个视角。意味深长的是，未被使用的视角是神的视角，这样做是出于善意。上帝一般无所不知的叙述者会知道太多，会削弱对普莱斯家五个女人所承受的痛苦的同情，由此影响小说的深度和特质——因为，即便小说涵盖了广阔的地域，包含了巨大规模的事件，这还是一部关于人的、极为个人的小说。悲剧总是个人悲剧。

我们容易注意到的是小说里的人物所发出的声音，常常大声而喧闹，就像贝娄的奥吉·玛奇或雨王汉德森。我们记得奥吉的洪亮声音，记得凯鲁亚克的萨尔·帕利代斯的热情和悲伤，记得海明威的杰克·巴恩斯管住自己嘴巴的自制和冷嘲热讽。总之，不管叙述视角如何，每部小说都有一个声音——至少一个。全知视角也许是上帝一般的视角，但并不意味着它的声音是上帝的。以下就有个例子。

可以说是光荣的女人们！女人比男人更能承担强烈而无私的爱，这种爱只求爱的对象能好。因而，沃特斯太太一得知情人要面临的危险，除了让他安全，她什么都不在乎了；而那位绅士也欣然同意，这成了他们接下来争论的主题。

好吧，同学们，讨论一下。这声音背后是什么人？“那位绅士也欣然同意”，这样的句子有点老套（或也许只是陈旧）。谁在写这样的句子？某个听上去并非活在当下的人，是吧？对了，其他还有什么？他好像饶有兴致。“可以说是光荣的女人们”，一看像是男人会说的话，所以我首先确认此人的身份是男性，其次，他的声音里有些微嘲讽和幽默。最后一句里的逆转也是如此，在那一句中，既然双方都同意这一情况，为什么“这成了他们接下来争论的主题”？多有趣。其实，这是在说，我通人情世故，也见识了一些事情，而这正是男人和女人会一再纠结的傻事之一。他看上去似乎在暗示，就算这是蠢事，它也并不严重，这是男人（和女人）的天性，我们可以原谅它。

这个声音适合讲述那些有趣而稍显夸张，关于无伤大碍的不当行为的故事。比如《汤姆·琼斯》。这部小说也的确用了这样的声音。亨利·菲尔丁选用这样一个声音来讲述他的杰作。有利之处在于它很像菲尔丁自己，一个充满智慧的人，一眼就可以看穿所谓公共利益，常常在评论中讥讽一番。除了是个小说家、剧作家和讽刺小品作家，菲尔丁还在法律界就职，后升任为伦敦警察厅厅长，在那个位置上他观察到人类的许多愚蠢之处。小说的声音从高处俯视众生，饶有兴趣地看待人类同胞的愚蠢。然而，更重要的，是这种声音非常适合那种令人捧腹的故事，这故事讲述了荒诞，而不仅仅是无伤大雅的小打小闹，这才是真正重要的。我们一定得区分这种书写中包含的两样东西：一是作者，一是他创造的叙述。作者是那个每天早上起床，往燕麦片里搁红糖的家伙。而另一个是虚构的产物。为了有助于分辨这两者，韦恩·C·布斯在他的《小说修辞学》(1961) 中提出了“隐含作者”这一概念，它是真实作者创造的产物，他用它来掌控虚构作品的进程。我们通常会表述，菲尔丁“说了”这些，“说了”那些，但其实更确切来讲，应该是菲尔丁的隐含作者说了那些事情。而那个隐含作者要说的，实际上是一声冷笑。

不过，并非对所有声音来说，冷笑都是正确的音色。假定你想写一个很简单的寓言故事，含有教育意义和童话气息，菲尔丁那种能说会道轻松幽默的人物就不是必然首选。在《牧羊少年奇幻之旅》中，保罗·柯艾略相应地追求着一种非常不同的声音。

> 在这座小城市中心广场的沙土地上，他看到了自己父亲和母亲的名字，看到了自己走过的人生路，童年时期的嬉戏玩耍，神学院里的寒夜青灯，看到了那个女孩的名字——这是他原先不知道的。他还看到一些他从未对任何人讲起过的事情。[①]

当然，这一段出自译本[②]，不是柯艾略的葡萄牙语原文。即使如此，我们还是能从中感受到小说风格的精髓。语言很平实。名词和动词都比较简单，没有形容词、副词和比喻修饰。地点和人物都倾向于没有专有名，或者，即使有，也只是借用。

我们经常在小说的道德说教中，看到这种平易的风格，比如伊索或拉封丹的寓言，或者《小王子》，还有 E. L. 多克特罗的《拉格

---

①保罗·柯艾略，《牧羊少年奇幻之旅》，丁文林译，南海出版公司，2009 年，第 33 页。
②原文指该书英语译者艾伦·R·克拉克。

泰姆时代》(1975)：

> 1902年，父亲在纽约新罗歇尔市布罗维德尤大街山顶上造了一幢房子。这是一幢带老虎天窗的褐色三层楼房，凸出的三面窗上有条纹帆布篷遮阴，纱窗隔着门廊。6月一个晴朗的日子，全家搬进了这栋结实的住宅，似乎接下来好些年可以过上温暖安定的生活。父亲的收入大部分靠制造国旗、彩旗和其他爱国主义装备，包括花炮。

我们又见到了语言的素朴，尽管不像柯艾略那样毫无修饰。那幢房子被尽可能地描写得普通。没有提供超出色彩或者“隔着纱窗的门廊”之外的具体的细节。有几扇天窗或凸窗？我们不知道。这是栋“结实的住宅”，但其实也没说出什么，不是吗？多克特罗不想我们迷失在表面的细节中，所以他让叙述尽可能地不那么繁复。他有能力运用更复杂精细的写作技巧，有能力展现远为丰富的词汇，但他在这里没有运用这种才能，所以我们必须要重视这里的写作策略，这种策略让他采纳了极简措辞。这种平易的风格适合于寓言故事，因为它的目的就是传达故事，没有障碍、不让人分心。当然，这种简单是个诡计，并非真的不假思索或未经雕琢。

写作者是狡猾的，尤其在他们假装没有使用一点技巧的时候。那么，这里有个办法，可以琢磨作者是怎样使用声音的，那就是“**听懂声音的法则**”：小说中的叙述声音是作者发明的一个策略。一直都是。小说的一切都是编出来的，甚至以现实为基础的小说也是如此。主要人物的行为处事也许就像是小说家的兄弟，但他不是。叙述声音可能听起来像作者或者她认识的某个人。但这个声音仍然是作者的创造，作者认为最好由它来讲这个故事。也许作者们不必都非得考虑由谁来讲。他们编造的故事从可用的声音那里自然流畅地展开，几乎不需要再做什么有意识的规划了。不过，这种美妙的巧合也不能改变这样一个事实：声音就像故事本身，是虚构的产物。这巧合仅仅意味着，对这个作家的这本小说来说，这一虚构创作正好顺手可用。

例如，你会注意到，许多作家的一部又一部作品，里面的声音听上去很相似。《一位女士的肖像》（1881）里的亨利·詹姆斯和《鸽之翼》（1902）里的詹姆斯没有太大变化。D. H. 劳伦斯作品里的叙述声音几乎没什么变化，或许只是在 20 世纪 20 年代的后期作品中多了些戏弄。另一方面，即使叙述的声音一直非常相像，作者有时候还是能显示出很大的变化幅度。例如，《八月之光》（1932）和《押沙龙，押沙龙！》（1936）显然都是威廉·福克纳的作品，但它们的声音有明显的区别。前者远比后者更清晰，更好懂，后者的叙述声音一个劲儿地吐出连绵不断的冗词赘语。

> 这个男人显然是主动找碴儿一边把他黑炭般的伴侣那猿猴一样的身躯推向甩向想回敬他的每一张和任何一张脸：轮船上或是城里酒吧间里的黑人装卸工或是甲板上的水手，他们认为他是个白人而且他越否认他们越是深信不疑；还有那些白人，在他说了他自己是黑人时，都相信他有意撒谎，为的是免受皮肉之苦，或者甚至更恶劣：纯粹是性变态昏聩；不管哪一种情况其结局都是一样的：这个身架与四肢跟姑娘一样单薄纤巧的人挥出第一拳，通常是什么武器都没有并全然不顾对方人数有多少，总是怀着同样的愤怒与深仇大恨，同样的对肉体痛苦与

惩罚的满不在乎，他既不咒骂也不喘气，仅仅是哈哈大笑。①

这个声音不是第三人称叙述者的，而是罗莎·科德菲尔德的，她是这个故事的主要叙述者。客观叙述者同样喋喋不休，他用一堆像“与日俱增的死寂微光”和“原惯性的巨大反作用力”这样的短语组成从句和词组，尽管没有那么情绪化。除了对于她所处的时代和地点来说是个轻率的种族主义者（从“猿猴一样的身躯”这样的用词中可以看出）之外，罗莎还沉浸在很多年前发生的事情中，好像它们刚刚发生一样，这些事情的鲜活让她的叙述带点轻微的歇斯底里。那些动词“推”(flaunt)、“甩”(fling)、“回敬”(retaliate)、“咒骂”(cursing)、“喘气”（panting)、“哈哈大笑”（laughing）又生动又尖锐，而名词常常很长，从拉丁语派生的，诸如“深仇大恨”(implacability)、“满不在乎”（imperviousness)，但有时也有力而清晰，比如“装卸工”（stevedores)、“水手”（deckhands）和“酒吧”（honky-tonks)。还有标点！这是怎样的标点！这正是海明威很少使用冒号和分号的原因：福克纳把它们都用尽了。这里你还会注意到的另一件事情就是句子结构。把这段话交给你高一的写作课老师，拿回来时一定是这样批改的：“要断句——看我怎么做。”福克纳写出了世界上最长的句子（事实上，这句离他的纪录还远着呢），这些句子要么都避免使用一个主要动词，要么在应该有主要动词的地方选择用一个分词（在这段里，是“主动去找”[hunting])。

同样还有另一种极端。也有几个作家能够在这一部和下一部小说里创造不可思议的不同声音，甚至在同一本书里也能这么做。在

①威廉·福克纳，《押沙龙，押沙龙！》，李文俊译，上海译文出版社，2000年，第211-212页。

重写薄伽丘《十日谈》的《山中十日》(2007) 里，简·斯迈利创造了一系列声音。除了第三人称叙述者，小说刻画了十个人物，他们在十来天里讲述了一个故事方阵，这是一场叙事的狂欢，和整部小说相得益彰。在这一点上，她跟薄伽丘做得一样好。在这个结构里，绝对有必要让每个声音都截然不同。斯迈利的人物虽来自同一个阶层，但年龄、性别、种族、国籍和信仰个个不同，而且，他们在语言上也使用着不同的词汇、句法、节奏和腔调。换句话说，每个人都有自己的声音。艾德娜·奥布莱恩在冷酷无情的《森林中》(2002) 中也做到了相同的事情。这是一个讲述三起可怕谋杀案的故事，可以依照华莱士·史蒂文斯的前例[①]，可以把它叫作“观赏谋杀犯的十三种方式”。小说中一个主要叙述者定期地将故事交给不同的人物讲述，其中包括一个受害者和凶手本人，他们的背景和心理都非常不同。在奥布莱恩写作生涯起步的《乡村女孩》(1960) 里，她就专门致力于寻找不同而恰当的叙述者来主导她的故事。在运用不同的声音方面，这部后期小说可能是效果最好的，因为在她所有的作品中，这部作品具有悲剧的共同本质。就运用若干叙述者共同讲述同一个故事而言，这两位作者可能要比《呼啸山庄》的作者做得更好，但她们的动机应该都是一致的，那就是找出最好的讲故事方法，并让最好的声音来展现它。

那么，我们为什么要关心这一切？

看情况。在你接着还要看六万、八万或二十万字的小说时，小说里是谁陪伴着你重不重要？有时候你在书店里，打开一本书，读上一页左右，当场就能判断这个叙述者不是你的菜。可能太掉书袋，

①指华莱士·史蒂文斯一首著名的诗作《观赏黑鹂鸟的十三种方式》。

可能太庸俗，又可能太虚伪，随便哪样。你就是不想跟这个声音耗上五百页。又或者，你看了第一段，就完全被它的声音所吸引，一定得买下这本书。你曾经碰到过这样的事吗？我碰到过。两种情况都碰到过。

不过，这里还有一个更意味深长的理由：声音就是意义。叙述者讲述的内容，他怎样讲述，都会改变那个被讲述的故事。你能想象《哈克贝利·费恩历险记》不是由哈克贝利来讲述吗？这大概就像在问你，要是书里他没出现，会是什么情况。或者想象一下《傲慢与偏见》没有那个世故、调侃和顽皮的叙述者会怎样？奥斯丁也能一本正经、不苟言笑地讲这个故事，但我相信要是这样，我们不会继续谈论这本书。作者讲述的故事是重要的，但是他们用来讲故事的方式也同样重要。因此，这就非常值得我们关心了。

6

用词语创造出来的人

想象这样一番景象：那是1841年，新一期《汉普雷老爷的钟》系列[1]面世，里面有狄更斯先生《老古玩店》的本周连载。你听到了哭泣声。在街上，在客厅和厨房，在楼下的女佣房间，在楼上主人卧室，甚至在纽约的码头上，人们实在等不及书运到书摊了，转身向水手追问那个重大问题："小耐儿死了吗？"答案引来了眼泪。这是文学史上最感人的场景之一：可怜的耐儿死了。自打上一期连载后，这一个星期，她都在此生与来世之间徘徊。

这是那个著名的故事，非常之好。小女孩受到坏蛋们的伤害（对待恶行，狄更斯绝不吝惜笔墨），挚爱她的爷爷失去了心肝宝贝，成千上万的读者也为她年幼夭折而悲痛欲绝。所有这些都合情合理，对吧？只有一件事例外。

这件事情从未发生。从来没有小耐儿，也没有老古玩店。没有祖父，没有坏蛋，没有死亡。我们知道这些。每部小说一开头都会

---

①由狄更斯撰写的一份周刊，内容是汉普雷老爷讲述自己和友人的故事。

有个虚拟的警告："当心：此小说纯属杜撰，只是作者的想象，如果你要读下去，你也只需在脑海中回味。"读者知道小说是虚构，即使在阅读过程中倾向忘掉这一点。那么，为什么还会流泪？

我真的不想这么说，但确实没有哈克贝利·费恩，没有比尔博·巴金斯[①]。对了，甚至没有斯嘉丽。小说中曾有的最真实的人物，不过是语言的产物，小说是用词语而不是纸牌建造的房子。那为什么我们会为他们的胜利而欢庆，为他们的痛苦而痛苦？因为词语。因为词语造就的房子有了自己的生命。因为我们是专注投入、想象力丰富并且有些轻信的读者，我们把词语当真了，用自己的想象将它们呈现出来，所以单纯的词语就变成了鲜活的存在。这里自然有因果关系。我们帮着想象了人物。这就是为什么有一千个读者，就有一千个哈姆雷特。

为了解释这奇怪的现象，我们可以求教于一位诗人，而非小说家。19世纪初，塞缪尔·泰勒·柯勒律治为我们提供了一句有用的名言："自愿放弃怀疑。"这是读者和观众采用的一种思维诀窍，让虚构的作品在想象中运转。如果我们在看戏或者读小说的每个瞬间，存心执着于只了解真相，也就是认定，我们所看的不是真的，那么我们就无法看到最后。那样的话，我们会在幕间休息时走出剧场，再也不回去看第二幕了。我们将放下"不真实"的小说，去读一本历史书，或者一份农场的报价表。我们没有这样做，相反，我们接受虚构就是虚构，有些事情在它们的世界里可能就是真的，即使在我们的世界里不太真实。

这是否意味着我们接受虚构作品中的每样东西，也就是说，容

① 《魔戒》中的人物。

忍作品里发生的一切，毫无抱怨？当然不是。小说可以遵循我们宇宙的法则，也可以不遵循，但它必须遵循它自己的法则。譬如说，如果我们在看亨利·詹姆斯的小说，里面却出现了一个霍比特人，我们一定不相信。詹姆斯的心理现实主义就是不允许出现神话人物，哪怕是小矮人。当然，会有一些读者觉得，如果《一位女士的肖像》里出现古怪的霍比特人，小说会“更好看”，但无论如何，小矮人出现其中太不搭调了。相反，如果J. R. R. 托尔金的作品里出现一个霍比特人，我们一点也不会感到意外。中土世界正是他该在之地。因此，内在的一致性是读者对一部文学作品的基本要求之一。无论开始时规则如何，我们都指望它能贯穿始终。

然而，总的来说，在开始阅读前，我们要抛开疑虑。在小说家和读者之间存在着一个社会契约：我们同意接受小说的设定，同意相信那些我们明知在现实世界里不存在的人和事。我们甚至同意对它们有所反应，就好像那是真的一样。就小说家而言，他们同意笔下人物生活在为此特定叙述所建立的规则之中。最重要的是，每个人要表现得合情合理。当然，坏蛋除外。

为什么这一约定很重要？为什么小说需要读者服从作者的愿望？简单来说，因为小说家还没有完成这项工作。我不是说他故意偷懒，看了看手表，说：“好了，我为塑造人物能花的时间就这么多了。”相反，我的意思是，他遵循了他的“行规”，那就是人物应该是不完整的。当然，其中有些人物会比另一些更完整，但是他们所有人都会在这方面或那方面有很多缺漏。

你怀疑这一点？拿任何一本你喜欢的小说来。没必要一定是经典，但可以是。现在开始问自己：你真的了解那些人物吗？他们的长相、人生经历、对政府的态度，等等。你会发现，小说里提到的内容绝对比你原以为的要少。

让我们来找一本你也许被迫看过的小说。告诉我你了解到的关于乔丹·贝克的一切。你记得她，对吗？《了不起的盖茨比》里那个作弊的女高尔夫球手，跟尼克·卡拉韦维持了一段时间的恋情。这是这道题目的第一部分：闭上你的眼睛，描绘一下她。没问题。只要你读过这小说，就会对乔丹有印象，她不太像洛伊丝·奇利斯，那个在 1973 年根据小说改编的电影中饰演她的女演员。除了我刚才描述过的：爱运动、不诚实、有吸引力之外，我们还知道什么？并不是太多。她和黛西一起无所事事，展现出一种明显无精打采的现代性。她是很有吸引力，但菲茨杰拉德没有让尼克花太多时间去描述关于她的细节。她的头发是秋叶一般的金黄，动作焦躁而活跃，姿态常常很戏剧化，就是“得意地”扬起下巴。小说还描绘了其他一些细节，但总体来说，无论从生理还是心理上，她离完整的人还差得很远。你也可以如此观察一下小说里其他任何一个次要角色：克利普斯普林格，迈尔·沃尔夫山姆，还有威尔逊，甚至汤姆·布坎南。

好吧，这是为什么？

因为我们就需要这么多。乔丹只是情节设计、舞台道具和阐明主题的一部分。她促使一些事情发生，在事情的转折点流露某种神态，以她个人的不诚实体现更普遍的堕落。除此之外，我们都不关心。事实上，除此之外，我们都无意知道。这就是“人物守恒定律”[①]：你没必要把筹码放在不需要展开的角色上。什么意思？如果小说家够优秀，他们只告诉你必须得知道的事情。那些次要人物只要稍微

①戏仿物理学“能量守恒定律”的说法。

展开一下就可以，因为，第一，他们只会在舞台上作短暂停留；第二，他们的作用很特定、很有限。

啊哈，这就是配角！但是主角又如何呢？问得好，那么就来说一说黛西、尼克和盖茨比吧。这又回到了 E. M. 福斯特关于扁平人物和圆形人物的理论上。次要角色会趋向于扁平，也就是说，像个硬纸板剪出来的平面形象，而非充分展开的、完整的人物。与之相比，主要角色更加有血有肉，也更加立体或"圆形"。这是对的。某种程度上。主角显然更加丰满，但不完全有血有肉。

为什么？因为建立角色不像装配卡车，要把底盘、引擎、变速器、座位、车体、外壳和车窗装配到一起。它们是素描，这就是为什么大多数角色都是相当概括而粗略的。而且，叙述者通常也没有用大量细节去描述或分析。这是小说，不是散文和传记。角色是被呈现出来的，呈现它们要靠行为和表述。他们做了什么，又说了什么？这些才是小说家要探索的问题。

而对这些行为和言语的分析，则完全是另一群人的事。也就是我们。什么样的分析？生物学的？化学的？不太合适。那么是心理学的？有时也这样尝试，会得到一些混杂的结果。不，我们分析角色的主要方式是语言学分析。我们盯着词语，因为小说只有词语。四下看看你遇到的人物。他们每个人都有血有肉。这是一个角色永远不可能有的东西。在所有文学中，最完美、最生动、最完全展现的角色，跟在小说中只在一个句子里出现了一次名字的人完全一样：都是词语的构造物。不多，也不少。无论你以为自己有多了解匹普、弗罗多、邓布利多或者爱玛（或者姓包法利或者姓伍德豪斯），你都无法触碰、嗅闻或者看见他们，他们只是书页上的文字。他们是纯粹而简单的语言。

现在幻觉破灭，你要走掉了。

不是我，老弟。多少年来作者一直在这么做。另外，你也早就知道这件事了。你读到了他们，但永远也遇不到他们，对吧？你能把他们描画出来吗？画出来，现在就画。假定你有这种能力（如果你曾看见过我画画，就会知道这可是个很冒险的假设），你能为你喜欢的角色创作一幅肖像吗？我猜做不到。没关系，这不是你的错；你缺乏信息。以下是用词语给主角画的肖像。

> 他的身材不到六尺，差一两寸样子，他的体格很结实。走路的时候，他一直望着你冲来，两边肩膀微弯，头在前，眼睛是从眼皮底下瞥着你，活像一条来势汹汹的公牛。他的声音是沉重的，震耳的。他通常带种顽梗固执的态度，可是绝没有什么侵害人的意思；他仿佛是不得不如此，而且对自己似乎也像对别人一样顽梗。他穿得很干净，浑身雪白，从鞋子到帽子，你找不出一个污点。他靠替船货商拉生意过活，在东方许多码头上很能获得人们的好感。①

这段文字令人震惊，两个原因。第一，这是一部堪称 1900 年以来的杰作的第一段。我们通常不会在小说一开头就看到一个细节如此丰富的角色。第二，它对角色身体特征的描写如此直接。就像这个被描述的男人一样，这个角色直冲你而来，无阻无挡，无遮无拦。但是，你知道吗，小说对他外貌的描写也就这么多了。是啊，我们听说过几次，他金发白肤，或者，有浅色眼睛，又或面色红润。但是，

①约瑟夫·康拉德，《吉姆爷》，梁遇春译，人民文学出版社，1958 年，第 1 页。

在九万多字的小说里，对这个主角的描述统共也就一百多字——身穿一套白衣服、强壮如牛的人。

这是用词语制造出来的吉姆的长相。在这里，我们能发现作为语言构造物的人物和作为电影具体形象的角色之间的差别。这个段落里出现的男人和彼得·奥图尔长得一点也不像。奥图尔站在晒谷场上，很难说他强壮如牛，但他就是在电影《吉姆老爷》里扮演吉姆的演员。他不完全像康拉德构想的人物形象，但这没有关系；对演员来说，重要的是捕捉到人物的本质——他的姿态、动机和需求。这是奥图尔能做到的，他也做得很好。你不可能总是能找到和书中人物在外表体格上相似的演员；而且，我们中很多人可能长得像吉姆，但绝大多数人演不了他。但奥图尔可以。怎么理解？事实上，他演戏的时候，能让自己看起来就像是吉姆应该是的样子，而我们也相信他是。基本上，这就是表现吉姆的正确方法。吉姆对自己的动机是出了名的沉默寡言，这就让奥图尔的表演更容易了。吉姆留下了很多可供阐释的空间，从叙述上来讲，这也让马洛船长有事可干了。

创造角色有一大套惯例，而且奇怪的是，通常来说，写得越少越好。早期的小说作者几乎总是因为描写过多而犯下错误，他们描绘了太多的细节，提供了大篇的相貌描写，介绍人物的来龙去脉、解释他们的动机和欲望。而正是在这里，海明威的冰山理论——明智的小说家会把他所知道的关于人物和情境的大部分信息埋藏在表面之下——得到了用武之地。事实上，对那露出水面的部分来说，说出五分之一，掖着五分之四，也都太慷慨了。

所以，少就是多。这如何行得通？

行得通，因为角色创造是外包出去的，得由你我进行加工。作者给了我们勾勒人物肖像所需的足够材料，但还没有多到用细节把我们淹没。我们需要打开自己的库存，从中调用真实世界中人的样子加以补充。当然，也有例外。如果一个角色长相如何非常重要，又或者详细的视觉描写是另一个人物（通常是叙述者）迷恋被描述对象的证据，这时候作者就会提供很多专门而细致的描述。除此之外，外貌通常不太重要，而行为，包括说话和动作，会占据主要篇幅。不过，即使在行为层面，读者也需要进行补充说明，因为小说家虽然提供了大量素材，但不会过分发挥或详述动机。事实上，叙事上的解释多半是误导或有意的曲解，因为解释通常来自第一人称叙述者，正如我们所知，这个叙述者不算可靠。鉴于我引用了海明威和他的冰山理论，那么就看一下他笔下的人物。杰克唯一一个详细描述过的人物，就是罗伯特·科恩，而那一描述与其说是为了表现科恩的重要性，不如说是为了表现杰克对科恩挥之不去的厌恶。而关于自己的长相，杰克一字没提。勃莱特·艾希利除了身材美妙和一头短发外，也没有别的介绍。在真实动机的揭示上也是如此。勃莱特为什么和科恩私奔？或者为什么和那个斗牛士罗梅罗在一起？她对这两桩风流韵事或分手动机的解释可信吗，除了进一步证明她的双重（或可能多重）人格？对此我有自己的看法，但我几乎敢保证，它们和你们的想法完全不同。

这就是角色和读者之间的互动。你认为我们都拥有同一个勃莱特，埃哈伯或匹普？我不这么认为。我看过太多关于人物行为的分析了。我们每个人都会夹带自己的生活经历、观点以及阅读其他作品的经验，去阅读每一本新小说，因此永远也无法“所见略同”。你的匹普永远不可能像我的，而这不是因为我有多特殊。你我看过太多不同事物，拥有太多不同想法，怀抱太多不同信念，这让我们不可能用相同的方式去看待匹普或其他角色。同样的语词，同样的书页，只是不同的我们。有时，连我自己也是不同的。我发现今天看到的匹普不是我昨天看到的。我已被岁月改变，我对角色的想法也随之改变。例如，相比年轻时，我现在对年轻人的荒唐更包容了；或许那时候我是被吓到了，这与我自己有太多相似。现在我见识了许多其他不是年轻人的荒唐事，因而年轻的荒唐具有了某种魅力。事情就是这样。亲爱的读者，角色如此鲜活，是因为我们的存在如此鲜活。

7

当好小说里有大坏蛋

我想，基本上，绝大多数读者都是守法良民。比如我就不想去做纳博科夫笔下的那个恋童癖，亨伯特·亨伯特；也不想做约翰·加德纳笔下的格伦德尔，尽管他可能很有魅力，但捕食维京人的事业道路可没有什么吸引力。当然我也不想做安东尼·伯吉斯笔下的小混混阿列克斯，身后跟着群嗑药的。我们可能会和规则产生摩擦，但我们还是遵守规则，嗯，大部分规则吧。然而小说中，我们开始越界，至少在一旁看别人违规。我们也可以坐视电影里的人违法，但电影本质上是一种偷窥性质的媒介，我们只是在被动地观看。小说却让我们投入到行动中，让我们在非常私人的层面上与角色产生认同。如果我们如此选择，我们会渐渐沉浸在以下诸种情感中：维多利亚时代伦敦小扒手的心理恐惧；施行极端暴力的兴高采烈；破坏文明社会乃至霍格沃茨魔法学校一切规则的莫名兴奋；对澳洲传奇逃犯奈德·凯利肆无忌惮的暴行的愤慨不平。与此同时，却又安逸地躺在我们的苏丹躺椅上。

很久很久以前，有个好人，也有个坏人。故事是关于好人的。

坏人只是被放进故事——就好像他被假释——因为有些事情需要发生在主角身上，而他又没办法自己把事情揽过来。来自曼查的堂吉诃德的脑子也许不正常,但他的心地却是好的。那汤姆·琼斯呢?稍微有点浪荡子的模样，但肯定是好人。还有大卫·科波菲尔，或者奥利弗·特威斯特呢？哦，他们只是孩子，会做什么坏事？但那些孩子，他们都有对头！费金、比尔·萨克斯、乌利亚·希普、恶毒的教师和狡诈的对手。狄更斯的男主角也许都有点古怪，女主角都理想得有点刻板，但坏蛋却都非常精彩！真正点燃他想象力的是邪恶。主角可能曾经很淘气或者误入过歧途，就像哈克贝利·费恩不是圣人，哈代笔下的主人公明显还在成长中，但他们本质都是善良的。

然后，有些事情开始变得恶劣至极。

20 世纪，我们开始遭遇真正邪恶的主角，例如罗伯特·穆齐尔《没有个性的人》（1930，1942）中的穆斯布鲁格。匈牙利马克思主义批评家格奥尔格·卢卡契对他有一个著名的论断,将他描述为“一个有杀人倾向的弱智的性变态”。这些人物占据了传统上由英雄占据的主角位置，却又缺乏英雄的特质，或者说是代表了英雄的反面，通常被称为“反英雄”。这个术语过于含混，一点用也没有，但是就像许多文学术语一样，我们只有这个词。关于这一现象，批评家伊哈布·哈桑早年写过一本书，名为《激进的纯真》（1961），他更偏爱使用“反叛受害者”这一术语，但这个词也不尽如人意，它没有抓住“反英雄”在叙事中拥有的中心地位。无论我们怎么称呼它，这一新的发展趋势都标志着一种改变：邪恶哈里猫把神勇强力鼠[1]赶

①美国漫画家约翰·特里创造的动画形象，哈里猫原来是强力猫，和强力鼠通力合作，但后来慢慢转变为反面角色。

出了画面中心，让故事变成了它的故事。曾经，主人公哪怕有缺点，也是舞台上那个道德高尚的明星，反派被发配到故事的边缘，但到了现代，经常不存在好人，主人公有着严重的污点，就算也许有一两种讨喜的品格。

如果你理解了这一点，真不错。

好吧，相当多的反英雄基本上是误入歧途的灵魂，期待着变好一些，比如厄普代克的兔子安斯特洛姆或者贝娄的奥吉·玛奇，或者汉德森，或者贝娄笔下的其他许多主人公。关键在于，虽然按常理来说，他们也许都搞砸了，但他们不是真的坏人。他们常常像彼得·凯里的《凯利帮真史》中的奈德·凯利，是不法之徒，但是，不管怎么说，他们引起了我们的同情。但是，接着，一个危险元素出现了。真正的坏角色站在了聚光灯下。

让我们假设你打算写一本小说。考虑一下你想让你的主角拥有一些什么样的特征。现在再想一下那些不能被接受的性格特点。他说谎，没心没肺，对年轻女孩色眯眯的。他喜欢那样。他残忍，无耻，猥亵青少年。他认为这都没啥错。他和一个他不爱的女人结婚，为的是接近她的女儿。他逼死了那个可怜的女人。他带着他的猎物越过一个个州界，还越过了每一个道德边界，就为了他邪恶的企图。他蓄意谋杀了另一条生命。他相信他做这些事都有正当理由。到了这份儿上，如果你还有一点点常识，会掉头就走。所以你写不出那样的小说。

但纳博科夫能做，而且做到了。《洛丽塔》可能让道德保守的人出离愤怒，但它被证明是第一流的“因内容可耻而赢得声名的作品”。只有天才才能写出这样的小说，并逃脱惩罚。纳博科夫的朋友告诉他，写这样的小说，简直是疯了，它永远不可能发表，甚至会引起刑事诉讼。没有一个美国出版人敢碰这样的作品。后来，巴黎奥林匹亚出版社出版了它，格雷厄姆·格林称其为1954年最好的小说之一，但英国把它列为禁书，法国也紧跟着发生了类似的诉讼。理所当然的，它出名了。当四年后它终于在美国出版时，获得了巨大成功。很多人争相阅读，但大部分人都误读了它，其中有好些个明显是色情狂。在20世纪60年代的报纸上，充斥着这样的电影广告词："小洛丽"（这里的"小"明显多余）、"更多的小洛丽"和"更多更小的洛丽"。毫无疑问，这是多么可怕的高雅文化。这个词甚至成为合法用语，成了某种不当行为以及某类淫书的代名词，它只说明，不独淫秽书籍饱受讽刺之苦。嘲讽正是纳博科夫用来组织素材（包括那个很坏的主人公）的武器之一。作者厌恶他创造的人物，但从来没告诉我们，从来没说，"这是个坏男人"，甚至没说，"别在你家搞这些"。他让亨伯特·亨伯特狂热地表述他对那位性感少女的欲求，表达他对一个未成熟少女的身材和身体各部位的理想，以及他的痴迷，这些表述从不夹带作者的不满或嘲讽。换句话说，就是让亨伯特自己被自己的话语吊死。因为他写下的那些话，他的确让自己被处以绞刑。

看到了吧，亨伯特就是个瘾君子。不，不是对年轻女孩上瘾。虽然他的行为丑陋、可怕、令人反胃，但那根本上是一种纯粹的迷恋。那让亨伯特上瘾而纳博科夫却不受所累的东西，正是语言。那家伙痴迷于语言。他喜欢每一个双关语。他热爱双关、倒装、聪明的反语和错误的名字。所有这些特征都可以在纳博科夫的绝大部分故事里找到，但在这里，作者对这些修辞手法有特殊运用，他把它们交给了笔下的角色使用。

洛丽塔，我生命之光，我欲念之火。我的罪恶，我的灵魂。洛—丽—塔：舌尖向上，分三步，从上颚往下轻轻落在牙齿上。洛。丽。塔。

在早晨，她就是洛，普普通通的洛，穿一只袜子，身高四英尺十英寸。穿上宽松裤时，她是洛拉。在学校里，她是多丽。正式签名时她是多洛雷斯。可在我的怀里，她永远是洛丽塔。[①]

如果在第一个段落我们初次遇见他时他就能这样离谱，那就没什么界限可说了。对她昵称的两个辅音的疯狂重复，对用嘴吐出她名字的淫秽描述（一个人在念过这个句子后，会觉得自己的舌头需要来一次彻底的清洁），他强调她的年轻和娇小的种种做法，所有这一切只有一个偏执狂才说得出口。在透露他那令人作呕的举止时，他常富有技巧，略带羞涩，比如他说自己“用洛丽塔的一个脚环蒙骗夏洛特”时，或者他用美女与野兽（这个野兽并不是完全的亨伯特，而只是他正在获得满足的那一部分）来形容通过抚摸儿童而手淫，并在“男人或野兽所知道的最长久幻想的最后颤动”中达到高潮。他泄露了这一切，因为言语的诱惑对他来说实在是太强烈了。他似乎认为他优美的叙述可以为他的丑陋行为辩护，他漂亮的言语可以把一堆道德上的臭大粪收拾干净。毫无疑问，他的创造者知道这种臆想是错误的，但他并没有让别人知道。相反，他让亨伯特这样不停讲下去。

无可否认，所有这些讲述揭示了那个说话者是个彻头彻尾的大坏蛋。但是它也展现了他的聪明、洞察、语言天赋和魅力。这让人

①弗拉基米尔·纳博科夫，《洛丽塔》，于晓丹译，译林出版社，2000 年，第 3 页。

有点困扰：被一条毒蛇迷住？不该这样，可情况就是如此。我们一直在容忍他，也知道自己在做什么。他是个好伙伴。这就是关键所在，他得是个人物，**“坏角色法则”**是这么说的：我们会追随反面英雄的成就，不过他们必须给我们反馈点什么。在亨伯特的例子中，这种反馈就是他的魅力。

阿列克斯、格伦德尔也是同样的情况。他们有趣、诙谐、能言善道，而且讨人喜欢（这词用来形容那些邪恶的生命有些奇怪）。伯吉斯让阿列克斯充满了伊丽莎白时代的感性色彩；他用俏皮话和莎士比亚的主人公旗鼓相当——精致奥妙、形式感强、快言快语、机敏尖锐并充满侵略性。格伦德尔的魅力则在于他的不合时宜：他了解这个世界，就像电影的跳接剪辑，一切画面都在他脑海中，而在这个时代，没有人能有这样的了解。他似乎接触过哲学思想史上的重要流派，一旦他停下，这些思想流派将无法延续几百年。因而，这个能真真切切一口咬掉你脑袋的人，显得多么风度翩翩、器宇不凡。格伦德尔还能让自己看上去像一个被误解的受害者：他并没有非要去做怪兽，他也无法选择自己的出身，更让他无话可说的，是人们仅仅因为看到他的外貌，就没来由地感到恐惧。这样写的好处是真实，大部分时候这确实是实情，尽管我们不得不忽略他掠夺牲畜的行为，以及他只需朝小牛背脊打一拳就能杀死它的可怕力量。哦，还有那残暴的餐桌礼仪，包括场面不雅的痛饮鲜血。但是，不管他是不是谋杀犯，他都是个受害者。

凶手经常会成为好伙伴。约翰·班维尔因为《证词》赢得赞誉，获了奖，这本小说描述了一个已招供的谋杀犯弗雷迪·蒙哥马利的生活。小说与其说是罪案故事，不如说是古典意义上的忏悔录；弗雷迪写下他的故事不是为他的罪行开脱，而是要控诉他的生活。一次入室偷窃时，他残忍地杀害了一个女佣，与这个行为本身相比，更重要的是，他无力或拒绝去想象，她与他生活的现实不同，她有值得去过的生活。通过用锤子反复猛敲的谋杀方式，他做出了粗暴的声明。即使如此，这一观点还是能引起反响：如果一个人否认他人的自主权或内在价值，那么任何程度的暴力都有可能发生。就像阿列克斯，就像亨伯特，弗雷迪也通过他的机敏锐利和能言善道，赢得了读者。

那么，只有一个办法能做到这一点——让坏蛋掌握麦克风。他可以用他的方式和读者进行心灵交流，运用魅力来征服我们。然而，当他缺乏魅力时，或者失去了曾让我们理解和喜爱的共鸣力量时，情况会怎样？一句话，如果他是迈克尔·奥凯恩（Michael O'Kane），情况会怎样？艾德娜·奥布莱恩的小说《森林中》将读者带到了一个崭新却令人十分困扰的方向上。小说以布兰登·奥唐尼尔的真实事件为原型，此人在1994年绑架并谋杀了一位年轻母亲和她的儿子，还有一位神父。当然，奥凯恩是环境和生态的受害者，不过他的形象也真的很恐怖，他是一个“亲切的怪物史莱克”，一个光相貌——这用来描述他的情况很确切——就能吓到小孩的人（大人也同样，如果他们有一点感知的话）。他一生中受尽了失败和羞辱。他妈妈在他很小时就去世了，然而他无法接受这一事实，坚持认为“他们”活埋闷死了她。他生命中遇到的所有人要么辜负了他，要么虐待过他，而他在少年教养中心（这个中心有卡夫卡式的名字：“城堡”）里受到的对待，远非邪恶可形容。从很小起，他就总是周边一切罪行的替罪羊。

可是，唉，可是。他没有任何能救赎他行为的特质。他心里没有内疚，只有愤怒和怨恨。他的暴力行为一点都不聪明，是丑陋的、非理性的、可怕的。他完全没有魅力。他的语言能力十分有限。他不是亨伯特，不是阿列克斯，不是格伦德尔。从人类立场来看，他是个骇人听闻的家伙；但是从小说家的角度看，他是个令人产生好奇心的人物。几乎在任何年代，他都是叙事要与之保持距离的恶棍。即使回顾哥特式小说，我们可以找到恶贯满盈的角色，但他们都不需要读者付出什么感情或智力回应。安·拉德克利夫的《奥多芙的神秘》和马修·格雷戈里的《修道士》都写了大量的坏人，特别是后者，既有堕落的修道士，又有盖世太保式的审讯者。但是，这些恶棍只是硬纸板剪出来的平面人物，可怖是因为他们的行为，而不是因为他们形象逼真，他们大致类似吸血鬼德库拉，那个布莱姆·斯托克笔下的哥特式的噩梦形象。浪漫主义给了我们拜伦式的英雄和“坏人”希斯克里夫，但艾米莉·勃朗特在她的主人公身上，倾注的更多是痛苦，而非恶意；她的目的是怜悯，而非厌恶。在我看来，奥布莱恩遵循的却是另外一种东西，而且更冒险。

但那是什么东西？考虑到奥凯恩的行径如此令人厌恶，那自然不是同情。即便在他的童年，读者也许还会为他难过，因为那么可怕的事情发生在这个当时还叫作米钦的孩子身上，但是，那时候的他就是一个难打交道、冷淡漠然、有点奇怪的人。他的反应永远和我们所期望的大致正常的人类不一样。而当他长大后，他与世界的关系越来越紧张，行为越来越古怪，我们对他也越来越疏远。那么，后来呢？如果看上去读者不可能存在某种情感上的反应，甚至连某种同情的情绪都不会有，那么，奥布莱恩讲述这恐怖的故事目的何在？小说的长处在于它总是能引起情感上的认同，这就是为什么读者会为小耐儿之死感到伤心，会对萨克雷系列小说里的人物指指点点，说谁该嫁给谁。这也是为什么我们会为盖茨比和希斯克里夫如此纠结。

这一长处并非小说唯一看点，小说总是能证明自己具有多样性，其中之一就是它的分析性或思考性。它能引发同情或恐惧，也能让人理性思考。就《森林中》这部小说而言，我们被要求去理性地认识那个非理性的存在，去站在危险的边缘凝视深渊。奥布莱恩从来不为米钦的行为寻找借口，或要让他逃脱惩罚。即使在我们为他感到伤怀时，她还在提醒我们，他的遭遇并不特别，其他孩子在孩提时代也遭遇过苦难，但并没有做出恐怖的暴力行为。相反，她将小说引发的同情之心，赋予他的受害者埃莉·莱恩和她的孩子麦迪以及给予他怜悯之心的神父约翰。对他们来说，他们被害只是因为他们碰巧与奥凯恩的记忆和精神妄想重叠。去想想这一难以置信之事：这是一种可行的解释。

然而，还有另外一个可能，来自一种比小说古老得多的源头。主人公的名字就是暗示：迈克尔·奥凯恩。大部分评论家和记者提到他的时候都叫他米钦，我们的危险正在于忘了他的正确名字。毫无疑问，天使长迈克尔[①]正是撒旦和他的使者的最大敌人，根据启示录的说法，迈克尔率领天使军团打败了撒旦们，将他们从天上扔到了地下。将一个惩罚邪恶之人的名字用在一个魔鬼身上，难道不讽刺？也许。不过，这个魔鬼的名字也与圣经中第一个谋杀犯的读音相同。当然，“凯恩”（Kane）不是“该隐”（Cain），但就读音来说，它们很接近。而且，在燃烧的荆棘中跟摩西说话的声音，被认为是神[②]，所以，用凯恩来命名一个因听见耳中声音而（疯狂）行事的人，也许是恰当的。小说题目中的森林二字，也在提醒我们，从圣经时

① 《启示录》里音译为米迦勒，这里遵从小说的现代译名，称为迈克尔。

② 故事出自《圣经·出埃及记》（3:2-5）

代起，荒原就是一个诱惑与危险并存的地方，那是魔鬼的领地，小说中凶杀的案发地克鲁许森林里自然有些丑恶勾当。这是我的疯狂猜测吗？也许。好像真是这样？或牵强附会？可能。然而，其中定有用意。奥布莱恩在探索邪恶这样一个问题：那么可怕的事情怎么会在我们的世界发生？人怎么能如此步入歧途？当然，她的答案无关天使或魔鬼。虽然她吸取了犹太－基督教中的意象（她常常在作品中这么做），但是她对邪恶的看法深深地扎根于俗世。一个人做了这些恐怖的事情，其他人也影响着他往这个方向发展，他们要么将可怕的行为施加于他，要么像小镇居民一样袖手旁观，并不出手阻止他。作者暗示，当我们日常生活中有这样的人时，谁还需要超自然的解释？

好吧，那么我们只是被作者的突发奇想玩弄于掌心的傻瓜吗？我想不是。我们不会随便接受什么可怕的人；“他”（公平起见，或者还有“她”）一定得是个很特别的恶人。而且他被准确地表现了出来。对我来说，这一现象意味着读者和作者都有着巨大的好奇心与理解力。我们能懂得什么令我们厌恶，能理解恶人为何会存在，是如何犯下滔天罪行的，但我们又不会被这些罪行牵连和玷污。我们回应，感受，甚至可能为他们悲伤，但是我们不会变成我们读到的魔鬼。总是会有审美距离，让小说中的可怕情境可以忍受。这种距离感就是小说的可取之处，也是救赎我们的恩典。

8

时间的波纹[①]

你选了一本小说，打开第一页，心就沉下去了。为什么？没有数字，没有标题。换句话说，没有章节。你好像直面没有中场休息的荒凉人生，在一无阻挡的叙事荒原上艰难前进，无休无止。分不分章节重要吗？当然了，在或深或浅的意义上，都很重要。如果没有章节的中断，你何时才能关灯睡觉？何时才能奖赏自己一块饼干或一杯热巧克力？何时才能意识到你已经看到哪里了？但是章节的中断，以及将一章章分开的标题，并不只是阅读高速路上的休息区。如果章节分得对，它们会告诉我们某些重要的事情已经发生了，一个时段、一次完整的行动或某个叙事单元结束了。当然，也有错误的做法，只能说明上一次文本出现空行后，又有三千多字看完了。而理想化的情形是，每个章节单独包含故事中一个意义完整的板块。有时候，小说会有聪明的章节标题，解释这章的内容。它们也可能有开头、中间和结尾。在当代小说中，有时候它们甚至可能是自成

①物理学家乔治·斯莫特博士的宇宙学专著书名，此书讲述了宇宙的诞生。

一体的故事，这故事可能是一个单独叙事整体的一部分，也可能不是。无论它们的形式或外在特征如何，所有章节都怀有吸引读者的目的，也就是说，包含着让读者探究下去的理由。

很久以前，章节就脸面丢尽。那发生在现代主义时期，现代作家乔伊斯、伍尔夫、福克纳和同伴们对章节表达了鄙视，实际上这是对维多利亚时代所有事物的鄙视。你看，维多利亚时代的小说拥有完美的章节，那是完美的线性叙事的关键元素。19 世纪的英国小说，自然顺畅一板一眼地从第一章讲到最后一章，就算你已写了上千部小说，也无法做得更好。它们的运作就像钟表，或者说像日历，是系列连载的，所以是线性的，要全部发表完需要一段时间。过几章我们会具体说明所有这些是怎样发生的，为什么会发生。

从故事情节的角度看，维多利亚时代的小说是“装订”成册的一系列夸张笑脸。每次连载都以上一个扣人心弦的高潮为开端，然后放松强度，处理这两三个章节里出现的事件，然后在结尾处再度掀起又一个扣人心弦的高潮。章节是这种连载结构的基本单位。作者不可能始终保持上个月连载结束时的那种高强度叙述，所以必须带领读者慢慢平缓下来——没人喜欢紧急迫降——到一个可以控制的程度，即相对温和的强度。大部分章节都处在这种强度中。通常，每次连载还会在中间的某个章节结束时出现一个小高潮，然后在连载的尾章出现一个大高潮。

浏览一下几乎所有维多利亚时代的小说，你都能确切看出每次连载结束在什么地方。通常是大事件发生之处：绑架、神秘的现身或失踪、发现尸体，或者一封透露了 (a) 获得遗产、(b) 失去遗产、(c) 真实身世或者 (d) 以上几种情形皆有的信。如果一部小说有着规律的发表过程，那么，上述事件就会发生在偶数章节的结尾处，因为许多小说遵循每次连载两章的模式。当然并非全部如此，因而不一定准确。但你还是可以分辨出来。维多利亚时代的小说家们擅长此事。他们一定得这么做，这既是经济要求，也是叙事艺术的表现。

传统小说的章节秀出各种面貌，或是标题，或是罗马数字和阿拉伯数字，或是其他的划分标记，但它们都在履行一个基本而普遍的功能：将一部长篇叙事分成一个个内涵完整的单元。作为前维多利亚时代小说的典范，《傲慢与偏见》的第 LVIII 章中（我相信这指的是第五十八章，但不要完全信任我对罗马数字的认识），奥斯丁把伊丽莎白·贝内特和达西先生凑到一起，让他们私下散步，第一次使他们能直率地讨论以前的作为，解释他们的动机，请求和接受对方的谅解，表露相互之间的爱慕。这一章以散步始以散步终，等到在大厅告别时，对他们两个人来说，每件事都得到了圆满的解释，很自然他们要结婚了。这是一个奇迹般经济的叙述。所有想要在这章里提到的事情都出现了，没有不相干之事胆敢掺和。

狄更斯更喜欢用标题来划分章节。我也是如此。标题让你从一开始就有据可依。“大法官法庭”要比罗马数字“I”或者“第一章”能表达更多意思。事实上，这是《荒凉山庄》的开篇章节，也是小说史上最伟大的开篇之一。

> 伦敦。米迦勒节开庭期刚过，大法官坐在林肯法学协会大厅里。无情的十一月天气。满街泥泞，好像洪水刚从大地上退去，如果这时遇到一条四十来英尺长的斑龙，像一只庞大的蜥蜴似的，摇摇摆摆爬上荷尔蓬山，那也不足为奇。煤烟从烟囱顶上纷纷飘落，化作一阵黑色的毛毛雨，其中夹杂着一片片煤屑，像鹅毛大雪似的，人们也许会以为这是为死去的太阳志哀

> 哩。狗，浑身泥浆，简直看不出是个什么东西。马，也好不了多少，连眼罩都溅满了泥。行人，全都脾气暴躁，手里的雨伞，你碰我撞；一到拐角的地方就站不稳脚步，从破晓起（如果这样的天气也算破晓了的话）就有成千上万的行人在那里滑倒和跌跤，给一层层泥浆添上新的淤积物；泥浆始终牢牢地粘在人行道上，愈积愈厚。[①]

你怎么会不想了解接下来发生了什么？答案当然是你想要了解。这就是为什么他会是他那个时代的畅销书大家。在这样一个开头段落后，接着该是什么样的故事？这个充满了不幸和苦难的地方，简直不在现实中。然后，在下一段里，便出现了浓雾：

> 到处是雾。雾笼罩着河的上游，在绿色的小岛和草地之间飘荡；雾笼罩着河的下游，在鳞次栉比的船只之间、在这个大（而脏的）都市河边的污秽之间滚动，滚得它自己也变脏了。雾笼罩着厄色克斯郡的沼泽，雾笼罩着肯德郡的高地。雾爬进煤船的厨房；雾躺在大船的帆桁上，徘徊在巨舫的桅樯绳索之间；雾低悬在大平底船和小木船的舷边。雾钻进了格林威治区那些靠养老金过活、待在收容室火炉边呼哧呼哧喘气的老人的眼睛和喉咙里；雾钻进了在密室里生气的小商船船长下午抽的那一袋烟的烟管和烟斗里；雾残酷地折磨着他那在甲板上瑟缩发抖的小学徒的手指和脚趾。偶然从桥上走过的人们，从栏杆上窥视下面的雾天，四周一片迷雾，恍如乘着气球，飘浮在白茫茫

①查尔斯·狄更斯，《荒凉山庄》（上），黄邦杰、陈少衡、张自谋译，上海译文出版社，1979年，第4-5页。

的云端。[①]

就像这样，我们有了一个母题，一个反复出现的元素——在这部小说中是一个意象——雾，它始终游荡、徘徊，提醒我们故事的核心。等这一章结束，母题将变成主题，即对待事物的看法或者态度，就像浓雾在这里指的不仅仅是一般的空气状况，也是大法官法庭（就像美国遗嘱裁判法庭，除了处理没那么迅捷）审判中的氛围：在律师、书记员和大法官身上，在这个地方的空气中，充满着乌烟瘴气，杂乱无章、效率低下，无论起诉、反诉还是悬案，都像鬼魂和噩梦一样，世世代代萦绕于此。

不管怎样，这是另一个奇迹般经济的叙述，这一切发生在五页纸内。其中，狄更斯没有引出小说里的任何主角，就设法抛出了问题、地点、特殊案件（詹狄士诉詹狄士）、情绪、主题和一个非常具有震撼效果的景象。这五页写得实在太好了，我们几乎不用读接下来的六百六十页了。至少我们已经准备好要见上一两个主人公了。我们很快就会遇见他们。

这就是章节的通常作用：完成一些小结构，以支撑整本书的庞大结构。一个传统章节会有开头、过程和结尾。它提供给读者某些东西：一个大故事里的小故事，用来展开一个主题或观点的场景，因一个事件或事故（事故是传统小说中的重要叙事手段）使情节发生的转折。

你说什么？那都是发霉的老东西？新近的书又怎样？好吧，如果你想看看现在的常规做法，就去看类型小说。看看罗伯特·B·帕

①查尔斯·狄更斯，《荒凉山庄》（上），黄邦杰、陈少衡、张自谋译，上海译文出版社，1979年，第5页。

克的《卡茨基尔老鹰》的第五十三章，它展示了章节如何推进最后决战。斯宾塞这个侦探主角，深入敌穴、对抗坏蛋并杀了他，清算了和另一角色之间的私人恩怨，然后成功从一个到处是卫兵和武装分子的地方逃走。除了血腥，叙述都很干净。这并不算是很高雅的写作——副标题可以是“斯宾塞和老鹰越野杀人记”——但它是有效率的写作。每个章节都有事情要完成，而且也完成了。开始，经过，结尾。短小的故事。情节的翻转。极富冲击的结尾。

然后，在维多利亚女王去世后没多久，事情开始改变了。除了去掉线性叙事、曲折情节、夸张配角和严谨道德观，现代小说还把斧子砍向了章节。在相当多的现代小说里，章节就算出现，也会显得很模糊。例如，乔伊斯的《一个青年艺术家的肖像》只有用数字标注的五个部分。不管它们是什么，但就不是章节。或许可以说是人物和叙述发展的舞台。他的《尤利西斯》有十八个没有标题没有编号的片断，或多或少地对应着荷马史诗《奥德赛》的分卷。然而，这些片断不像章节，而更像是改变叙事策略的时机。在《达洛维夫人》里，伍尔夫没有使用章节。《到灯塔去》虽有编了号的松散片断，但它们更像是意识的中心，而非叙事的结构。《海浪》则用不同叙述人物划分片断。毫无疑问，所有这些小说都不是很有情节性，在伍尔夫的例子里，故事倾向于向任何方向发展，而不是有一个直线前进的时间轴。

伍尔夫与 E. M. 福斯特是朋友，福斯特比她年长几岁，但在敏感性上却差她很远。他的《看得见风景的房间》里的章节具有维多利亚时代的风格：非常线性的叙事，主体叙述下套着小故事，配有吸引人的标题，诸如“在圣克罗彻，没有带旅游指南”，或者“巴特利特小姐的锅炉是如何令人厌倦的”。这部小说出版于 1908 年，仅比伍尔夫出版的作品早几年。伍尔夫少女时代的小说和福斯特的作品一样，有很多常规特点。然而，当她写《到灯塔去》（1927）时，她将个体意识（她称之为“存在的瞬间”）当作她的创作原则。她的叙述不太关心事件，而更关心我们对事件的主观体验和处理。可以预料，她的“章节”很典型，就是在单一意识内的一个个瞬间。《到灯塔去》分三部分：“窗”、“时间流逝”和“灯塔”，第一和第三部分各自都描绘了单独一天，中间部分则大致有十年跨度。在“窗”的第九节，我们跟随拉姆齐家的夏日访客威廉·班克斯的思绪，反复琢磨拉姆齐先生，然后又将故事“传递”[①]给另一位客人莉莉·布里斯科，莉莉想着威廉，想着拉姆齐夫人，想着自己要画的画，然后他们“分享”了这篇叙述，完成了一个瞬间的体验。在通常意义上，没有任何事情发生；两个人仅仅只是看见了身边的世界。然而，还是发生了一些事情。那天晚上，拉姆齐太太忽然想到莉莉和威廉必须结婚，这念头仿佛晴天霹雳，但这既是一种错误判断，也是多此一举。虽然莉莉和威廉不适合一起生活，但他们早已完成了一次思想上的结合，虽然只是在转瞬即逝的瞬间王国里。小说第一和第三部分的大量章节都在这样叙述，一人或多人的意识聚集在一瞬间的小事上。

那么，它们是章节吗？和许多文学问题一样，这也会引起争论。传统主义者可能会说，这不是章节，因为它们没有意义，缺乏形式或方向。但对它们身处其中的小说来说，它们却是正确的形式，而它们的叙事方向（如果能这样称呼），是小说更大叙事方向的一个

①这里传递一词“pass”呼应第二部分标题“时间流逝”（Time Passes）。

缩小版本。它们不是狄更斯的章节，也不是詹姆斯、菲尔丁、奥斯丁或者艾略特的章节，但我认为，它们正是我们在这部小说里想要的章节。事实上，我认为它们阐明了**“章节和诗节的法则”**：章节作为特定小说的有意义的片断，只遵循自己的规则。

最后，只有读者能够决定，一个章节在这篇小说的语境中是否合情合理。它们可能直截了当也可能隐约微妙，可能富有逻辑也可能神秘莫测，可能一目了然又可能晦涩暧昧。它们可以像海伦·菲尔丁的 BJ 系列，是每天的一则则日记；或者像詹姆斯·A·米切纳小说的一些开篇一样，记录了地质年代。这都不重要。重要的是，不管章节如何变化（它们也的确有很多变化），它们一定要适合它们的小说。

我开始认真思考章节的问题是在二十几年前。当时，我读到一个章节，标题是：“噢，妈妈，这真的是结束吗？”当我看到这标题，两件事出现在我脑子里。第一件，跟其他同代人一样，我会自动把这句话说全了：“我又一次被塞进了汽车车厢，听着孟菲斯的蓝调。”当然，这是鲍勃·迪伦的歌，没有其他人能写下或写出这样的歌词。我注意到的第二件事情是，这本小说跟迪伦或者孟菲斯或者汽车或者甚至美国都没有任何关系，除了作者跟我一样，最早听到这歌时是愣头青，那时这首歌刚刚新鲜出炉。他就是 T. C. 博伊尔，这是他的笔名（原名叫托马斯·约翰·博伊尔），这名字跟派彻列姆·V·纳斯比斯和帕斯·格雷·海克尔一样，都是我最喜欢的笔名。这部小说就是《水上音乐》，一部风格诡异多变的混搭作品，背景设置在 18 世纪末 19 世纪初，故事围绕着发现和探索尼日尔河而展开。小说在两条对抗的故事线上来回跳跃。一个是冒险故事，或者说是灾难故事，讲述了历史上尼日尔河的发现者穆戈·帕克的旅行轶事。

另一边则是一个四处流浪的调皮孩子，他完全是个虚构人物，起了个很漂亮的名字耐德·莱斯，这个一事无成的小混混总是刚出虎窝又落狼穴，一路灾难不断。由于这是部当代小说，读者们清楚到小说结尾，哪个人物会最终占据重要位置。事实上，出身高贵或出身低贱的主人公的相对命运，正是博伊尔对传统小说的批判之一。相对于一个非常短小的章节（只有一页），它的标题却引用了迪伦的歌词长句，目的就是为提醒读者（但凡他们有所疑惑），这是部后现代小说。处处可见的不合时宜、无礼姿态、戏仿元素，都宣告了一种傲立于世的态度，宣告小说绝不诚恳，它是对诚恳的一次攻击。对一个短小的章节和它笨重的标题来说，要做到这一点可不简单。

当你看到博伊尔这样的章节，你会思考章节的功能，至少我就想了。事情显然是，章节可以是任何东西。它们可以是自足而扎实的叙述，也可以是单独的故事，即便跳出小说的语境也拥有独立的意义。它们可以聚焦于单一事件，也可以聚焦于一连串相关事件。它们还可以是对小说事件的印象式呈现或主观反应。一句话，它们可以是小说家想让它们成为的任何东西。

那么谁会从章节中获益？几乎每一个看重情节的小说家。我已经提到过维多利亚时代那些大家。悬疑小说作家，创作历史传奇（包括历史小说的所有类型）、西部小说或者恐怖小说的作家也一样。所有章节的结尾都带来更多的紧张、悬念和内幕。这种情况已经很明显了，对吧？但其实那些不爱设计情节的作家也能得益。印象派小说的作家也通过组织小结构来显现大结构。

最重要的是，读者能获益。章节让我们在阅读中间休息片刻。嗨，永远别小瞧那些停顿。即便在我们一口气读大部头时，那些停顿也会让我们思考已经看完的内容，回味故事如何连接在一起。章节会告诉我们小说中什么是重要的，以及对小说来说，什么又是重要的。小说是怎样被组织起来的？它是强调透露内幕还是强调隐瞒信息？它是重视外部事件还是内在印象？它是紧凑而连贯的，还是松弛而散漫的？章节有助于指引我们怎样去阅读。而我们要运用所能得到的一切帮助。

9
普遍性就是特殊性

让我们假定，你对人类的生存状况有着深刻的洞察。那就是想要和平、幸福或者番茄浓汤。不管怎么说，都是重大的问题。你想让尽可能多的人听到你的高见，但 PBS 电视台不会请你做嘉宾。于是你决定写一部小说，把这个普遍真理告诉每个人。停！这是不可能的。在小说的世界里，普遍真理不可抵达。如果你想谈谈普遍，那就最好只盯着一个问题并说透它。中世纪有些戏剧描绘全人类的生存状况，起了《世人》和《人类》这样的剧名。这些戏剧的主角（他们的名字就是“世人”或“人类”）就是我们的诚挚代言人——没有特征，普通一般，无法分辨，也未作区分。这就是为什么安大略省斯特拉福德举办的是莎士比亚夏日戏剧节，而不是中世纪道德剧戏剧节。

只有一部以一个“世人”为主角的小说拥有长久的影响力：约翰·班扬的《天路历程》(1678)。书名全称是《天路历程：从今生到永世》，其道德教育目的一目了然。它详细描述了主人公“基督徒”走向“天国”的旅程。途中他得到了名叫“传道者”、“帮助”这些人物的相助，也受到“老世故”、“顽固”、“柔顺”、“伪善”等人物的阻挠。你一看就懂了。从读者的角度来看，它是个寓言，里面没有人物或地点，只有类型，而且还不是很有趣的类型。名字比它们所代表的事物或人更有吸引力：“浮华市场”、“绝望泥沼”、“怀疑城堡”和“绝望巨人”。作为寓言，我想它做到了班扬想让它做到的事情。但作为小说，它还不够格。这些角色缺乏深度或者复杂性，所以旅程的完成、遇到的地点和人物，只有一丁点儿趣味。如果你想读的是个人关于宗教信念的挣扎、纠结于是非对错的故事，纳撒尼尔·霍桑的《七个尖角阁的老宅》（1851）和《红字》（1850）会让你更过瘾。有时候，霍桑的小说也有近似寓言的危险，但是他的人物让人感觉是真实的人，而非刻板的平面形象，他的道德困境真的让人纠结。

寓言可能枯燥、刻板、不够立体。寓言家用意是好的，而且他不想让我们错失他的观点。但通常来说，寓言所拥有的，也只有观点。小说如果想要调动我们的注意力和情感，就需要更有生气。它需要将人物表现得尽可能丰富与复杂——我们认为自己就是那样的人；这些人物需要与各种问题抗争，这些问题值得他们——也值得我们——花力气去解决。体现这种丰富性、复杂性和个体性是小说最擅长的领域。然而小说家有时也的确想书写“人类的生存状况”或“过去无解的难题”，或者任何令人伤脑筋的宏大主题。那么，他该怎么做？

首先，搞清楚想说的是什么问题。理解由局部和总体派生出来的特殊和普遍这一对矛盾。这里是**“关于普遍的特殊性法则”**：你无法书写所有地方，书写所有人，你只能书写一个人，或一个地方。如果你想写所有世人，那么就从描写某一个地方的某一个人在做某一件真实的事情开始。有这么一个人，贝娄的奥吉·玛奇—— 一个美国人，活跃奔忙、道德可疑、精力充沛、乐观向上，不时会有点失控。有代表性吗？当然。然而他又是个性化的，和其他人都不太像。你想展现一战老兵的幻灭和失落吗？看看杰克·巴恩斯。你想要一个代表所有地方的地点吗？乔伊斯的都柏林。福克纳的约克纳帕塔法县。厄德里克的印第安保留地。贝娄的芝加哥。梅尔维尔的轮船。如果你正确展现了局部和特殊，那么普遍性自然也会呈现出来。

一定程度上，这是显而易见的事情。你无法描写“到处各地”。该从哪里开始？它看上去会是怎样？无论如何，你不能写上几百万页吧？另一方面，“每个人”长什么样子？很明显小说家无法沿着这条道路往下走，保证样样事情都逼真。然而，在这个一目了然的问题之外，还潜伏着一个更棘手的问题：你怎样将这种普遍性传达给读者？你怎么能保证你的角色代表我们所有人的某一面？

你做不到。试都别试。甚至想都别想。但是，竟真有这样的。悖论万岁！不过，和其他大部分悖论一样，这个悖论能被理解。我会给你一点时间思考的。（提示：答案不在这本书里。）

此间，让我们举个例子吧。让我们假定，你想描写一个大事件，一个真正的、翻天覆地的大事件。嗯，譬如印度独立。1947 年 8 月 15 日午夜，大约五亿人终于实现了他们的目标，摆脱殖民统治获得了自由。这是个大事件。甚至值得写一写。然而这里有个圈套：你怎样去写这五亿人？你写不了，也不能写。就算只把那些人的名字写下来就要花上几千页。但是你可以去描写一个人。你甚至可以赋予他一个特殊性，或许将他（这是一个男“他”）和其他拥有那一个性的人联系在一起。你甚至能让他在 1947 年 8 月 15 日午夜诞生。他与其他那些同在这一刻诞生的孩子，以及这一刻新成立的国家印度和巴基斯坦互相有心灵感应。这就是萨尔曼·拉什迪在《午夜的孩子》（1981）里的奇思妙想，他在小说中借此巧妙地召唤出新兴的国家。围绕着萨利姆·希奈，小说展开了一场悲喜剧，他的人生和波折的命运与他的国家的命运互相映照。这一策略确实是成功的。为什么？部分原因在于，比起整个国家的兴衰，我们更容易理解萨利姆命运的浮沉。另一部分原因则在于，借由萨利姆这个人物，拉什迪可以选择印度独立过程中的某些方面加以强调；不管个人生活怎么混乱，总是比国家的历史有条理得多，即使那段历史非常短暂。而最终，他讲述了一个伟大的故事。

因为其中的魔幻现实主义元素，这部小说常常被拿来和马尔克斯的《百年孤独》相比较。然而，两部作品的最大相似之处是他们的本土化策略，这也让他们与福克纳相近。福克纳反复说起他那“邮票大的故乡小镇”，位于密西西比州的约克纳帕塔法县。和拉什迪、马尔克斯一样，福克纳也紧紧抓住了历史，他的历史比他们的更为扭曲而棘手，纠缠着内疚、失败、骄傲、罪恶以及奴隶制的遗留。福克纳太聪明了，他没有尝试去描写整个南方，甚至都没有尝试去描写整个州。相反，他把着眼点落在一个县上，它以拉菲特县为原型，他生活在县城牛津镇，这也是密西西比大学所在地。在《喧哗与骚动》（1929）中，他创造了康普生家族，一个正在没落的贵族家庭，它曾经声名显赫、拥有大片种植园，祖父是将军，而现在孙辈昆丁在哈佛大学一年级时选择了自杀，班吉虽然33岁了，心智还是个孩子。在《去吧，摩西》（1942）中，福克纳讲述了奴隶主家族后代麦卡斯林一家以及长期不被他们承认的黑人表亲布钱普一家的故事。在斯诺普斯三部曲《村子》（1940）、《小镇》（1957）和《大宅》（1959）中，他刻画了一个历史悠久的不成器家族，而事实上，他们相当“成器”，像上紧了发条一样，有时甚至没意识到他们差不多已拥有了整座小镇。他们似乎证明了福克纳的“祝福”：无赖们将赢得世界。在一部接一部的小说中，福克纳紧紧聚焦于这一小块土地，探究了南方传统的各个层面。

加西亚·马尔克斯在他的《百年孤独》（1967）中做了差不多同样的事情，他让马孔多这个虚构的海边小镇成为后殖民时代南美洲的缩影。小说中的许多事件，诸如内战、大规模军事统治、腐败的统治者、暗杀和大屠杀、跨国公司（书中是家跨国香蕉公司）的控制等等，反映出拉丁美洲国家的许多历史元素，同时，又是马孔多这一引人入胜的地方、这个小镇的独特自然以及它的主要家族布恩迪亚家族，让小说成为读者的永久记忆。关于它们的每件事都是奇妙的，从女主人乌尔苏拉的惊人高龄，到奥雷里亚诺上校从他人甚至自己手中逃脱死亡的神奇能力，再到他哥哥何塞·阿尔卡蒂奥的男性器官，那非凡的尺寸以及上面装饰的奇异刺青。甚至那个吉普赛人梅尔基亚德斯也是个有超凡本领的人物，他为这个家族设定了从辉煌到消亡的道路，并宣称他又复活了，因为死亡太无聊。你肯定会爱上这样一个家族，虽然现实里并没有这样一个家族。加西亚·马尔克斯的一部分计划就是创造一个与众不同的家族。

所以，我们如何从那里获得一个经验模式，而这个模式可以代表整个后殖民时代的拉丁美洲？啊，我们那看似自相矛盾的法则又一次派上了用场。亲爱的勃鲁托斯[1]，答案不在天上，而在我们心里。普遍性不可能在文本中找到。如果作者想在书里展现普遍性，这样的作品肯定听上去很做作。作者的工作就是提供一个具有吸引力、

①此短语出自莎士比亚《裘力斯·恺撒》第一幕第二场：“亲爱的勃鲁托斯，那错处并不在我们的命运，而在我们自己。”

迷惑力、煽动性的故事，最重要的是要独一无二。罗伯特·麦克连姆·威尔逊给他的小说《尤利卡街》加了一个副标题“一部与众不同的爱尔兰小说”。这是每部小说都渴望做到的事情，一部关于与众不同的未知数 X 的虚构作品。小说家着手创造他的故事，让它独特、别致并且独一无二。然后他的工作就完成了。我们读者开始判断它的价值。我们可以判定在它的描写和主题中，或者具有名副其实的普遍性，或者没有，也或者写得太差，我们根本不关心它究竟如何，也或者给出关于其他话题的任何一百种其他结论。

还是回到《午夜的孩子》，最重要的是，萨利姆·希奈一定得是他自己。拉什迪可以暗示存在一个更大的关联框架，就像他的小说用萨利姆的生日与国家独立日的巧合来开始。但是他无法逼迫读者也把那些联系当真。这由我们来决定。他是否再现了现代印度的某些面貌？有哪些？用什么方式？

是否所有小说都渴望拥有普遍性主题？

我认为不是。或许人物和境况具有典型性，但是很多小说满足于只要讲好故事。事实上每部小说首要的任务都是恰如其分地讲故事。如果做不好这件事，它就不会有太多机会去讲述更为广阔的主题。不过，很多小说并不追求故事之外的东西。很明显，类型小说就是如此，但这里绝不止类型小说，就好像“纯文学”小说并不单指某种类型的小说一样。这些术语只适用于这种或那种大众文化类型小说：悬疑、惊悚、恐怖、西部、言情、科幻和幻想等作品。例如，达希尔·哈米特笔下的萨姆·斯佩德或者雷蒙德·钱德勒笔下的菲利普·马洛，不能说他们代表了其他人，或者代表实现正义的希望。他们所在的那些小说只提供这个世界的某些面貌：邪恶盛行，好人和坏人相遇在昏暗的伦理世界，或者即便在阳光灿烂的洛杉矶都有令人难以置信的犯罪率。同样，就恐怖小说而言，你也无法从行为失常的汽车 / 狗 / 看守人里导出什么普遍性，而这也不是小说的意图。毕竟，娱乐活动的任务就是娱乐。

即使如此，我们也能从小说中领会一些东西，也的确领会到了。不是直白的道德课，而是关于人类行为更为普遍的内涵：对正义的渴望、对被爱的需要，或正当的举止。我们忍不住；人类是一种爱推理的物种。给我特殊性，我们就从中得出普遍性。因此，几乎所有小说都能教育我们，而正在其根本源头上，小说教给我们一件大事：我们很重要。人的生命有其价值，不是因为它属于一个拥有者、一个统治者、一个集体或一个政党，而是因为生命就作为生命而存在。小说如何自成一体？在于它的主题，而主题跟它的小人物有关系。噢，你当然能找到一两部小说，描写的是国王、王子或王储（是真的王子，不是马克·吐温写的那种），但是，几乎绝大多数已有的小说都是关于普通生命的，不管是中产阶级、工人阶级，还是破落户。小说中的人可以是微不足道的人物，如果他们曾经在荷马或者莎士比亚的作品里出现过的话，也仅仅是一个要被杀掉的只有名字的人，一个奔向老爷的传话筒，或者负责逗点乐的小角色，没人把他们当回事儿。所有那些小说都希望我们关注这些人物呈现的生活，追着它们直到结尾，只是为了看看小说所选择的人物最后成了什么样子。而且，我们的确这么做了。我们的确关心在乎，的确饶有兴致地追看，的确追着直到结局，不管是大是小。因为他们重要，所以我们阅读。而这一点具有相当的普遍性。

10

克拉丽莎的鲜花

当达洛维夫人在她的同名小说的著名开头说，她要去买些鲜花时，她让一天的时间和一部小说开始了运转。更重要的是，她让我们对后来成为她重要的人物象征的鲜花有了第一印象。伍尔夫曾想过给这本小说起名《时时刻刻》（不过，幸运的是，这个名字被留给了迈克尔·坎宁安[①]），但她也可以直接起名《鲜花》。并不是每部小说中的每个人物都会拥有一个象征或标志，但是许多人物都有。只要想一想尼禄·沃尔夫的兰花[②]，海明威的老人所称道的“了不起的迪马吉奥”[③]，斯蒂芬·迪达勒斯的“梣树枝”手杖[④]。这些标记引导我们对他们个性的反应。物件、形象和地点不仅和角色联系起来，也和对角色的看法联系起来。当然，其中有一些是作者提供的：伍尔

①迈克尔·坎宁安（1952— ），美国当代作家，以伍尔夫和《达洛维夫人》为蓝本创作了小说《时时刻刻》（1998），获得了1999年度的普利策小说奖和笔会/福克纳奖。该小说还于2002年由史蒂芬·戴德利拍摄为同名电影。

②雷克斯·斯托特笔下的尼禄·沃尔夫是一位肥胖、不愿出门、爱养兰花并且收费高昂的专业咨询侦探。

③美国棒球明星。海明威《老人与海》里的老人一再提到他，崇拜之情，溢于言表。

④乔伊斯《尤利西斯》主人公迪达勒斯爱拄一根手杖。

夫将花放进了克拉丽莎的怀里。但更多的意义将由读者来赋予。而且最终，还是由我们来决定它到底象征着什么。

威廉·福克纳曾经说过，在他的小说中，他个人最喜欢《我弥留之际》。在我非常有限的教授福克纳作品的经历中，这也是学生们最喜欢的作品。对我来说，让他们读完整本小说，要比阅读文选中只有十二页的《烧马棚》更高兴。我猜对很多不是学生的读者来说，这也是他们最喜欢的福克纳小说。为什么？他们看得懂。在某种程度上，这说明了朴素叙事的重要性。读《押沙龙，押沙龙！》实在是个苦差事。《喧哗与骚动》也是如此。另一方面，本德伦一家[①]的故事也是个苦活，但难度稍小。一位同事称它是节奏轻快的叙事，但我不确定我也会这样形容。我也不认为这是如此多读者喜欢它的原因。我认为那是因为读者对其中的人物能够有连贯的认识。毫无疑问，比起福克纳的其他小说，《我弥留之际》能让人更容易地将角色与角色区分开来。这有很多原因，在每段内心独白的开头加上名字确实有所帮助。这些名字也容易记住：安斯、艾迪、达尔、朱厄尔（被用作男人的名字）、卡什、杜威·德尔、瓦达曼。真的，我能记得很清楚。但是，还有某些别的东西确实在起作用。每个人物都有一个标记，某样物品、某种执念或某个目标，将他（她）与其他人区别开来。安斯除了拒绝对家庭外其他人员承担责任，还一直在琢磨安一副新假牙。朱厄尔有他的马（和愤怒），卡什有木匠手艺，想得到一台"留机声"[②]，这是他给念倒了音节。瓦达曼有他捕到的鱼，他把它跟死去的母亲搞混了。杜威·德尔有孕在身，想要打掉。这些特点如何发生作用？首先，它们都是助记方法。当我们看见某人

①《我弥留之际》里的家庭。

②卡什称留声机为"graphophone"，其实应该是"phonograph"，他颠倒了字母音节的顺序。

对马的痴迷或对愤怒的反应出了格，我们知道此人是朱厄尔。一两次后，名字都变得没必要了。然后是人物的性格结构。他们所热衷的事物给他们的性格提供了深度和色彩。卡什拼命干着木工活，不让自己去想为什么要制作那个特殊的盒子：

> 我要把它做成斜面交接的。这样一来
>
> 一、钉子吃住的面积比较大。
>
> 二、每一个接合的边面积是原来的两倍。
>
> 三、雨水只能斜斜的渗入它。要知道雨水顺垂直、水平方向渗流起来是最容易不过的了。
>
> 四、在屋子里人有三分之二的时间是垂直生活的。因此房屋的接合面与榫头都是垂直方向的。因为力量是朝垂直方向作用的。[1]

等等诸如此类，一共有十三条，包括那最重要的理由，“它能让活儿干得漂亮”。在他的沉思中，明显缺席的正是这些理由真正的源头：也就是说，这个“它”是什么。当然，它是口棺材，读者明白，但卡什没说出口。他的确提到过一次坟墓，但那只是为了跟其他坑洞相区别。通过他所有这些一板一眼的腔调，表现出他在回避一件重要的事情，即他在为他的母亲打造一口棺材。为什么？因为悲伤，或者不如说，对悲伤的逃避。没有一个人物把悲伤宣泄出来，甚至承认这种悲伤。相反，每个人都陷入他（她）自己的小算盘中。

出于众所周知的原因，让人物容易被记住，对维多利亚小说来说是极其重要的。记住，那是个连载小说的时代。假定你订阅的那

①威廉·福克纳，《我弥留之际》，李文俊等译，漓江出版社，1990年，第60页。

份《爱丁堡评论》是在3月10日送到的，上面有你正迷着的新小说，你大概最多会用四五天时间阅读这期连载的两个章节，然后要等上二十六七天，才能拿到杂志的四月号。我不知道你们怎么样，反正二十六天，我可能连自己的名字都忘了。我需要作者的一点帮助。去会会赛拉斯·魏格[1]，这个人是作者的帮手。魏格是一个“有文化的”人和民谣销售者，他有一条木头做的腿(所以名字叫“木腿”[2]？)和一个名叫维纳斯先生的朋友，他是个殡仪员和“骨头拼装师”。他们贪婪而无耻，而且，作为小混混，大致很搞笑。大恶棍是学校校长布拉德利·海德斯东，除了总是口吐白沫，说明他脑子不太正常之外，几乎无恶不作。就跟维纳斯先生一样，他让人记忆深刻的东西就是他的名字[3]。我们不太可能在一个月里忘记布拉德利·海德斯东这样的名字，就像我们不太可能忘记那些带有人物特点的名字：贾格斯、郝薇香小姐、马格韦契、乌利亚·希普、米考伯先生、奎尔普、斯基坡尔、佩克斯列夫以及超喜欢圣诞节的吝啬鬼埃比尼泽·斯克鲁奇。不过，除了这些名字之外，狄更斯还会提供其他标记。奎尔普是个侏儒，比尔·萨克斯有他的咆哮声和狗，维纳斯先生有那些骨头，米考伯有他的潘趣酒和“事情总会好起来”的信念。他们是瘸子，装着假肢（文学史上狄更斯笔下有木头假腿的角色最多），有古怪长相和怪异发型，有死党和护身法宝。狄更斯的角色有时候被描述为怪物，然而这古怪有其目的。对读者来说，在长达几个月的时间里，他们不仅要始终令人难忘，也要一直栩栩如生。在维多利亚时代的连载小说家里，狄更斯的写法并不是一个孤立现象。快速浏览一下，

①狄更斯的小说《我们共同的朋友》里的角色。

②他的名字 Wagg 像是木腿（wooden leg）的吞音后的结果。

③他的名字 Bradly Headstone 隐喻脑子像石头一样，坏得没法用。

萨克雷或者乔治·梅瑞狄斯或安东尼·特罗洛普或托马斯·哈代，甚至相对比较节制的乔治·艾略特的作品，会发现他们都描写了大量生动鲜明，有时甚至是稀奇古怪的人物形象，特别是那些次要角色。

甚至当历史的车轮已经转向，连载小说已经过时，作者们还是在继续使用特别的标记来刻画角色。我们能记起杰伊·盖茨比可能是因为“绿光”[①]，但是让他出挑的特征是那些衬衫。尼克·卡拉韦几乎难以将视线从盖茨比的衣衫上移开，所以在小说的描述中，反复出现了各种衣物。例如，当盖茨比去尼克家等待黛西到达时，他穿着“一身白色法兰绒套装，里面是银色的衬衫和金色的领带”。这难道不会让符号学家想解释那些符号吗？而真正精彩的“演出”，则是如下一幕：当盖茨比带着尼克和黛西参观他的房子时，他停下将一件又一件衬衫扔到桌子上，告诉他们他如何在伦敦定制这些衣服，于是他在眼前堆起了一堆庞大散乱的衣物，它们是“条纹的，涡卷纹的；苏格兰呢则有珊瑚红的，苹果绿的，浅紫的，淡橘的，都有印度蓝的姓名花押”。物质主义的黛西被征服了，呜咽着把头埋在衣服中，宣称它们是“如此美丽的衬衫”，它们使她哀伤。未加任何评论，菲茨杰拉德便成功地传递出关于盖茨比和黛西的大量信息，不仅包括他们各自的性格特点，也让人强烈感觉到他们的关系出了差错。老实说，还有哪一对的感情比这两个服装质地“专家”的更浅薄？在这次会面中，他们几乎无法表达感情，双方都承认，这次会面就像一场灾难，好在老天保佑，幸亏他们在衬衫上还有共同语言。

纵观现代到后现代，人物的标记依然发挥着它们的作用，虽然

①绿光指小说中的一个意象，即绿灯发出的光芒，这个绿灯在小说开端、中间和结尾各出现了一次，基本上被认为代表了爱情，是小说女主人公黛西的化身。

这些作用并不总是相同。在蒂姆·奥布莱恩的《追寻卡西艾托》中，书名提到的卡西艾托总是嚼着甘草味的布莱克杰克口香糖，还在越南的战壕里运过篮球，他很孩子气，经常做一些不符合士兵身份的行为。在海明威的《太阳照常升起》里，杰克·巴恩斯的战争创伤有情节、有特征、有主题含义。它让他无法和勃莱特·艾希利女士发生关系，阻碍了他们对彼此的激情，并把他们送上了不幸之路，而且，在更普遍的意义上，它代表了战后社会在性和其他意义上的不育。

标记对那个特色鲜明的现代类型小说，也就是悬疑小说非常有用，就像阿加莎·克里斯蒂所理解的那样，它们可以作为一种速写。大侦探波洛可谓一组由特征构成的“小型舰队”，包括他的“八字胡”和爱喝的花茶，而马普尔小姐整天在织东西。这些特征以一种特殊方式，让人物在他们的世界里有了自己的位置。例如，甚至在波洛系列的第一部侦探小说面世时，他的鞋套就是一个特征，它代表了老克拉派头，意味着波洛是个一板一眼讲究打扮的人。这种描写极为恰当地概括了波洛。这里克里斯蒂并没有发明任何东西。这种方法至少可以追溯到夏洛克·福尔摩斯，譬如他的猎帽（实际上他很少戴它）、海泡石烟斗以及浓度百分之七的可卡因。曾经有一个时代，侦探和老警察都有他们的私人“法宝”，从彼得·温西爵爷的单片眼镜，到尼克和诺拉·查尔斯的猎狐狗阿斯塔，再到尼禄·沃尔夫的兰花和黄衬衫，一直到罗伯特·B·帕克的斯潘塞对烹饪的着迷（接着就会想，那只鹰，或者某个跟班，是否也是人物的标记？苏珊·希夫曼，他长期来往的女性朋友 [一度是女朋友]，又是不是呢？），琳达·巴恩斯的卡洛特·卡莱尔的蓝调唱片（全部是女歌手）。另外，如果一个女侦探身高六尺一寸，有一头火红的头发，就像卡洛特这样，她还需要进一步描绘吗？

有时候，这些标记因为重复出现而成为母题。在《印度之行》中，E. M. 福斯特运用交通工具的变化，逐步展现了阿齐兹医生的性格。我们刚看到这个人物时，他骑着一匹马球马；之后他骑着自行车去和朋友们聚餐，自行车在那里被偷；他不得不雇了一辆双轮马车，应召赶往英国官员俱乐部（在那里马车当即被一群英国妇女强行征用，让他自己走回家去）；他坐上了火车，开始前往马拉巴尔山的噩运之旅；被捕后他被警车带走，扔进监狱；然后，他又坐着四轮敞篷马车庆祝他庭辩"胜利"；最后，在小说的尾声里，他和西瑞尔·菲尔丁骑马前行。通过阿齐兹交通工具的更换，我们勾勒了他的"进展"（如果这能被叫作进展的话）。第一次登场时，他骑自行车去朋友哈米杜拉家，然后驾着一辆小马驹拉的双轮马车去昌德拉普尔俱乐部，在那里轮胎瘪了。然后他被告知俱乐部只有白人才能入内，同时又眼睁睁地看着英国妇女拿走他的马车，好像再正常不过，这都在粗鲁地提醒他注意自己的身份。后来，控告撤销后，他被他无法控制的力量簇拥着——场面近乎发生了一场暴乱——他坐上了一辆算是富丽堂皇的四轮敞篷马车。

福斯特用一对马玩了一手特别的魔术。在很早的时候，阿齐兹和一位年轻的英国少尉友好地进行了一场马球比赛。这种对中产阶级生活的憧憬是由占领方英国人定义的，这个年轻医生对此的努力注定是一种幻想。即便那个少尉认为他还不错，他也永远不可能被同等对待。从一开始就不对劲了。他首先就必须向他有钱的朋友哈米杜拉借一匹马驹来练习，同时，他虽骑术精良，在比赛中却无法轻松自如；相反，他必须像个旁观者那样仔细想清楚自己的打球方式，正如他实际就是局外人一样。印度医生和英国士兵之间的虚假友谊只能存在于赛场这个人为世界里，而这只是因为这两个人都回避了他们之间的不同：除了马驹，他们没有别的话题可说。在小说结尾，阿齐兹又一次骑在马上，这一次和老朋友菲尔丁的外出是远行前的告别。他们说着话，骑着马，争论印度身份问题和民族国家的可能性，这些话题是阿齐兹永远不可能和那个年轻少尉或小说中任何其他英国人一起讨论的。恰恰因为他们是朋友，所以才能讨论得如此直率甚至激烈。但这段友谊仍然注定没有善终。在小说精彩非凡的最后一段，马儿们回答了菲尔丁的问题：在此时此地的印度，为什么他们两人不可能成为朋友。

> 然而他们的坐骑没有这种愿望——它们会转向各奔东西，大地没有这种愿望，它在路上布下重岩，使他俩不能并辔而行；他们走出山谷的时候，脚下的茂城便一览无余：那些寺庙，那个大湖，那个监狱，那个神殿，那些飞鸟，那个兵营，那个宾馆，所有这一切它们都没有这种愿望，它们同口异声地喊道："不，你们现在还不能成为朋友！"苍天也在呼叫，"不，你们在这儿不能成为朋友！"①

这一段文字表现了真诚友谊的困难，它的步骤错误且立场不对等，其中充满了阻挠和障碍，这和马球场上人为的平整光滑和虚假的和谐融洽截然不同。

它们仅仅是和阿齐兹发生联系的交通工具和动物，但它们也是我们可以用来评估人物、探索主题含义、判断叙事的政治隐喻的工

① E. M. 福斯特，《印度之行》，杨自俭译，译林出版社，2003，第 369 页。

具。仅仅运用一些交通手段，小说就取得了令人惊喜的成果。

更重要的是，看看小说避免了什么。对人物个性的干巴展示。对重点的笨拙提示。作者对主题思想的公开陈述。每一个都没有丝毫戏剧性。但是，行为却是戏剧性的。坐着敞篷马车耀武扬威的游行，赛场上生机勃勃的马球比赛，甚至简单的骑自行车。它们在运动。它们展现了人物正在做着些事情。而做这些事情的过程中，他展现了自己的某些要素。这就是小说所做的事情：展现。小说不太适合进行阐述、雄辩甚至随想。不过小说可以在展现方面做得非常出色。诗人威廉·卡洛斯·威廉斯说过，“只有事物，没有概念（意在物中）”，他的说法也很适合谈论小说。这就是**“关于人和事的法则”**：人物不仅通过其言行来展现，也通过围绕着他们的事物来展现。创意写作的课本劝告有抱负的小说家避免对人物进行长篇解释，而要在行为和语言中展现他们，但这一建议常常被忽视。就其本身而言，这是明智的建议，但需要走得更远一些。跟人物相关联的物件，比如小饰品和小玩意儿、必需品和摆设、工具和玩具，通常都能展现人物性格的某些方面，也能揭示故事的关键成分：情节、意义、观念、母题和主题。

好了，那么它们是怎么做到的呢？

这是个谜，真的。对此提出过很多理论，但没有一个最后的结论。我把它归入“意义的偏转”，宽泛来说，这是个点石成金的过程，一个切实的物件，实际上象征了某种其他的事物。这个小小魔力也是我前一本书[①]的主题，但在这本书里我只会提这一次，因为它对塑造角色太关键了。T. S. 艾略特在《哈姆雷特和他的问题》(1922)

①指作者的《如何阅读一本文学书》。

这篇论文里（也在其他地方提到过）提供给我们一个多少有点用的术语——“客观对应物”，意思是说，一组客观物件能代替内在情感或状态。客观事物提供了真实可触的形象，让读者或观众理解人物那必然抽象的内心活动。但艾略特的错误在于，在他所讨论的范围里，他坚信一个客观对应物能也只能表达一种情感，因而模糊暧昧就变得不可能了。我相信艾略特在很年轻时，一定被双重含义吓怕了，因此决心行使作者的绝对控制权。但是，恰是这种模糊性使得客观对应物或人物标记具有吸引力。我们可以原谅他的过激，因为那是他那个时代的产物；就像许多所谓的新批评的代表人物一样，他还同时是个作家，而就他的情况而言，作家的身份先于批评家，因此他和他们当然想在作者和读者的关系中，将权力割让给作者，让作者成为权威。但是，任何一个在 1965 年左右或者以后成熟的批评家都会注意到，权力的天平发生了改变，读者成了作品意义的最终裁判。此外，作为交锋空间的作品变得更为活跃，可能性更为开放，暧昧模糊、不确定性和讽喻都进入到这场游戏中。

想想斯蒂芬的梣树枝。乔伊斯给了斯蒂芬·迪达勒斯一根用梣木做的手杖，他先在《一个青年艺术家的肖像》里获得了这件物品，然后携带着它进入到《尤利西斯》。有时候他按照它的设计功能来使用它，就是一个年轻人携带的手杖，有时候又当它是一件时髦装饰品，还有时候当它是一把讥讽之剑或者显示他机敏睿智的停顿号，有时候又当它是武器，在《尤利西斯》后半部分充满幻觉的刻尔吉一章里，斯蒂芬抡起它打碎了贝拉·科恩妓院里的吊灯。当他被士兵们殴打时，他依然有他的手杖和帽子，是利奥波德·布卢姆将手杖和帽子一起捡来还给了他。那么，同学们，斯蒂芬的梣树枝手杖到底代表了什么？哦，我们差不多可以肯定，它可能象征着弗洛伊德意义上的男性生殖器，表现出人物对自己男性气质的怀疑。毫无疑问，它有时也是某种精神支柱[①]。那么它是否也是抗拒世俗的一个手段？有这种可能。其他读者会发现其他可能的解释和阐释吗？毫无疑问。无论乔伊斯原本的意图如何，小说正如这根楞树枝一样，已经不受他自己控制了。从 1922 年 2 月 2 日这本书被出版的那一刻开始，它已不再属于他，而开始属于我们。当然还是得谢谢你，吉姆[②]，不过，现在不再需要作者更多的帮助了；我们将从这里开始自己作决定。作者可以暗示含义和意义，但最终，读者将做出最后裁决。

那么，我们怎么做出裁决？让我们回到鲜花的例子。在这一章开始，我提到了两个带着鲜花标记的角色。当然还有更多，不过两个也就够了。

首先是尼禄·沃尔夫。沃尔夫拥有许多人物标记，事实上多到我有时都认为已经取代了实际的人物塑造。或许大部分虚构侦探都是如此，虽然他们总是不如一般小说的主角刻画得那么全面，但是围绕着他们的小动作和符号，似乎有其他人物的两倍多。沃尔夫体型庞大（不止一部小说里提到，他有五分之一吨重[③]），和他的私人厨师弗里茨不相上下；他的啤酒瓶总是开着处于待命状态，随时可以拿过来喝；他厌恶私下接触；他拥有珍本书籍；他总是穿着黄色衬衫。每一样你都能好好解释一番。事实上我曾经听著名的文学传记作家莱昂·艾德尔就名字的意义侃侃谈，专门阐述那个叫雷克斯（拉丁语的国王）·斯托特的作家为什么要给他的主人公起名叫尼禄（和一位罗马皇帝同名），而这个人物的体重又有四百磅，远不能用

①拐杖（crutch）一词的另一含义是精神支柱。

②詹姆斯的昵称。

③应是 1/7 吨重，作者记忆有误。

“结实”[①]来形容。看到你能从读书中获得的乐趣了吧？不过，最精确地描述了沃尔夫特征的标记是兰花。他在屋顶温室种植兰花。在几部小说或其中的故事中，要么是那些兰花，要么是温室本身参与到了情节中。刚开始，它们看上去几乎不大协调，那么精致、小巧、娇气的花朵，跟他巨大的腰围形成了鲜明对比。但是他和兰花都是温室生物。他几乎从未离开过被他称为褐石屋的家。新鲜空气对他来说是应该被诅咒的事物。就像那些兰花一样，他需要非常精确而细心的照顾，才能发挥出天分。而且，兰花让他可以表达自己的艺术气质，表达在他的其他任何生活领域中都完全没有的热情。当他烦恼或困惑时，他躲到温室里与他的兰花交流，这几乎是他的世界里唯一一样从未让他生过气的事物。没有兰花，我们也可以了解沃尔夫的方方面面，但是兰花为我们提供了一条捷径，切实生动地揭示了他的性格特征，又强化了这些方面。

那么，克拉丽莎·达洛维又是怎样的呢？在纯属实用的层面上，她需要为晚上的聚会准备鲜花：毕竟，没有一点鲜花装饰还怎么能叫派对呢？但现在的鲜花又引到了过去的鲜花和关于过去的记忆，很多年前，她还是个花一样的少女。不过，这意象要比沃尔夫的兰花更麻烦一些，可能需要某种更复杂、层次更多的叙述。当然，克拉丽莎在商店里如愿采购到了鲜花，而它们在一扇窗户上的映影，吸引了那个难逃噩运的疯狂退伍军人塞普蒂默斯·沃伦·史密斯的目光，此时他的小汽车在街上回火了。他不能确定这是什么东西的影子，也许是一棵树，甚至是那棵他死去的战友埃文斯一整天都躲在它后面的树；但他能确定，这映影充满了尤其针对他的含义，或

①作者的姓斯托特（Stout）意为“结实”。

许那只是忧虑。这是适合读者解读的恰当意象：一个抓住我们眼球的意象，暗示了某种衍生物，它的含义我们不太确定，它的寓意最多也只是模模糊糊。就像塞普蒂默斯一样，我们被迫从一些模糊的可能性中为自己去发现、去选择一个或两个最有可能的、最令人安心的，或至少是最不离谱的阐释。

手捧鲜花的人，自己却是一朵枯萎的花朵，因为时间和苦难（1918 年流感大流行，导致她的心脏不太好），正在人生的秋天日渐凋零，零落成泥。然而她还能回顾自己的春天，一个以鲜花为标志的时节，回顾它们别的用途，特别是萨莉·塞顿的做法，她将无梗的花蕾排列在一起，在一碗水里漂浮，这是青春的声明，让年老衰迈之人震撼。这些令人印象深刻的鲜花是否是个象征，代表着那两个女孩之间同样令人震撼的互相吸引？萨莉给克拉丽莎的那个亲吻便表达了这一吸引。鲜花生命的短暂究竟象征了克拉丽莎转瞬即逝的天性，还是对永恒友谊的嘲讽？因为不仅对久远时光的记忆，而且与那些时光相关的人，都在克拉丽莎的这个白天与夜晚重新出现了。鲜花显然拥有性的含义，因为它的存在完全不是为了愉悦我们，而是为了它们自己的物种繁衍，这一本性是否让我们想起人类的爱欲本能？克拉丽莎的妙龄女儿伊丽莎白就具体体现了这一本能；或者是对克拉丽莎那渐弱的（并且总是含糊其辞的）性欲的一种注解？她已经过了生育年龄，现在一个人睡在一张“狭窄的床”上。伍尔夫并没有明说。她提供了一些东西，暗示了一些东西，示意了一些东西，但从未做出过解释。针对《到灯塔去》中拉姆齐太太编织的袜子，著名批评家埃里希·奥尔巴赫在《摹仿论：西方文学中现实的再现》（1946）一书的著名章节《褐色的袜子》中指出，在这本现代小说里，没有传统小说常见的“权威的”或者作者的现实。相反，外在的物件和事件，仅仅是时间刻度的标记，以及人物的内在现实显示出威力的场合。事实上，就像灯塔本身，或者拉姆齐先生反复的诗朗诵，褐色袜子能够也的确意味着许多不同事物，从此时到彼刻，从此人到彼人，不断变化着。克拉丽莎狭窄的床、彼得·沃尔士的小刀或者基尔曼小姐破旧的雨衣同样如此。那么如何去理解所有这些鲜花呢？伍尔夫慎重地留给了别人。有人自愿试试吗？

这就是我们读者为什么会“发大财”的原因。通过最小的线索，通过细微的迹象和托词，我们编织一些我们相信是可靠不变的东西。在那些从未存在过的人物身上，我们发现了现实；从他们携带的物品中，发现了内在的动机和情感；从轮廓和素描中，构造了完整的人物。借用书评家的话来说，这表现华丽、出色。也许也该给我们开一张稿酬支票了。只是，安全起见，别兴奋得忘了呼吸哦。

11

灵魂转世[①]

“哦，扯淡！”这是她说的，“哦，扯淡！”扯到哪？“灵魂转世。”好吧，那难道不是你的反应？只是那不是她回应的事情。真正的问题，真正的恼人之处，是关于一个词语。也有可能是关于她丈夫。她是摩莉·布卢姆，詹姆斯·乔伊斯《尤利西斯》的主要女性人物（很难称她为女主角）。摩莉有些粗俗，喜爱音乐，没受过什么教育，凭直觉行事，而且对丈夫不忠。完全凭右脑行事（感情用事），除了通奸，那只靠脑叶就行。世上最著名的小说独白（这里将哈姆雷特独白作为戏剧独白而排除在外）就来源于她，不过，这不是我们现在要讨论的。到目前为止，她丈夫利奥波德是两人中更为理智的一个。他在智性上充满好奇，倾向于哲学思考，虽然做事无能，但是个极其优秀的读者。而摩莉的文学趣味常常流连于色情浪漫故事，譬如《偷情的快乐》这样的书籍。当她遇到一个新词，会向丈夫求助。例如“metempsychosis”，这个很难发音的单词，指的是“灵魂转世”，

①章节标题 Met-him-pike-hoses，直译是“遇见了他尖头胶皮管”，这句话与源于希腊文的外来语“metempsychosis”（意为灵魂转世）形音相似。

而对摩莉来说，就如利奥波德后来复述的，她所能记住的最接近的是“met-him-pike-hoses”（遇见了他尖头胶皮管）。真的，没那么糟。布卢姆解释了这个词后，她发出了我在段落开头使用的感叹词，紧接着提出了一个要求：“用大白话告诉我。”

朋友们，邻居们，关于布卢姆夫妇的婚姻状况，我们需要了解的，光这些也就八九不离十了。

既然我已经滥用过莎士比亚，可以再拿他展示一番。他曾经问过：“名字里究竟藏着什么？”[①]我们可以同样去问，词语里究竟藏着什么？小说无疑充满了词语，但是它们倾向于批量出售。有时候，小说家确实就是靠一个个词语获得报酬。但有时候只是感觉像是如此。你认为我在开玩笑？读读萨克雷的作品，然后再回来跟我讨论。事实上，有些文学期刊对短篇小说仍然按字付酬，不过稿酬太低，任何业余写手都不能靠此生活。再说了，我们这里感兴趣的不是这些堆积起来的词语，而是这一个或那两个词语。

有时候，同样的词语会出现在不同语境中。在小说一开始，乔伊斯告诉我们，布卢姆“吃起禽畜内脏来，真是津津有味”。这与F. 司各特·菲茨杰拉德在短篇故事《五一节》中的用法构成了对照，这两篇小说差不多在同一时间发表（《五一节》被收录在《爵士时代的故事》里，同样在1922年出版）。在《五一节》中，年轻女子和大学男生“吃着有滋有味的荞麦蛋糕”。呃，什么？枫叶糖浆没有了？好吧，我们再进一步：依我看，同一个词，揭示出完全不同的两个作者。英语里有些精彩的词有着两种相当不同的含义，“relish”（津津有味）就是其中之一：你可以玩味（relish）机会，但不该在

①莎士比亚戏剧《罗密欧与朱丽叶》里的台词。

上面加料（relish）。对吧？乔伊斯很清楚里面的双重含义，并在句子里有意运用。在“卡吕普索”那章的开头，布卢姆在小说中登场，这个词第一次出现在句子中。他在思考腌菜丁和芥末酱里所包含的这个词的第二层意思。但他主要想让别人清楚体会到“玩味”这层意思，不过如果扰乱视线的“香料”在此闲荡的话，也很有趣。菲茨杰拉德的情况又怎样？他的“津津有味”没有“玩味”一意。为什么我能这么肯定？词序是一个因素。在乔伊斯那里，这个词直接放在动词“吃”后面，是用来修饰整个行为的，不是“内脏”，不是“禽畜”，而是那个动作。去津津有味地“干”（包括做、看、听、吃）某事，表明这个动作里含有热情和能量。而如果只是用作名词，那么我们说的就是调味品。在《五一节》里，那句话是“cakes with relish”，字面意思指添加香料的蛋糕。这是眼睛看见而舌头谢绝的东西。至少，我不爱吃。是的，在这个词组中，菲茨杰拉德有可能在说他们同样是带着兴致在“吃”，但整个语境使“香料”一意迎头赶了回来，而“兴致”一意则完全消失了。结论是？这里有人更追求语言的精准。无须依赖乔伊斯的名声，你就可以认识到他对细节的过度关注，吹毛求疵，或者其他说法，而菲茨杰拉德更为放松，对可能性也更为开放。或许你可以直接从他们的工作效率上得出结论，乔伊斯辛勤写作，日积月累、越写越多，而菲茨杰拉德在其早年以疯狂的速度，写出一篇接一篇的短篇。这不是我亲眼所见，但任何人都会如此推断。

所有这些都来自一个词语。甚至不是用词的斟酌，仅仅是它在句中的位置。

原来如此，词语可能真的很重要。至少在文学作品中是如此。谁知道呢？

某种程度上，这想法相当简单。除非你是出版社的组稿编辑，否则你可能永远不会在一本小说里读出以下内容：小说背景设定在过去的某个世纪；方便起见，我们假设是19世纪。好了，然后便出现这样一些词语：衬裙、出身高贵、礼俗规矩、煤烟、玷污、双轮轻便马车。如果你的小说忽然谈到，某个人“天生”[①]以某种方式行事，那么小说作为后来约翰·加德纳所说的“生动而连续的梦境”的幻觉就被打碎了。有一些词语对我们的时代来说是恰当的，但并不适合更早的年代，除非它们被加了引号，或者是用来反讽，又或故意要破坏舞台和观众之间的“第四堵墙”，以便打破幻觉。加德纳自己就提供了一个例子。他的《格伦德尔》将《贝奥武甫》中的怪兽作为反英雄；无疑，这个怪兽吃人，轻轻一拳就击碎了公牛的背脊，同时他的毛皮上经常粘着血肉和内脏，然而，他是个有趣的家伙。当然，他也是个中世纪老古董，并没有20世纪的访问权限。除非……他有机会接触20世纪。在小说的一个章节中，加德纳接二连三地在他的叙述中加入了电影和物理学的术语：“剪辑A”、“时空交叉点”等等。在一部将背景设置在中世纪黑暗年代的传统历史小说里，这个怪兽无法知道这样一些事物。然而，加德纳从来不写陈旧老套的东西。他的小说是在思索英雄、反派和个人在社会中所扮演的角色。他可以关注历史“真实性”，但那不是他想要做的那个生动而连续的梦。他笔下的怪兽，因为探访巨龙（这是原著史诗中贝奥武甫遇到的最后一个魔鬼），脱离了时间的束缚。他知道了他不可能真正了解的事物。假如他是真实存在的。然而，当然……

每个作者都有富含个人特色的用词和组合方式。有时候一个词

①原文为hard-wired，是在20世纪从计算机用语派生而来，原指电脑硬接线的，也形容固有的、根深蒂固的。

就足以识别出某个作者。请看“放弃”(abnegation)[①] 一词。请听我说。你知道，我读过相当多的书，但我从来没有在谁的书中读到过这个词，除了一个作者。而且这个作者用过很多次。他就是威廉·福克纳，他发现了它的用途，并通常会在前面加上“自我”。他在很多小说里用过，比你以为的还要多。虽然不是在每部小说中都出现，但它确实频繁现身。如果看到一个句子中有这个词，我每次都猜是《密西西比法案》[②]。而现在，假如这个词经常出现在某个句子里，和其他130个词一起，次序还一片混乱，这一猜想就被去除了，不过还好你理解了我的意思。我有可能说错；听说梅尔维尔也用过这个词。“自我放弃”意味着自我否定，甚至自我牺牲，它总是出现在军事奖状中，尤其是那种给死者追认的嘉奖。毫无疑问，福克纳在他的作品中写过很多退役军人，康普生将军、德·斯班少校、萨托里斯上校等等，他的作品贯穿了奉献、牺牲这些提法，不过，他倾向于使用那种正规并稍微有点老套的用词，所以那些只有六年级教育水平的角色，都会有丹尼尔·韦伯斯特[③]那样拖长音调慢吞吞的腔调。

有很多词可以将福克纳辨认出来，比如有着古怪组合方式或谦卑姿态的贵族腔用词，就像《押沙龙，押沙龙！》中的这一段文字：

> 而在昆丁对面，科德菲尔德小姐穿一身永恒不变的黑衣服，她这样打扮到如今已有四十三年，究竟是为姐姐、父亲还是为“非丈夫”，没人说得清楚。她身板笔挺，坐在那张直背硬椅里，

①这个词有一定宗教含义，指对某种学说或信仰的否认与拒绝。

②《密西西比法案》指密西西比州颁布的对提供堕胎的诊所强加限制的法令，对流产进行更严格的控制，故经常出现 abnegation 一词。这个词也指放弃自己的孩子。

③丹尼尔·韦伯斯特（1782—1852），美国第14、19任国务卿，著名的政治家、法学家、律师和演说家。

椅子对她来说过于高了，以致她两条腿直僵僵地悬垂着仿佛她的胫骨和踝关节是铁打的，它们像小孩的双脚那样够不着地，透露出一股无奈和呆呆的怒气，她用阴郁沙嘎而带惊愕意味的嗓音说个不停，到后来你的耳朵会变得不听使唤，听觉也会自行变得混乱不灵，而她那份无可奈何却又永不消解的气愤的早已消亡的对象，却会从那仍然留存、梦幻般、占着上风的尘土里悄然出现，漫不经心而并无恶意，仿佛是被充满反感的叙述召回人间的。①

令人安慰的是：这串句子有个主句，而不只是大段大段的分句。但我们被有趣的部分吸引住了。谁是一个“非丈夫”？你是否曾经想过小孩的脚拥有“无奈”而“呆呆”的怒气？真的如此吗？你一次也没这样想过？海明威（不要急，很快就要说到他了）建议作者们只用名词和动词写作。这几乎就是圣人之言。除非你是福克纳，能用形容词写作，并且讲出了那最令人惊异的事情。思考一下那“仍然留存”、“梦幻般”、“占着上风”的尘土。尘土怎么能占着上风或仍然留存，更别说梦幻般了？答案是，它永远不会这样，直到福克纳让它这样。又或者“充满反感的叙述”。真是漂亮。而我，愿意放弃我的整个学术生涯，只要我能写出“阴郁沙嘎而带惊愕意味的嗓音”，尽管我知道，就算我想出了这些词，我也没勇气不用逗号②。问题是，福克纳需要读者花点特殊的力气阅读，而且，我这里说的还不是将那些庞大的长句理清头绪，尽管这也要费不少力气。而是，比如，那种阴郁沙嘎而带惊愕意味的嗓音听上去到底如何？尘

①威廉·福克纳，《押沙龙，押沙龙！》，李文俊译，上海译文出版社，2000 年，第 1-2 页。
②福克纳的这段原文只有十个逗号，中文译者照顾中国读者的阅读习惯，进行了分句。

土是怎样占着上风？充满反感的叙述？他那天马行空出其不意的形容词，模糊暧昧而又稍稍陈旧过时的名词，让我们惊讶地坐直了身子，但也让我们想起了自己的责任。我们感受到他的描绘准确、恰如其分，然后我们需要开始做出自己的思考。

海明威则选择了一条极为不同的道路：不是“我在这里能说得有多多”，而是“我能说得有多少”。对他来说，生活的真实戏剧在于未言之处，意在言外。每个人都知道他句子简短——少量的词语，主语—谓语—宾语—完毕，几乎没有形容词，副词很少，就是名词和动词。我想谈谈他的形容词。它们实际上跟福克纳的形容词一样令人惊异：“好”（good）、“不错”（fine）、“很好”（all right）、“一流”（swell）、“美妙”（nice）。

等一下，“美妙”有什么特别？它不是“憔悴”（haggard），甚至不是“胜利”（victorious）。

我亲爱的华生医生，这就是不同凡响之处。“美妙”就是那只晚上不叫的狗。参照一下那本让他崭露头角的小说《太阳照常升起》。首先，小说里有逼真描写：海明威捕捉了历史特定时刻某类人的说话方式。那些人主要是来自美国也有来自英国的侨民，在巴黎和西班牙游荡，试图在一战后的个人残骸中打造新的生活，他们就像T. S. 艾略特《荒原》中的叙述者，在那个摇摇欲坠的文明废墟上支撑起自己的碎片。他们经常说着相同的只言片语，话语很简洁，尽可能什么都不透露。这些人物都是遭受创伤的好人，饱尝生理和心理伤痛，他们对人性本善或崇高目标的幻觉被无情打破，对激情和痛苦太过熟悉。杰克·巴恩斯受伤的阳具，是战争造成的唯一一个最显眼也最典型的创伤。每个人都在受苦，都失去了些东西，也许是朋友或是健全心智，抑或是身体的一部分又或者灵魂。于是，他们的言谈是经过设计的，克制着情感，尽可能不显露内心生活。而罗伯特·科恩，杰克嫌恶的这位朋友，以各种方式冒犯着这群人。在这群努力要让自己支撑下去的男人中间，他享有优势（普林斯顿大学毕业），非常成功；作为基督教徒中的犹太人，他有幸不用参与战争；他过分热诚，不够谨慎。但也许最坏的一点是，他的话太多。

> 我们又走上街头，到大教堂去看了一下。科恩说，它是什么式教堂的一个非常出色的范例，我记不得是什么式了。这教堂看来很讲究，像西班牙教堂那样美妙而阴郁。[①]

太特殊或者知道太多，这都不可原谅。这个群体的规则很清楚，即使没有明说：尽量少说话，不要触及本质。说“美妙”就可以了，也可以说“美妙而阴郁”，但到此为止。战争刚过的那几年，人们是否用这种方式交谈？是的，如果他们是那个时代的人，如果他们在战争中受过苦，如果他们不满、孤独、无根而不幸。那是一大群人。19 世纪 20 年代也许是菲茨杰拉德所谓的爵士时代，但海明威的这个十年可以称为“背井离乡”[②]的十年。并非完全一样的流行叫法，对不对？然而，他们是他笔下的人物：被连根拔起，没有束缚，没有目的，就像菲茨杰拉德笔下的人物一样有自毁倾向。但海明威的作品远不仅是准确描绘历史。

“美妙”[③]意味着什么？“一个美妙的大教堂”。一个美妙的大教

①欧内斯特·海明威，《太阳照常升起》，赵静男译，上海译文出版社，2008 年，第 97 页。
②原文是 deracinate，指“连根拔起”，“使脱离传统”，“使孤立”。
③小说原文的“美妙”即 nice，这个词在小说中译本里随不同语境被译成不同词语。本节内容为体现作者意图，保持用词一致，即 nice 均译为“美妙”。

堂是什么？不美妙的大教堂又是什么？当勃莱特说迈克“他真他妈的美妙，又真是坏死了”时，它又意味着什么？比尔说勃莱特是“美妙”的，杰克说数字是“美妙”的。他们不喜欢的人偶尔是“美妙”的。上里奥哈红酒是“美妙”的。可能芬达多（一种西班牙白兰地）也是“美妙”的。我不记得是否有哪头公牛也是“美妙”的，但我不排除这种可能性。然而，为什么会有这么多“美妙”？

因为它没有任何意义。或者可以说，是因为它可以用来形容这么多东西，而没有一样是特别的。或者，也因为它能够既表示它所说的意思，也可以表示相反的意思，取决于上下文、讲话的方式或者话中的转折。你知道，你不能用“红色”做到这一点。“红色”不会产生转折，变成“绿色”或甚至“不是红色”这些意思。但对“美妙”来说，它可能意味着愉快、有趣、漂亮、惬意、有益的，或者必要时，就是“美妙”；但“美妙”还可能意味着糟糕、反感、不快、讨厌、可憎或其他几十个不美妙的品质。为什么它能做到这一点？因为，首先，它不像“红色”那样有固定的含义。如果我告诉你气球是红色的，至少对气球的颜色范围，你有了大致的概念。可是如果我说它美妙，又会怎样？看看著名“文学批评家”奥利弗·哈台的这句台词（尽管这句话总是被错误引用）：“好吧，你把我扔进了又一个‘美妙’的一团糟里。”我们倾向于记得这句话是说“美好的一团糟”[①]，但实际上他从未如此说过。你认为他说的真的是美妙吗，还是更像是指可怕、糟糕、棘手和伤脑筋？如果你是斯坦·劳莱[②]，你

①哈台在 1930 年的电影《劳莱－哈台谋杀案》中第一次使用这句台词，原句为："Well, here's another nice mess you've gotten me into." 但在流行文化中 "another nice mess"（美妙的一团糟）总被误引为 "another fine mess"（美好的一团糟）。

②斯坦·劳莱（1890－1965），英国演员，后居美国。下文中“肥胖的搭档”指美国演员奥利弗·哈台（1892－1957），二人是固定的滑稽电影演出组合。

那个肥胖的搭档跟你说了这句话，你会认为他是在恭维你？我不这样认为。一个人要是有过相亲经验，就会知道在那种情况下的“美妙”意味着：今晚，那家伙（姑娘）实在不怎么样。

这就是海明威所谓的“美妙”，或是其中一个意思。他的“漂亮”和“好”，也是如此。它们意味着你想让它们意味的东西。他的写作是一种“不说”的艺术。读者有时候会将风格的朴素误以为是思想的简单。这么做，读者要承担后果。罗伯特·弗罗斯特是另一个具有欺骗性的“朴素”作者，他说过他的诗“都是寓言，不对路的人不会听懂，也因此而得救”。这个解释非常……嗯……美妙地说明了海明威的情况。

福克纳像是充满了信息和详尽细节的瀑布，海明威则是由暗示和克制构成的溪流。最终，他们都需要读者的共谋来创造意义。我们可能从不认为这两个作者是一路的，但在这点上他们非常一致。他的叙述者（或者角色）是诚实的？单纯的？嘲讽的？刻薄的？有多诚实、单纯、嘲讽、刻薄？这又意味着什么？你在涉及“美妙”一词的地方，很容易看到作者的这种做法，因为这个词可能是一百一十三种意思中的一个或者相反意思中的一个。上述判断就像是追问“阴郁沙嘎而带惊愕意味”的声音或者“占着上风”的灰尘究竟是什么一样难。它们听上去像什么？看上去呢？

这就是阅读成为意义创造中一个积极元素的地方。是的，作者把词语放在书中，但那只是故事的一半。在这个交易中，我们不是信息的被动接受者。相反，我们吸收那些词语，让它们变得可以理解，引出其中的意义，建立联系，倾听它们的回音和暗示。当然，如果没有作者，我们无法做到这些。但他们同样离不开我们。这并不完全是“森林里有棵树倒了”[①]的问题。没有读者的小说仍然是小说。它有意义，因为它至少已经有了一个读者，就是写出它的人。然而，它所能涵盖的意义范围却非常有限。增添了读者，就增添了意义。任何教过文学的人都知道这一点。读书小组也知道，无论个别成员是否考虑过这一点。如果一部小说只能拥有作者赋予的意义，那么所有读者就只能被动地接受那个意义，或者尽其可能理解那个意义的一部分。文学课或者小组讨论就没什么必要了，除了补习课：针对那些没有理解作品意义的学生，这里提供给你们由于不够聪明而没有掌握的内容。有时候刚刚开始学文学的学生们正是这么认为的。他们来上课，会如此发问：“但这是什么意思？”好像作品只能有一个意思，或者我的解读才是唯一的权威阐释。如果真是这样，文学研究就不需要学术刊物或研究专著了。好吧，这可能不是你听到过的最糟糕的结果，不过，你已经了解了问题所在。

想玩游戏吗？从一本小说的某一页上，我们看到如下文字：“那家人的女儿跋涉过那片悲惨苦难的沙漠”；“她自己一点也不贪图享乐”；“她将讲究提升到信仰；她内心闪烁着无尽冲突、规矩和冬天的玫瑰”；“她汲取了所有精致，接受了所有传统”。好了，说说这是什么腔调吧。你认为写下这些句子的是什么人？另一个世纪的？另一个星球的？我们很肯定，海明威之后，没人能写出这样的句子来了，海明威已经写光了。如果我觉得它们有点阴冷，我可能会猜测这写于 19 世纪的英国。我错了。错了一点点。事实上，它们出自亨利·詹姆斯《波士顿人》的同一页。当然，从法律上说，亨利·詹姆斯是美国人。但他成年后大部分时间都像个英国人一样生活在

①这是爱尔兰哲学家乔治·柏克莱提出的经典哲学问题：林子里有棵树倒了，若没人听见，它真的发生（声）了吗？后世对此有多种回答。

大不列颠；从1880到1905年这大约四分之一个世纪，他不曾踏足美国。可即便如此，他还是美国人。对我来说，詹姆斯是独一无二的，他的创作就跟马克·吐温一样，有自己的风味。没有人在创作腔调上像他，也没有人能像他那样串连词语。也许没有人（甚至那些受惠于弗洛伊德和荣格的人），能像他那样敏锐微妙地探究人类的心灵，也没有人能使用这样复杂有趣的句子做到这一点。但即便在到达句子层面之前，他的用词选择和措辞，凸显出他的特别。当然，你需要一个比我更懂行的詹姆斯研究专家（这不难找到），来告诉你他的特殊性由什么构成，不过我在看到詹姆斯的句子时就知道他与众不同。在作者身上，有一种嬉戏词语的魔术，这部分是因为他（她）的措辞和其他人都不相同。詹姆斯的魔术不是海明威或福克纳的魔术，也不是劳伦斯·斯特恩或艾德娜·奥布莱恩的魔术。他们永远各有其招。

有时候，那些有魔力的词语是些名字。这里就有一部小说里提到的两个名字，我确信你没有读到过：维尼林和波茨纳普①。听上去像是个有点疯狂的家族名字和园艺商店，是吧？好了，同学们，说说作者是谁。就像我说的，你可能没有读过这本小说（这不是课程里可能指定要读的他最好的六本小说之一），但是你只要读过那六本中的任意一本或几本，你就能猜出答案。答对了！你又一次对了。没有人，我的意思是绝对没有人，能赶得上狄更斯的起名技巧，哪怕仅仅是接近他取名字的创造性。名字有其独特之处。之前我们刚说过，它们可以作为人物的标记，但它们也有它们自己的特质。掂量一下，感觉一下，测算一下。这些名字是尖锐的、方方正正的还是矮胖的？它们能召唤形象。你不需要描述，就能够想象出潘波趣

①维尼林，Veneering，原意是“虚饰”、“装潢门面”。波茨纳普，Podsnap，其中的“pod”意为“豆荚”，“snap”意为“猛然折断”。

先生或者戴洛克夫人[①]；你只是期待，对他们的描述能和名字给你建立的预期相匹配。出现维尼林和波茨纳普这两个名字的小说就是《我们共同的朋友》(1865)，狄更斯完成的最后一部小说。我第一次读它时，认为它是狄更斯后期"社会"小说（我们略过了《双城记》，因为这部小说和其他小说太不一样了）的第七本也是最后一本，在跟着匹普混迹于沼泽地和废宅、在经过《小杜丽》的监狱和《荒凉山庄》雾气弥漫的大法官法庭之后，当我看到"波茨纳普"这个名字，我记得当时就想："确实人如其名。"就该是它。狄更斯的人名就像那些人物一样，通常是古怪的剪影——稍稍有点畸形或略略跑出了常轨。当然，狄更斯在其他许多方面都显示出自己的独特性，但最独特之处在于这些名字：滑稽、惊人、具有双关和暗示性的名字，他把它们挂在了那些角色的脖子上。

所有这些带我们来到**"叙事措辞法则"**：你们可以通过他们的用词了解他们。词语的选择、编排和组合，可以确定一个作者的风格、神韵、腔调和情感。每个人都拥有同样的语言，但没有两个人会有同样的用法。有时候甚至同一个作者也不会在他的不同作品中使用同样的措辞。

看看这个："'哇喔！太炫了！'眯起眼望着那灰泥房，我粗鲁的小爱人叫道。她爬出车，站在淅淅沥沥的雨中，一边用一只孩子气的手把卡在桃形臀缝——引罗伯特·勃朗宁的话[②]——中弄皱了的

①潘波趣先生（Mr. Pumblechook）是狄更斯小说《远大前程》中的人物，他的名字让人联想到单词pompous（意为"浮夸的"、"炫耀的"）和choke（意为"噎住"），这与他在小说中的性格和形象都是契合的。戴洛克夫人（Lady Dedlock）是《荒凉山庄》中的人物，这个姓与单词deadlock（意为"僵局"）同音，恰到好处地映衬了戴洛克夫人的人生遭际。

②勃朗宁在《皮帕帕塞斯》(Pippa Passes) 一诗中写道：From a cleft rose-peach the whole Dryad sprang（从玫瑰色的桃形裂口中，跳出了树精）。

连衣裙拽了出来。”我们得到一份买一送一的礼物，一份是主要陈述者的，也就是那个叙述者；一份是那个“粗鲁的小爱人”的，她提供了审美表达。这里，我们能看出什么？首先，对叙述者来说，“哇喔”和“太炫了”非常俚俗，不在他的使用词汇表中，尽管对这场景里另一个将其自然说出口的人来说，是她的典型语言。另一方面，他却会说“淅淅沥沥的雨”这样的词语，用“桃形臀缝”来表现汗水沾湿的裙子卡在其中的特殊裂隙，他还会用头韵体（squinting…stucco[眯起眼望着那灰泥房]，frock-fold[弄皱了的连衣裙]）和几乎甜得发腻的诗意表达来写作。因此我们可以推断：她很年轻，没受什么教育，20 世纪 50 年代的俚语证明了这一点；而他则年长一些，受过相当的教育，甚至可以说很有文化，只是未必会让人有所收获或者构成特别的吸引力。难道你发现她的名字是洛丽塔时会大吃一惊吗？是的，这种做作的措辞和傲慢正是属于我们那可爱的恋童癖，亨伯特·亨伯特。我已经在其他地方谈论过他骇人听闻的事迹了。从现在开始，我们要注意这位非美国本土人士弗拉基米尔·纳博科夫的卓越天分：他不仅捕捉住了来到大西洋对岸的、受过良好教育的移民的措辞方式（也许这不太难，因为英语是他的第三语言），还捕捉到了 1955 年前后美国青少年的俚语表达。对我们大多数人来说，他的卓越天分跟他对语言的聆听有关，而大部分土生土长的美国人很少去留意。例如，在《普宁》（1957）中，主人公普宁，那个倒霉的移民教授，要去面对本地人——骗子、马屁精、扬扬自得的攫取者和往上爬的野心家——的所有说话方式，而其中没有一种是相似的。另外，在《微暗的火》（1962）这本很多读者认为是杰作的小说中，他不仅戏仿了也许是疯子、也许是皇族的查尔斯·金波特的移民腔，与诗人约翰·谢德的家人和朋友形成对照；也完美展现了各阶层各年龄的美国本土人士讲母语时的各种腔调。阅读纳博科夫的作品，会有很多快感，但也会有一点沮丧。沮丧则是因为作者比一般人（包括英语系教授）聪明太多。而快感主要来自他处理语言的能力，他玩转我们的语言，就好像把它当成了自己的游乐园。他使英语成为游戏、谜团、双关、诡计—— 一切都精彩无比。然而，其中最精彩的，是他让我们就像我们自己那样说话，非常完美地捕捉到了他来到美国后所遭遇的怪人们的言辞方式。

回到本章开头那个声音：扯淡。不是“无聊”、“瞎说”或者“呸”。是扯淡。更具体地说是“哦，扯淡”。那正好道出了说话者的腔调。之后，她将在最后的独白中说出一大通话，但这里，两个词就够了。关于利奥波德，她还有些话要说，他虽懂“灵魂转世”这样的词，但也有自己的缺陷。这里是摩莉对丈夫的看法：“他可真能胡来，我敢说应该有人把他写到新闻专栏里去。”你无法说得比这更彻底。

12

有生命的句子

“我要捕捉一切，”福克纳说，“就在一个句子里，从第一个大写字母到最后的句号。”这种风格上的逞能，或者说傲慢，大约不会总能得到读者赞同，作为回应，他们可能会问：“为什么不能简单点？为什么他不能像海明威那样？”我们会发现，但凡一个小说家有可取之处，他对为什么要那样写句子一定有一个理由，如果这只是为了简洁，那即便海明威也不会像海明威那样写作。小说家生活中的巨大乐趣之一，就是构造那些雄心勃勃、妙趣横生、辉煌精彩并且几乎不可能被组合在一起的句子。从菲尔丁到狄更斯到哈代到詹姆斯到普鲁斯特到福尔斯到博伊尔，作者们都在尽情写句子，而读者则沉浸其间。当然了，不是每个作家都书写冗长繁复的句子。而简洁，那是下一个问题。不过，还是让我们从基本的前提开始吧：没有句子，你就写不出小说。

而且，那些句子会告诉我们，我们面对的是哪一类作者和哪一类故事。在硬派侦探小说中，譬如罗伯特·B·帕克或者雷克斯·斯托特的作品，会大量描写叙述者的心态，同时也会告诉我们讲述故事的节奏。斯托特笔下那个擅长说俏皮话和狠话的叙述者阿奇·古德温，讲起话来常常像从另一种悬疑故事里走出来的人物，与他那有教养、爱兰花的老板尼禄·沃尔夫完全不同。另一方面，阿奇是那个在外面世界闯荡的人，他混迹于浮华阶层以及市井生活，被人痛打、受人恐吓，所以，他充满街头智慧并且坚韧强硬也就合情合理了。在第一本沃尔夫系列小说《矛头蛇》（1934）中，他是这样的：

> 巴斯托小姐邀我共进午餐。
>
> 我比先前更喜欢她了。我在连接日光室和其他房间的大厅里等了她大约十分钟。她进来后没有显得恼怒，我明白为什么：我没有对巴斯托夫人死缠烂打，没有做任何那样的事，是她自己将那些情况对我和盘托出的，那怪不着我。但有多少人会像萨拉·巴斯托那样想问题呢？一千个里也挑不出一个。他们一定会大发脾气，即便心里明白我不该遭受如此对待，也尽量不表现出来；但她就是没有恼火。

阿奇确实有某种风格。他是20世纪30年代的机灵鬼，自信、爱用俚语、务实而直接。“恼怒”（sore）一词被反复提起（这词出现了三次[①]，都是不规范的用法），还有像“拉扯巴斯托太太的腿”[②]和“那样的事”这样的短语，这些都建立了人物的类型、时代背景、语调和态度。这是一个现代美国热心肯干的人的说话风格。关于他，没有废话，也没有戏谑。这里他的句子是在说，“我了解世人”以及“我了解自己”。他也许不是那个天才侦探，但他是一个值得认真对待的人。

---

①一次译成“恼怒”，一次译成“大发脾气”，一次译成“恼火”。

②在此段文字中译成“死缠烂打”。

美国当代小说家 T. C. 博伊尔说自己是个“极繁主义者”，这在很大程度上基于他对那些含意广泛、花里胡哨、“内容多到溢出来而又没有完全失控”的句子的喜爱。他的句子反映了他的总体叙述方式,这方式就是要去了解——并运用—— 一切,就像这组来自《陷落之城》(2003) 的优美句子：

> 丽巴试图甩响鞭子；阿尔弗雷多呢，当然了，他对一切都十分敏锐；而克利须那猫（汤姆·克利须那，现在每个人都这样叫他），从他的克利须那烟雾中脱身，烟斗长得简直能像锤子和锯子那么使了；还有那些少妇，她们所有人都不停地将东西装进盒子里，就像赈灾队员一样。然而，陷落之城似乎依然处于一片混乱，直到县里的警探们驾着警车出现在车道上，车顶上那小小的警灯呼啸着，直到推土机过了闸口，下了高速公路。

就像小说中的人物吸食大麻散出的烟雾一样，这个句子成环状蜿蜒，从准事实（“丽巴试图甩响鞭子”）说到了主观印象（“从克利须那烟雾中脱身”），然后又开始了嘲讽（“车顶上那小小的警灯呼啸着”），接着是平易的结尾，推土机过了闸口，下了高速公路。所有这些都浸润在吸毒者、非主流人士和幻想者的态度与视角（有好几种）中，正是这些人居住在“陷落之城”中。博伊尔一次又一次给读者呈现出模拟更大叙事结构的句子：吸毒后的梦境和不成熟的行为都被现实的推土机碾得粉碎。没有人能在别的地方读到这些句子，也没有人在读了这些句子以后，会对故事最后的结局感到震惊。

实际上，这就是小说的标准情形。作为读者，通常读完第一页，我们就知道面对的是哪一种文风的作者。尤其是第一页只有一句话的时候。但我们只有越深入一本小说，才能越确定小说的文风。海明威（既然我已经提到过他）在这一点上从未让人失望过。你在开头段落里看到的那些句子，还会在小说其他任何一页中看到。以下是《永别了，武器》（1929）快结尾时的一段文字；弗雷德里克·亨利的儿子刚出生就死了，婴儿的妈妈也马上要死去。

> 现在凯瑟琳要死了。这是你造成的。你死啦。你不知道这是怎么回事。你连学习的时间也没有。他们把你扔进棒球场去，告诉你一些规则，人家趁你一不在垒上就抓住你，即刻杀死你。或者无缘无故地杀死你，就像艾莫死去那样。或者使你患上梅毒，像雷那蒂那样。但是到末了总归会杀死你的。这一点是绝对靠得住的。你等着吧，他们迟早也会杀死你的。[①]

这段话如此简单，我们可能第一感觉是它的意味同样直白。如果它出自二流作家之手，那的确如此。这里是一个务实的男人——战士、爱人、逃兵、“独自和解”[②] 的设计者——说的一些话，他用自己对世界日积月累的认知，来承受这样一个单独的瞬间。此刻，他清楚两件事情：凯瑟琳，他的挚爱，就要死了，而我们其他人迟早也会被死亡带走，而且死亡通常都太早到来。但这个人物的创造者还知道其他一些事情：弗雷德里克·亨利处在悲伤之中。他不会

①欧内斯特·海明威，《永别了，武器》，林疑今译，上海译文出版社，2006 年，第 312 页。
②原指二战前期英法为了促使德国对苏联开战，对德国采取了许多宽容政策，不料苏联和德国私下签订了条约，约定一种属于他们两方的独自和解（separate peace）。在这里指对战争置之度外的态度。

说出来，不会承认自己屈服了，也不会说：“战争夺走了这么多年轻的生命，这不公平；我的爱人和孩子被从我身边夺走了，我生命中的挚爱被迫抛下我孤零零一人，这不公平；上帝是个恶棍，见不得人类幸福。”他永远也不会说这样的话。但是这些意思已经在那段话里面。他所说的是，死亡好像只是棒球比赛的出局，如果你注意力不集中，离垒太远，就会被驱逐。我们被教会了一些基本的游戏规则，但这永远不足以让我们在被清理出局之前，搞清楚生命的意义。无常而残酷的命运常常落在无辜者身上。艾莫不该死，可死亡就是降临了。即便是雷那蒂，当然，他得梅毒是咎由自取，但他并没有和梅毒签过约；相反，那是他们“给”他的，他是被动接受的。那么，他们到底是谁？不是意大利军队，不是德国人，不是他认识的任何人。可能是命运女神，但他没提到她们。不，他们只可能是他，那个让弗雷德里克·亨利愤怒的存在。但是他没说出这些。他甚至没有说他愤怒。相反，他的语气相当慎重而从容：“这一点是绝对的。你等着吧，他们迟早也会杀死你的。”一个粗心的读者很可能就错过真正关键的东西。任何人都可以通过阅读这个段落，感受到没人能避开死亡的念头，但是还有比这一层意思多得多的含义蕴藏其中。亨利早早逃离了意大利军队和粗劣的战争，但此刻他在丧失信念，他不再相信存在仁慈的造物主这种可能性。我们怎么会知道这一点？他通过这段话唯一的一个副词告诉我们：艾莫“无缘无故”被杀死了。一个无缘无故就杀人的上帝不再是他的上帝。现在起他将独自上路。

这就是你用那些真正短小简单的陈述句所能做到的事情。如果你是海明威的话。然而，这太难了，这就是为什么那么多模仿海明威风格的作品都很拙劣，其中还包括相当一部分海明威自己后期的作品。用这样的风格写作，在简单肤浅的层面上展现其他意味，你必须对自己的语调有完全的控制，必须领会一切你所说出及未说出的事物的内涵，而且，你必须知道（海明威就知道），在那巨大的冰山浮表下隐藏着什么。这是一种魔术。你认为这很简单？试一试就知道了。

句子的魔力总居于小说的核心位置。随意打开（书脊的断裂痕迹可能会驳斥这并非随意）我那本劳伦斯·斯特恩的《项狄传》（1760－1767），翻到了第三册第二十章的一面（我的那本1967版是伊恩·沃特所编的霍顿·麦夫林出版社版本，遵循此书初版格式，在其他的版本中，这将是不同卷册中的不同章节），我发现了一个仅有十个字的句子："我现在就直击要害处了。"它本身是个笑话，因为特里斯特拉姆几乎没有直接表达过任何观点。那两页里其他句子又怎么样？看看这一句，就在刚才那句的前面几行。

> 我痛恨老一套的死板文章，——尤其是把一连串夸张、晦涩的字眼，一个接一个排成一条直线、横在您和您的读者的概念之间，从而把您的假说搞得昏昏沉沉，这是我最痛恨的一种事情中最愚蠢的事情之一，——如果您放眼四顾，您十之八九会看到某种东西立在，或悬在眼前，它会立即澄清这个问题，——"哪怕是一个酒鬼，一个尿罐，一个傻蛋，一桶粪便，一个连指手套，一个滑车脚轮，一个金匠的坩埚盖子，一个油瓶子，一只旧拖鞋，或者一把藤椅，只要渴望从那里学到知识，那对人会带来什么妨碍，什么伤害呢？"——我这会儿就坐在一把藤椅上。[1]

①劳伦斯·斯特恩，《项狄传》，蒲隆译，上海译文出版社，2012年，第183页。

现在看来更像回事儿了。斯特恩在玩一个他喜爱的游戏，一个句子有机生成的游戏。这部小说就是一系列瞎扯，或者说是一个庞大的离题展开，因为我们并不清楚——不管特里斯特拉姆讲述的表面目的是什么——他是否达到了这个目的。甚至于他写了几百页，还没能让他自己出生，这在“自传”中可是个严重的瑕疵。故事几乎没有情节，叙述在时间顺序上颠来倒去又不断岔开，而且总是用警言妙语来解开情节。斯特恩的真正意图就是嘲弄这一新形式（也就是“小说”）勉强建立起来的传统。小说家中，他是第一个确认同时又戏仿了叙事实践的人，而他戏仿的主要形式中，有一种就是延迟甚至彻底拒绝读者预期的实现。因此，“句子打断”这种行为，是整体叙述打断的局部形式。局部和整体都一样无厘头、让人泄气，时常有插入、还经常离题，然而非常非常好玩。

这就是风格的关键之处，或者至少是关键之一：它应该跟那个正在被讲述的故事有点关系。这关系可能跟讲述内容，或者是叙事者选择讲故事的形式或态度（或需求）有关，但在整体叙事规划和句子的设计之间，肯定存在着某种联系。就像创意写作课老师可以证实的，很多时候，他们的弟子无法建立这样的联系。学生们都被强加了某种风格，这风格要么源自他们的疏忽，要么由他们自己移植而来，因为他们都受到了一些伟大作家的束缚。

我这么说，是因为我也深受劳伦斯风格的影响，现在总算恢复了过来。在读大学本科时，我读了很多 D. H. 劳伦斯的作品，应该说读太多了。而我至少有一个借口：他的小说是我的论文题目。但是，这种文体上的影响是有害的，或至少偶尔是令人讨厌的。所有那些重复，那些歇斯底里。那种尖叫，那种刺耳。哦，好吧，作为一个学生，有一部分内容就是要试着戴上各种不同面具，即使它们很不适合你或者让你显得很拙劣。但在我的风格盲从中，有个真正的过错：无论我的论文，还是小说，都没有模仿劳伦斯的必要。我不可能去写一本《喜欢中的女人》，那比《恋爱中的女人》差太多了，而如果没有劳伦斯的天分，那就最好别沾他的文风。在创意写作课本《三种体裁》中，斯蒂芬·迈诺特用"山寨福克纳"一词来描述那种过于做作的短篇小说，它试图将福克纳小说中的一切情节——包括两次谋杀、乱伦、强奸、一次绑架、三次火灾以及几次残暴的种族冲突——塞进两千五百个词语里，并大约分成五个长句。如果作者清楚自己在做什么，这些故事将会是具有喜剧风格的杰作，但他们从来不知道。如今，也许是杰克·凯鲁亚克（真是经久不衰）、托妮·莫里森或者艾丽丝·沃克被写手们无意中讽喻了一把，但从1927年开始，劳伦斯就成了最可能引发糟糕学生腔的来源地，这点从没改变过。

为什么在那么多作家里，海明威影响最坏？我们这里讨论的不仅是学生了。去本地图书城的悬疑小说区看一眼，瞧瞧占主导地位的风格是什么。当然，那里书山书海，成堆成片，没有特征，胡乱摆放，到处铺开，但你还是能认出来。那里有种小说充满沉默寡言、短小急促的措辞，主语加动词加（可能会有的）宾语，七到十个词组成的句子，一再反复。名词、动词和"和"，没什么形容词，副词更少。词汇量不超过苏斯博士的读本。也许十本里就只有一本值得一读。也许。所以问题在哪里？我想可能是海明威看起来很容易学：嗨，我也能写出那样的句子。这没错。我（或你）确实能写那样的句子。只是没有言外之意罢了。海明威的句子表面上说得很少，但是，意义却很丰富。你说这有些自相矛盾？那好，他要表现的就是自相矛盾。他的意思并不在那些词语里，而在词语周围的沉默中。

要做到这一点，需要满足两个条件，我们绝大多数人都不达标：敏锐的语感和伟大的节制。他对任何语境中该使用什么词语以及它们的数量，绝对一丝不苟。他把语言削减到最低程度，去掉所有不是必须留在文本中的词语。我们大多数人做不到这一点。我们没有足够的自制力。

所以，存在着长句、短句、简单的句子、复杂的句子以及混合型的句子。它们会以各种形式出现。哪种形式才是正确的？那些起作用的句子。**“小说家的风格法则”**就是：句子的长度和结构不存在规则，是小说限定了出现于其中的句子。通常如此。当我们能在文风和故事之间建立起联系时，我们是最幸运的。

我可能给出了一个错误印象，似乎作家沉迷在文风之中，因为这个讨论好像在暗示，所有小说家都是造诣非凡的文体家，或至少在文风上比较考究。但我还想冒险提出一个猜测：大多数小说家都是在这样的规则下写句子的——只管写下去。无疑大多数小说家写出的，只是看得下去的散文。这也没什么错。我们认为，公正地说，无论在宏观还是微观层面上，亨利·詹姆斯都是一位伟大的小说革新家。但和他同时代的另一位大作家威廉·迪安·豪威尔斯，却几乎从未让人对他书写句子的魔力感到惊讶。以下这段出自《塞拉斯·拉帕姆的发迹》(1885)，再次强调一下，这也是随机选摘的。

> 第二天，那位首席记账员在同一家餐馆的长桌旁和科里一起吃午饭时，跟他说起了拉帕姆。沃克有现在的位置，显然不是因为资格够深；尽管他的秃发已经从前额逼近了头顶，而那张肥胖光滑的脸，因为长得像个强壮的婴儿，并不会让他看上去年纪已经不小了。浓密的褐黄色胡子妨碍人们作出判断，而

> 他所有动作中表现出来的利索劲儿，完全属于三十岁的年轻人，而这也是沃克的真实年龄。

那么，你会问，这有什么错？一丁点儿也没错。句子做了自己的工作，带着叙述向前发展，没给自己使绊子，也没阻挡将要发生的事。换句话说，它行得通，这也是豪威尔斯对行文的要求。如果说它没像歌声那样动听，那只是因为他没有打算那么做。要知道，豪威尔斯绝非泛泛之辈：他是马克·吐温和亨利·詹姆斯的密友、林肯传记的作者、美国驻威尼斯的领事、《大西洋月刊》十年的编辑、畅销小说家、全能的文学名人。如果行得通正是他行文的追求，而且，如果他也达到了这个目的，谁还能对此聒噪不休？

或者可以看一下和他时代相近的阿诺德·本涅特。本涅特书写的是他的祖国英格兰，而不是豪威尔斯的美国，但他们手法很相似。

> 然后，在这年的最后一天，那是她蒙羞后的第二年，也是她心如井水后的第二年，斯加列斯先生再次现身了。她无意中走进一家商店，看见他正在跟她妈妈和鲍维先生说话。他回到了本地，回到了她身边。她与他握手后就逃走了，因为她没法待在那里。没有人注意到她心中的波澜，因为她将身板挺得直直的。她不知道为什么当初他会离去，也不知道为什么现在他会回来。她什么也不知道。

再次声明，这里没什么毛病，只是扎实而熟练的散文而已。本涅特是个搞文字的，他写评论、散文和小说，一切能来钱的，只要能卖就行。他靠艺术生活，而不是为了艺术而活，这也是现代主义行家挑中他来攻击的原因。他是艾兹拉·庞德《休·赛尔温·毛伯利》的人物原型，这首长诗讲述了一个年轻人之所以放弃诗歌，是因为那里面没有钱。弗吉尼亚·伍尔夫也在《本涅特先生和布朗夫人》一文中痛斥了他，因为，嗯，应该说主要是因为他属于刚刚过去的那个时代。然而，即使在指责他的缺点时，她还是承认他很有才华。（事实上，他的才华也是被指责内容的一部分——他怎么敢有这么好的手艺？）伍尔夫之所以不喜欢他，正如她也不喜欢 H. G. 威尔斯和约翰·高尔斯华绥，原因就在于他的作品缺乏提升艺术境界的抱负。他是个实用主义者（她的原话），满足于技术层面。我能感受她对本涅特小说的不耐烦，但我总怀疑，错在我而不在他。我们可能说，在风格层面上，他追求充分恰当。他只需要那些能承载他的用意的句子，不想要别的。很少会有读者读到一半停下来，只为了欣赏一句只能让人对它本身感兴趣的妙句。本涅特不想要那些只让人关注它们本身的句子，这也挺好。

事实上，它不止挺好。本涅特和豪威尔斯使用的文体和他们的小说很对路。抓住读者注意力的句子会打乱叙事进程，与这些小说家的兴趣背道而驰。这两位作家都制定了自己的文体风格，那就是我早些时候说的：只管写下去。干实事，不要华而不实或者炫耀卖弄。

这恰是很多读者所希望的。

最近我和一位同事谈起朱利安·巴恩斯，探讨为什么他的句子会写得这么好。真的叹为观止。我们都喜欢他这个优点，但我还是不得不指出，我经常发现学生们并不同意这点。他们总体上倾向于喜欢透明的文风，一种让人忘记了它还存在的文风，就像现代橱窗那么干净，让人忘了上面还装有玻璃。让学生喜欢薇拉·凯瑟，比让他们喜欢威廉·福克纳容易多了，很大程度上是因为福克纳的句子太难了。

想一想，如果我来列一张小说家名人堂的名单，将他们这许多人联系在一起的，有两件事情：一，他们几乎全都是，或者至少可能是在句子层面出彩的作家；二，他们绝大多数在课堂上不怎么受欢迎。这些作家包括乔伊斯、劳伦斯、伍尔夫、福克纳、海明威、哈代、劳伦斯·德雷尔、约翰·福尔斯、加布里埃尔·加西亚·马尔克斯、托妮·莫里森、品钦、巴恩斯、乔纳森·斯威夫特和格雷厄姆·斯威夫特、T. C. 博伊尔、弗兰·奥布莱恩、亨利·格林、路易丝·厄德里克。艾德娜·奥布莱恩是一位伟大的英语文体家，然而我经常从读者那里得到这样一种感觉：尽管她是这种文体，他们还是喜欢她，而不是因为她是这种文体，他们喜欢她。部分原因可能是美国人对炫耀卖弄不太买账，或者他们喜欢那种追求简单的后海明威风格，又或者他们仅仅希望小说简单易懂——而那种高级文风则需要一些咀嚼才能消化。但是一种真正优美的文风——无论是海明威的还是奥布莱恩的，品钦的还是德雷尔的——其本身就带来愉悦。至少对我们某些人来说是如此。

这里对高级文风的讨论，也点出了对小说家来说什么是重要的。它暗示了小说不完全只是那个被讲述的故事；或者说，那个故事，那一堆发生的事件，会因为讲述的方式而增添光彩；或者说，因为故事被如此讲述，所以一些因素要比另一些更重要。哈代的句子是限定了他能讲述哪种故事的因素之一，但是，他用了这些句子，又的确说出了他要说的故事。文风——句子，它们的长度、结构和编排，段落，词语的选择，词序，还有其他很多——不仅仅是包装叙事、为叙事添彩的妆扮。相反，它是叙事的决定因素，控制和反映了能说什么和怎样去说、揭示的程度、小说家对于世界的态度以及作者和读者之间的关系。句子会欢迎我们，也会拒绝我们，然而它们总是有所表达。

现在，来看一看福克纳的怪物吧。它来自《去吧，摩西》，在我的版本里，它奔跑了无数页。它在《熊》这个故事的中间出现，试图去捕捉一些什么，就算不是整个世界，也是奴隶制南方的整段肮脏历史。这个片段的开始非常简单，开头没用大写字母，不知道算不算个完整句子，然后就一头扎进另一个似乎没完没了的长句中。

> 这一年他二十一岁了。他可以把它说出来了，这回，他本人和他的表外甥并不是在大森林前并肩而立，而是在他即将继承的那片驯服的土地之前，这是他的祖父老卡洛瑟斯·麦卡斯林用白人的钱从野蛮人那里买来的（他们那些没有枪的祖先曾在这儿打猎），祖父驯服了土地并对它发号施令，或者说他相信自己已经驯服了它也可以对它发号施令，原因是他所奴役的并对之握有生杀大权的那些人从这片土地上清除了森林，汗流浃背地搔刨地面，其深度也许达十四英寸，使过去这儿没有的作物得以生长并且重新变成钱，这钱是相信自己买下了土地的人为了得到地、保住地并拿到一份合理的收益而曾经不得不付出的……[1]

哎哟！这还只是个开头啊。它还在一页一页地写下去。它甚至有分段、有对话，偶尔有句号，但是这些句号只在小说人物的陈述

①威廉·福克纳，《去吧，摩西》，李文俊译，译林出版社，2004年，第234页。原文从“这是他的祖父”开始到引文结束是一句只用了一个逗号的定语从句，中译本为阅读方便，进行了切分。

里用到，而不是整个叙述的结束。对我来说，这是所有小说中的伟大表演之一。唯一的问题是，我不知道它在哪里结束，或者是从哪里开始，真的。这个片段的开始没有大写，结束没有句号，因此我们可以把整个片断看作一个单独的表述，一种畸形的长句，一次永远不会结束、却又在一个陈述的形式之中的内心独白。或者说，这些段落中的句号真的构成了句子的转换吗？我还真说不出来。

毫无疑问，第一次阅读此书的作者通常会有另一个问题。

为什么这样写？

艾萨克·麦卡斯林（艾克）读了他祖父的农场账目，了解了种植园生意的方方面面，包括奴隶的买入、卖出和虐待。他来自密西西比，奴隶制本身并不让他惊讶。让他震惊的是，发现祖父老卡洛瑟斯·麦卡斯林和他的一个奴隶尤妮丝生了个孩子，后来又和这个孩子托玛西娜（托梅）生了另一个孩子。尤妮丝，这个同时是母亲和外婆的人，在这个孩子泰瑞尔（或托梅的图尔）出生前六个月，投河自尽，而艾克的父亲（梯奥菲留斯）对此唯一的评论，就是将她的死亡登记为财产的又一笔损失。他更“仁慈”的兄弟，阿摩蒂乌斯（布蒂叔叔）则回避了这起死亡事件的真相，最后还想，有谁听说过一个奴隶“投河自尽”了？所有这些都让艾克震惊：不仅违背女奴意愿在她们身上寻欢作乐，而且还把乱伦结果计入经济损失的双重恐怖；祖父的冷漠反应；导致尤妮丝自杀的深深绝望；托玛西娜的死于难产；他父亲和叔叔那种按章行事、不加思考的毫无人性，即使这两人都足够开明，内战前就释放了他们的奴隶；种族问题与这个行将垮掉的家族不可避免地纠缠。换句话说，拥有他人人身权会导致的可怕然而又合乎逻辑的后果，这就是福克纳想让我们理解的一切。也就是说，关于南方历史的一切。而且，他想在这个长句里完成这一切，刻画出艾克的觉悟一刻。

明白了吗？如果没有这些缠作一团的句子，你就不知道这本书的意义何在。对福克纳来说，要说出这意义，就是有六十页长的句子的这个片段。当《熊》作为一个单独故事发表时，第四部分几乎总会被删，而且理由充分。只有在整本小说的语境里，我们才读得懂这段。作者可能宣称，他想在一个大写字母和一个句号[①]之间捕捉整个世界，但这第四部分在开头没有大写字母，在结尾也没有句号。而且，我们也完全不清楚，这部分里的少许句号或问号，是否确实打断了奔涌的语流。

可以说，无论是海明威的三个词，还是福克纳的三十五页，一个句子或者片段都能告诉我们比表面所言更多的内容。我更喜欢哪一种？都不喜欢。也都喜欢。完成使命就好。但还有件事：这一使命不可避免与句子相关。每种小说都会规定它需要哪种句子；而句子也决定了它能写出怎样的小说。海明威的书具化了文化上的记忆缺失，或者说对短期记忆缺失的需要。谁想记住这个世纪的可怕事件，这次战争？福克纳则表达了怀旧与摒弃之间的挣扎，表达了对一个安静稳固的过去的怀想，而这过去包含着他不可避免去面对的恐怖。福克纳的目标是囊括，是到处搜罗；海明威的目的则是排除，是与事物保持距离。所以，谁会写复杂句子，谁会写简单句子，一点也不奇怪。他们的句子一点也不像，但有一个共同点：它们都很出色。

①也就是本章开头所说的“一个句子”。

13 淹没在意识流中

很久很久以前，叙事是简单的。你只用说人物做了什么，你引用他们的对话，如果有必要，再说说他们的想法："这很容易，乔沿着码头慢行时想。"这里唯一棘手的事情就是去了解这是哪个码头。但不久，正如伍尔夫指出的，"在 1910 年 12 月前后，人性改变了"。小说家和意识活动的关系当然也改变了。在科学和哲学上，对心理活动的理解都发生了巨大变化——这是弗洛伊德、荣格、威廉·詹姆斯和亨利·柏格森（他得了诺贝尔文学奖）等人研究的副产品，结果是，对意识活动的描述，也变得更具流动性。作为一个文学运动，意识流的兴盛期很短暂，仅维持了三十年左右。但是，它帮助界定了现代小说，改变了从此以往的作家塑造人物的途径，并迷惑了几代学习英语文学的人。不过，我们不会有更多的困惑了。

或许还有一点点。

那么，意识流这怪物到底是什么？哦，这个问题很简单：意识流不存在。这很有用，对吧？可这是真的：没有这么一样东西，我们可以指着它说，这是"意识流"。有很多作品看上去符合这概念，但它们几乎各不相同。这很像淫秽：没人能够定义什么是淫秽，但每个人都以为自己在看到时会知道这就是淫秽。好吧，我们在讨论一个可能并不存在的东西，没人能给它下个圆满的定义，它昙花一现，它常常迷惑读者。我该从哪里谈起？而且它真的重要吗？

哦，是的，它非常重要。某种程度上，它之所以重要，是因为那些尝试探索新事物的现代主义的大腕们。他们来了，又走了，但是有些东西留了下来，而这些东西是重要的。在这一切发生之前（让我们认为就是伍尔夫说的1910年吧，或前后几年），读者和作者都下意识地盼望在故事的讲述过程中能有某种权威。在故事人物之外，存在着一个叙述的中心。在维多利亚时代的伟大小说中，无论《荒凉山庄》《名利场》，还是《米德尔马契》，都很容易在全知叙述者身上看见那个叙述中心。在故事的外面，显然存在一个智慧的生命，它造就了故事，并且（实际上）说："我们存在于故事之外，但通过我的中介，我们不仅能进入故事，还能随意进入人物的思想，也就是说，随*我的*意。"但那个外在的中心，也存在于第一人称叙述中。真的是在外面？当然是在外面。讲述《远大前程》的匹普，显然不是小说开头童年时的匹普，当时这孩子一不小心落入了马格韦契的控制。他绝大部分被记录的人生，发生在中间那些年。但是，讲述故事的匹普也不是小说后面和乔·葛吉瑞谈论如何做绅士的匹普，不是最后与埃丝黛拉有着那次值得纪念的重逢的匹普。作为叙述者的匹普，存在于作为角色的匹普们之外和之后。我们怎么确定这一点？叙事的过去时态（不是一般现在时，也不是进行时）表明叙述者匹普与叙事中的事件及他自己，都存在着一定距离。

这又怎样？为什么这就有关系？这意味着我们所了解的关于

角色的一切，尤其是我们从他们那里了解的一切，都经过中介处理。在我们和年轻的匹普或艾瑟·萨莫森[①]之间，强加了一个意识的在场，通过选择、排列和重述，过滤着他们的思想，所以，我们就只能了解这一构塑好的、相当遥远的他们。而对那些意识流小说来说，无论它们怎样各有异趣，都有一个共同点，那就是他们渴望去掉那个中介，不仅接近角色的思想，还要进入他们的脑海。

了不起的想法，但可以依循的路线图在哪？似乎 1900 年的森林里，满是这样的绘图学家。

就像我前面说过的那样，没有一种独立的叫作“意识流”的技巧。相反，我们是在非常宽泛地使用这个术语，来描述许多技巧共同制造的效果，而且更普遍的做法是，用它来描述某种类型的小说，这类小说在其所有复杂性中，用最少的叙述中介，试图再现意识活动。虽然这些小说彼此不同，但有这样一个共同点：在角色之外，不存在任何叙述中心。取而代之的是，叙事开始在角色的思想中找到了乐园，而且那些角色并不总能意识到自己的思维。因为，事情转变为“思想”让位给“意识”，而意识是由多个层面构成的。

几乎每个人都在同一时期生成了对深层 / 深度的认识。这个术语最初出现在威廉·詹姆斯的《心理学原理》（1890）中，他倾向于称之为意识的“列车”或者“链条”。“流”所暗示出来的这种“深层”的流动性和连续性，使得“深层”更像一种理念，是詹姆斯描述意识概念的符号。他的弟弟亨利·詹姆斯后期的一些作品也开始探索意识，他认为意识在不同层面上同时运作；但是其中没有一部作品可以被确切称为意识流小说。到现在为止，都还说得通，对吧？

① 《荒凉山庄》里的人物。

然而，这里存在着一个事实：早就有人在写意识流了。在 1900 年之前的两年，爱德华·迪雅尔丹在短篇小说《月桂树被砍倒了》（最初英译为《我们不再去树林》，后来被译为《月桂树枯萎了》，显然都是不确切的译法）里做了一件惊人的事情。他使用了——我相信这是首创—— 一种可以被认为是内心独白的技巧。它很像是常规的独白，但是未说出口，是在脑海里，而且很不成型。迪雅尔丹立刻意识到的，思想能想去哪就去哪，不服从逻辑、随意跳跃，并有了它们自己的生命。

> 一滴葡萄酒。空着，对面的座位；在座位和镜子间，皮制的家具。我必须看看用小纸条记下来会怎样——无论如何。我的卡片盒；我记着地址的卡片，那更合适；我的小铅笔；很好。我将写些什么？明天的约会。我必须列出几样。如果那个固执的推销员知道我能够干什么！我这样写："明天，在两点，在卢浮宫百货公司的阅览室……"卢浮宫百货公司，不怎么时髦，但还是最方便的；然后，或者去别的地方？卢浮宫？别扯了！在两点。需要足够的时间；至少从两点到三点；就是了；我把"在"改成了"从"，还打算增加"到三点"。接着写"我……我会等你……"不，就写"我会等"；就这样；等着看吧。

或许对一部实验作品来说，这样的情况并不令人吃惊：迪雅尔丹的小说被忽视了，当 1902 年，乔伊斯在法国旅行途中偶然在一家书店里见到这本书时，它已基本上被遗忘了。这影响毋庸置疑，因为尽管过了二十年，《尤利西斯》中利奥波德·布卢姆的大部分独白，乔伊斯还是完全模仿了迪雅尔丹的风格。

那个花招没能使我上当。敏捷地脱了身。笨人就容易上当。我可不是什么冤大头。何况那又是我特别心爱的一只手提箱。皮制的。角上加了护皮，边沿还用铆钉护起，并且装上了双锁。去年举办威克洛艇赛音乐会时，鲍勃·考利把自己那只借给了他。打那以后，就一直没下文啦。

布卢姆先生边朝布伦斯威克街溜达，边漾出微笑。“我太太刚接到一份。”满脸雀斑、嗓音像芦笛的女高音。用干酪削成的鼻子。唱一支民间小调嘛，倒还凑合。没有气势。你和我，你晓得吗，咱们的处境相同。这是奉承话。那声音刺耳。难道他就听不出其中的区别来吗？想来那样的才中他的意哩。不知怎的却不合我的胃口。我认为贝尔法斯特那场音乐会会把他吸引住的。我希望那里的天花不至于越闹越厉害。她恐怕是不肯重新种牛痘了。你的老婆和我的老婆。①

天才的部分才能在于他知道谁是赢家。对乔伊斯来说，这种内心独白让他（也让我们）跟人物一起漫步，特别是利奥波德·布卢姆这样一个世界级的漫步者。至于他的妻子摩莉，下次再说。

对这部全新的小说来说，它的理性力量大部分来源于法国哲学家亨利·柏格森的著作。在《物质与记忆》《笑的研究》《时间与自由意志》这些著作中，柏格森建立了关于精神、记忆和对时间的主观体验的理论，给予了小说家可以去充分探索意识的空间。

“新”小说实验的中心，是记忆。柏格森区分了“意愿记忆”和“非

①詹姆斯·乔伊斯，《尤利西斯》，萧乾、文洁若译，译林出版社，2010年，第115页。

意愿记忆”，前者是理性和意愿的产物，是我们能控制的那部分记忆；后者才是作家能够利用的那部分。非意愿记忆变幻莫测，不受控制地四处流动，永远无法被确切捕捉。例如，当我们去看乔伊斯或伍尔夫的作品时，就会发现，记忆大多是非意愿记忆，而我们很少能够控制这些漂浮到表面的意象，它们常常萦绕不去，或肆意嘲笑着我们。

另一个重要概念是“绵延”，或者“持续时间”。相对于钟表时间或机械时间，这是人类主观上体验到的时间，所以这些时刻几乎可以无限伸缩，就像撞车前一刹那，一个人会“看”到他的一生在眼前闪过。非常奇妙的是，持续时间这个概念，既被意象派诗人用在他们的短章里，也被极富野心的小说家拿来使用，他们就像《尤利西斯》和《芬尼根的守灵夜》的作者那样具有雄心壮志。在小说实践中，持续时间可以让小说家无限探索单个时刻，此时思维在很多层面上发挥功能、同时覆盖一大堆主题，而时间看上去（至少有时候）是静止的。

叙事的这种变化，在意识流小说中最为明显。但这并不是说，叙述者完全消失了；而是说，叙述者不再去扮演人物思想的媒介和过滤器，而更像一个呈现者，或是直播通道，很少或者不予评论。狄更斯会告诉我们某人在想什么，它意味着或者预示着什么；但福克纳或乔伊斯不仅会呈现那些思想（思想这个词暗示了一种意识，甚至是人物的控制），还会呈现混杂的整体，里面包含思想、直觉、前思维、本能以及对外部刺激的反应，角色受这一整体支配。在意识流小说中，角色的思想是被直接呈现出来的，不需要一个插入的叙述者来作为媒介；呈现的是它原本的样子，是在对自己说话。因此“收缩”（和绵延相对）和第二人称也被应用。第二人称的作用在于，它给予已说出的东西一种更为普遍的意义，说话者认定他的反应和思想不只对他适用，也对任何人都适用。

如果说意识流的整段历史是一部失败的历史，那么有一部小说的一个片断就可以补救。事实上，这片断可能是整个意识流的领域还有所发展的原因。这个章节叫作“潘内洛佩”，用了“嗯”这个词作为开始和结束，但是潘内洛佩跟这个章节的精彩没有任何关系。它完全是关于摩莉的：

他们倒不如试着去挡住太阳 让它明儿个别升上来呢 他说过 太阳是为你照耀的 那天我们正躺在霍斯岬角的杜鹃花丛里 他穿的是一身灰色花呢衣裤 戴着那顶草帽 就在那天 我使得他向我求婚 嗯 起先我把自个儿嘴里的香籽糕往他嘴里递送了一丁点儿 那是个闰年 跟今年一样 嗯 十六年过去啦 我的天哪 那么长长的一个吻 我差点儿都没气儿啦 嗯 他说我是山里的一朵花儿 对啦 我们都是花儿 女人的身子 嗯 这是他这辈子所说的一句真话 还有那句今天太阳是为你照耀的 嗯 这么一来我才喜欢上了他 因为我看出他懂得要么就是感觉到了女人是啥 而且我晓得 我啥时候都能够随便摆布他 我就尽量教他快活 就一步步地引着他 直到他要我答应他 可我呢 起先不肯答应 只是放眼望着大海和天空 我在想着那么多他所不知道的事儿 马尔维啦 斯坦厄普先生啦 赫斯特啦 爹爹啦 老格罗夫斯上尉啦 水手们在玩众鸟飞啦 我说弯腰啦 要么就是他们在码头上所说的洗碟子 还有总督府前的哨兵 白盔上镶着一道边儿 可怜的家伙 都快给晒得熟透啦 西班牙姑娘们披着披肩 头上插着高高的梳子 正笑着 再就是早晨的拍卖 希腊人啦 犹太人啦 阿拉伯人啦 鬼知道

还有旁的啥人 反正都是从欧洲所有最边远的地方来的 再加上公爵街和家禽市场 统统都在拉比沙伦外面嘎嘎乱叫 一头头可怜的驴净打瞌睡 差点儿滑跤 阴暗的台阶上 睡着一个个裹着大氅的模模糊糊的身影 还有运公牛的车子 那好大的轱辘 还有几千年的古堡 嗯 还有那些漂亮的摩尔人 全都像国王那样穿着一身白 缠着头巾 请你到他们小小的店铺里去坐一坐[1]

挤得满满的四十五页。摩莉的独白是我所知道的最惊人的文学成就。她的整个人生都呈现在那里——过去、现在和未来；人生态度、职业规划和爱情生活；还有月经周期；所有一切。不过更令人惊奇的是，人们常常在第一眼看到它时会认为读不下去：太深奥、太含蓄、太吓人、太厉害了。然而，事实上，它真的非常简单。这些其实是一个女人在夜里半睡半醒时的遐想，这个女人感情强烈、未受过良好教育、骄傲、充满深情，并且拥有天赋。她正处于那漫长而疲惫的一天即将结束的时候。我们已经跟随她的丈夫经过了葬礼、报社、音乐厅、酒吧和妓院，而她也在独自忙活。她眼下的情人布莱泽斯·博伊兰，那天下午刚和她做过爱。她正在准备一系列的演唱预约。她的月经刚来。利奥波德·布卢姆拖着烂醉的斯蒂芬·迪达勒斯回到家里，打断了她的睡眠。鉴于这些情况，她的独白完全合情合理，而且实际上一点也不难读懂。某种程度上，它可能是这本书里最简单的一部分，因为是纯粹的内心独白，我们就不用在叙述、描述、对话和思想之间来来回回了。相反，我们会读进去，留在那里。

弗吉尼亚·伍尔夫有她自己的意识流方法，而且在每本书都有

①詹姆斯·乔伊斯，《尤利西斯》，萧乾、文洁若译，译林出版社，2010 年，第 825－826 页。

所不同。詹姆斯·纳雷摩尔在《没有“自我”的世界：弗吉尼亚·伍尔夫及其小说》（1973）中指出，“意识流”一词并不能够完全形容伍尔夫在《达洛维夫人》中的尝试，他更愿意用“间接内心独白”一词，即“自由间接话语”的一个变体。这个拗口的术语表示一种特殊的第三人称视角，其中，叙事从人物的意识里得到线索，因此非常接近于第一人称，但又不是第一人称。你可以把它当作角色跳出自身意识、以局外人身份来表述时可能会使用的语言。不用说，存在反讽的可能性很高。这一特色也是《到灯塔去》或她绝大多数成熟作品的特色。其中几乎没有乔伊斯或迪雅尔丹作品中的直接内心独白。相反，人物内心独白通过一个叙述的声音过滤，这个声音的主要工作就是将第一人称的“我”,改成第三人称的“他”或“她”。因此这对纳雷摩尔的人物描述方法而言，就是那个“间接”部分。

伍尔夫持久地关注着一件事：人物之间在心理和语言层面的联系应该到哪个程度。这部分受到了乔治·爱德华·摩尔哲学的影响，布鲁姆斯伯里团体的男性成员在剑桥大学上过他的课。当然，作为女性，伍尔夫没有亲聆教诲，但她还是从她的兄弟索比、丈夫伦纳德和其他朋友那里，吸收了很多他的思想。她对摩尔思想特别感兴趣的部分，是他关于友情的想法，她获益良多，以至于一直到19世纪30年代写《海浪》时,她笔下角色的独白都几乎难以彼此分离。我的一位教授有次说，他认为其中的内心独白只有百分之八十左右属于说出独白的角色，剩下的百分之二十属于其他朋友。在《达洛维夫人》中，伍尔夫才刚刚开始探索这种可能性，比如在克拉丽莎和彼得·沃尔士相处的时间里，我们可以看到一些这样的迹象。

看看《到灯塔去》的这一段。

> 他沿着汽车路走着，莉莉·布里斯科说着“是”和“不是”，对他的评论唯唯诺诺（因为她热爱他们大家，热爱这个世界），他掂量着拉姆齐的境况，怜悯他，嫉妒他，仿佛看见他摆脱了年轻时为之自豪的孤独和清贫，而被扑扇的翅膀和咯咯叫的家务所拖累。他们也给了他一些东西——威廉·班克斯承认这一点；如果卡姆将一朵花插在他的外衣上，或者攀上他的肩头去看一幅描绘维苏威火山爆发的图画，倒也令人愉快。可是他们也毁灭了一些东西，他的老朋友们不会无所感觉。换一个陌生人会怎么想？这位莉莉·布里斯科会怎么想？谁能不注意到他身上日渐养成的坏习惯？或者怪癖？或者弱点？真是奇怪，一个如他一般聪慧的男人竟会如他一般堕落——不过这个措辞太尖刻了——如他一般过分依赖别人的赞扬。[1]

这一段显示出伍尔夫风格的很多显著特征：大量几乎不甚相干的话题，插入语，有时候用破折号取代括号，在句子中间使用问号，一个滑动的叙事中心（这想法是明确出自威廉·班克斯还是莉莉·布里斯科？），以及作为那种滑动性质的来源、用来展现思绪的间接方式。思绪从人物那里流出，但我们永远无法确定，表达那一思绪直接的程度，或者表达中使用的中转到了什么程度。

这就是一个谜，一直都是，而且很美妙。这就是“**意识流叙事法则**”：对意识的所有表达都是任意的，是虚构的。因为作者不可能钻进别人的脑袋了解情况，所以他们运用手法，创造出意识的幻觉。这和其他任何叙述方法是一样的。人类之中没有全知叙述者，但我

①弗吉尼亚·伍尔夫，《到灯塔去》，马爱农译，人民文学出版社，2003年，第18－19页。

们会接受小说中虚构出来的这个幻象。“限制”视角或“共鸣”视角是想象力的产物，而非新闻报道般的事实。所有这些途径都让我们把我们所知道的事——即对我们所经验的世界来说，它们是不真实的——放在一边，以便它们可能帮助我们实现某些渴望，不管这渴望是对人类生存状况的洞察，还是愉快的阅读体验。我们不是上当受骗也不是被麻痹了。相反，我们只是想要些作者必须提供的东西，而且，我们自愿和作者一起玩她的游戏，以获得这样东西。它和“浅易”或“深奥”无关，而是和在这场交易的双方参与者要达到什么互动目的有关。如果回报确实可观，有时候我们甚至希望能碰到具有挑战性的新要求。意识流小说对读者的要求有些过高，并不是多数读者都愿意去读的作品，至少读者在一开始并不希望遭遇这样的挑战。然而，时间证明，这些作者的确有所贡献。作为对全新的心理学和哲学思潮的回应，这些作者创作出新的小说，洞察了思想的运作过程，而这是以前的小说技巧从未展现过的东西。这活儿干得不赖。

伍尔夫、乔伊斯、福克纳、多萝西·理查逊、朱娜·巴恩斯、或许还可以算上约翰·多斯·帕索斯。可能还有一些，不过所谓的意识流作家群体并不是很庞大。那么为什么我们还对他们喋喋不休呢？不是因为他们启发了多少模仿者，而是因为他们的技巧影响了其他作者。因为这一小撮先锋的大胆实验，小说家们发现了表现意识的新方法。如果说，他们之后没有后继者写作意识流，那是因为他们之后的每个小说家都在使用意识流。像劳伦斯·德雷尔、玛格丽特·阿特伍德、格雷厄姆·斯威夫特、安东尼·伯吉斯、亨利·格林、艾德娜·奥布莱恩以及约翰·厄普代克等各类小说家，都会在自己相对沉稳、甚至传统的故事框架内，从伍尔夫和同道发展出来的技巧中，挑选一些作为叙事手段。感谢老天，我们不必非得做爱因斯坦才能了解相对论；他已经替我们把那撬起地球的杠杆举起来了。

哦，对了，码头？那只是了解某人的一个船坞。它带着我前往……

14

黛西家码头上的灯

这里有一件我在教授创意写作的过程中了解到的事：想成为小说家的人，并不了解人物。每次我布置第一次描绘人物的作业时，总是收获同样的答案——身高，体重，头发的颜色、长度，或者是秃顶，鼻子的大小，嘴巴的形状，雀斑的数量。一整套。你能用这些细节画出真人大小的肖像。你是能，但我不能，不过那事关艺术能力，并不是学生的描述有欠缺。然而，我所能做的，就是将人物速写还给他们，并问：哈克贝利·费恩长什么样？或者杰克·巴恩斯呢？甚至爱玛·包法利呢？

答案是我们不知道。有时候，对哈克贝利·费恩来说，他并没有告诉我们他的样子；他缺乏足够的自觉，去想到描述自己。我们了解杰克·巴恩斯那标志性的战争创伤，因为它对故事很重要，但我们对杰克长什么样却所知不多。同样，虽然福楼拜给我们呈现了很多精确的细节，但我们甚至说不出爱玛眼睛的颜色，这也让朱利安·巴恩斯《福楼拜的鹦鹉》里的伊妮德·斯塔基对此进行了反复的描绘。爱玛的眼睛有时是黑色的，有时在光线下是蓝色的，或者乍一眼看去是棕色的。作为一个真正的福楼拜研究者，斯塔基责备福楼拜一直变换爱玛的虹膜颜色，而巴恩斯的主人公杰弗里·布拉斯韦特则反过来责备爱玛的这一缺陷。但是说到底，长相关系并不是很大。要理解布拉斯韦特——哈克、杰克或者爱玛——我们不需要知道他们长什么样。

我们需要知道他们想要什么。

就拿爱玛的眼睛来说。对它们的描写可能有点模糊或者前后不一。但我们还是非常了解她的眼睛，真的，然而眼睛并非关键所在。我们不是她的爱人；我们是她的读者。我们期待了解她，并不是爱上她。对吉姆来说，重要的不是他怎样推进，而是什么在推着他往前走。我再重复一次，我们需要知道他们想要什么。真正、真正想要什么。

通常来说，我们通过他们痴迷的对象来了解他们想要什么。如果我要求十个人说一样《了不起的盖茨比》里的物件，有九个会说出相同的答案——即便他们没有读到这章标题。那就是黛西·布坎南家码头尽头的那盏绿灯，它引发了杰伊·盖茨比的迷醉，也主导了尼克·卡拉韦的最后一段叙述。这样东西，这个驱使盖茨比走向不幸的目标，代表了有关他的一切错误，也代表了他的正确——他自我欺骗的才能、他拥有希望的能力、他的信念：即，有些事有些人，无论有怎样的缺陷，也依然是他梦里值得追求之物。可以说，它确确实实就是我们在小说中“看见”的、在“那些逆流而上的幻影小舟”之前的最后一件事物。菲茨杰拉德确保我们不会错过他的关键点。

这一点对作者来说很重要，对读者来说同样如此，这就是“**角色清晰法则**”：要理解角色，你必须去了解他们最深的欲望。那欲望往往会找到一个标记—— 一件物品或者一个动作——而拥有明确形象的表达。

鉴于我们身处水边，或许可以再看看另一个充满渴望的凝视，它从位于莱姆湾的一道长而蜿蜒的防波堤“科布”码头望着大海，投向那个凝望者知道将永不复返的男人。“科布”码头是现实的、历史的，但那个女人是虚构的，而那个男人，或许又是她想象的产物。她就是萨拉·伍德拉夫，约翰·福尔斯《法国中尉的女人》书名中那个令人捉摸不定的女性。为什么一个女人要用她的余生，在水边眺望地平线，等待那个肯定不会回来（如果说他曾存在过）的法国军官？小说将发生年代设定在1867年，为什么一个生活在那个年代的女人，要这样不得体地（也因此显然具有性意味地）展现浪漫的悲伤，从而引起公众的反感？呵，正是这个问题在推动小说，而福尔斯从没给出明确答案。这是故意的自贬？想引起社会羞辱的欲望？自我毁灭的冲动？难以安抚的浪漫悲情？纯粹的生存痛苦？装腔作势的惺惺作态？彻头彻尾的疯狂？最后选择哪一个观点——叙事内的每种可能性都有其拥趸——决定了对萨拉和这部小说的感觉。小说提供的选择几乎是无穷无尽的，但是它本身的姿态非常清晰。你对小说的体验，很大程度上取决于你认为萨拉在“科布”码头上看（或寻找、或想要看到）什么。当然，即便她是小说标题所指的人物，她也不是小说的唯一一个角色，甚至都不是主要角色。查尔斯·斯密森是主角，他有自己想要的东西。其中一个欲望对象就是萨拉·伍德拉夫。查尔斯甚至都不知道自己有这个欲望，或者说，即使他知道，小说大部分时间里他都在极力否认这一点。当我们看着他爬过悬崖去寻找他的化石、他的“考验”，也就是小说里已经从海洋生物变成化石的贝壳时，我们就必须自己弄明白这一点。你认为那是福尔斯想说的一切吗？查尔斯是个搜寻者，他最初在追寻化石，后来是要追寻神秘的萨拉，但最重要的，他是想找到意义。他的生活充满了无聊，充满了模模糊糊却无法逃避的无意义感。尽管作为一个维多利亚时代的男人，他缺乏表达这种感受的词汇，他经受着存在主义式的危机，他以戴着领结和两鬓长髯的形象，面对着荒诞与虚无。

好吧，我保证这一准则在干燥陆地上也适用，但我还想举个水边的例子。理论上，度假的目的是要让我们摆脱烦恼和忧虑，但鲜少达成效果，弗吉尼亚·伍尔夫的《到灯塔去》就表明了这一点。小说里的人物来到赫布里底群岛消磨宁静的夏天，但几乎每个角色都被欲望所驱使，而且通常是想有所得的欲望，尽管这一欲望有各种形式。小说中这种欲望的最著名例子无疑就是灯塔本身。拉姆齐家最小的孩子詹姆斯一直渴望到海湾对面去看灯塔。父母答应第二天带他前往，而即使在拉姆齐先生认为恶劣天气应让此行延期时（这才是正确决定，虽然有点不考虑别人的感受），拉姆齐太太还是坚持要兑现承诺。詹姆斯因此更加厌恶父亲而热爱母亲。我的学生通常会将这冲突解读成某种二元对立：男人和女人，拉姆齐先生和拉姆齐太太，养育者和索取者，而且也确实有点道理。但小说其实要复杂得多。六岁的詹姆斯想要去他的梦幻世界，他母亲不顾对次日气候状况的忧虑而支持他，父亲则心不在焉地践踏了他的梦想，这小小的一幕场景揭示了整个家庭的动态。

我们在这里真正发现的是一场欲望的冲突。这些欲望有时互补，有时却冲突。然而它们看上去如此简单。那么，内心深处的这些愿望究竟是什么？拉姆齐太太牵挂晚宴的一道主菜，拉姆齐先生则心系字母表上的一个字母。对，你没听错，这就是我说的。在构成小说长长的第一部分的这一天里，拉姆齐太太纠结于炖牛肉——它能否做成功？家人和客人是否会喜欢它？它是否在这方面或那方面很完美？总之，能否为她赢得声誉？这一困扰的妙处在于，这道菜还不是她自己做的，而是她的女仆米尔德里德花了三天时间准备的。它被大赞“成功”，以至于拉姆齐太太情不自禁地将功劳归于自己，声称这是“她祖母的法国秘方”。很傻吧？也许。但要是你告诉我，有人从没有为聚会或晚宴的结果担忧过，那我就会告诉你，这个人压根儿就没举办过这样的活动。而且，拉姆齐太太的忧虑完全是家庭式的，这让她将注意力全部放在她的孩子们尤其是那个最小的孩子身上。除了为饭菜忧虑，她还在编织一只棕色长袜——这可能是文学史中最著名的长袜——这是为灯塔看守人患有结核病的儿子织的。这两样事情都没有过分分散她作为母亲的责任心。这得加一句，也没有一件是无足轻重或没有价值的。它们都显示了她关心别人的舒适与安乐，这是不能被忽略的地方。那她的丈夫又如何呢？拉姆齐先生一整天都在闲逛，大部分时间沉浸在自己的思想里，背诵着丁尼生的诗《轻骑兵进击》，执着于“如何到达 Z”。我相信你也曾常希望可以抵达那里。跟他的妻子一样，他的思考，尽管有时显得滑稽，也并非无关紧要。拉姆齐先生对他的智力局限感到恼怒，但在我们看来，这局限并不算多，而且也微不足道：他不是他那代人里最伟大的思想家。在一代人里，有人（在他的观念中这会是一个男人）——可能只有一人——可以从 A 一路到 Z；他认为自己达到了 Q，也许还可以尽力穿过 R 或 S，但也就到头了。很难引起同情，是吧？我们大多数人都不是自己宿舍里最伟大的思想家。尽管大家想法不同，但拉姆齐先生的念头并非那么无聊。他想要比现在的自己更出色。这一点就是我们可以与人物产生联系的东西。我对他可能有点不公平。他担心的不是竞争而是成就；他想大展宏图，而他发现他并没有达到他原来的期望。如果你愿意的话，可以称它为中年危机；它的确具备了其中一些元素。但就我们的目的而言，驱动本身是我们的关注点。拉姆齐先生被自己的欲望所困，以至于无法意识到别人甚至自己孩子的需求。但另一方面，拉姆齐太太却敏感地甚至带着关切、保护欲地对待每个进入她兴趣范围的人——抚平弄乱的羽毛、充当媒人、提供建议，而且通常带着焦虑。当像奥古斯塔斯·卡迈克尔这样的老朋友似乎并不需要她帮助时，她就把这种态度看作是对她个人的敌意。

那么莉莉·布里斯科又如何呢？莉莉拥有绘画才能。在小说第一部分，她尝试着去捕捉她面前的场景，去理解拉姆齐一家的生活——这家庭生活被错误和冲突所打断，她的努力也陷入了困境。她所想要的一部分是得到认同，被别人接纳，所以，当拉姆齐先生的关门弟子查尔斯·塔斯莱说“女人不会写也不会画”，这话几乎彻底挫败了她的努力。她寻求着认同，从拉姆齐太太那里，从拉姆齐先生那里,甚至想从“可恶的”塔斯莱那里——虽是无意的，也有违她的意愿。只有到第三部分“灯塔”，她才真正地领悟到认同应该来自内心，来自自己。直到那时，她才能在画布的中央画下醒目的线条，完成她的画作。小说最后的词句是她的所思所想，而这几个词不是关于拉姆齐太太或者任何人的认可：“我已看到了最美好的景象。”这就是她所努力的一切：捕捉一个景象的能力，追逐这个景象的空间，用自己的方式去表现它的成熟，摆脱外部影响的自如。这是欲望吗？我相信是。

小说一直是有关欲望，这欲望可能有也可能没有涉及性，但它始终同样强劲有力的。人物被驱动，而驱动他们的就是欲望。

是否这就是小说中很少由圣人担任重要角色的原因？也许。尽管更主要的原因是就叙事的层面而言，他们真的都不怎么有趣。看看圣·奥古斯丁的《忏悔录》——这本书是否聚焦于他多年的神父和主教生涯？完全不是。他在四十岁左右写的这本书，而他直到三十三岁才改奉天主教；并且，对他人生历程的叙述或多或少止步于他信仰改变之时，最后几章内容都是对“创世记”和“三位一体”这种宗教问题的沉思。或者像赫尔曼·黑塞的《悉达多》。主人公可能达到了某种“觉悟”，但小说大部分内容都在讲述获得这一顿悟之前的寻觅、错失和挣扎。为什么会这样？因为圣人缺乏欲望。他们无欲无求，也因此没有我们会有兴趣去了解的进展。崇拜他们？理所当然。仿效他们？尽力而行。读得如痴如醉？绝不可能。

福克纳了解这一点。他不怎么同圣人打交道，而当他在《喧哗与骚动》（1929）中真的给了我们一个这样的人物迪尔西时，他只让她停留在背景里。在背景的前方，康普生一家疯狂地抓挠并撕扯着他们的欲望：班吉的欲望是回到更快乐的童年，那时他亲爱的姐姐凯蒂还在身边；昆丁的欲望是想减轻由于自己和家庭所作所为而产生的罪恶感与羞耻感；杰生的欲望则是获得物质利益。福克纳笔下人物是所有小说家创造出来的角色中，充满最强烈的渴求与执念的生物。他的小说到处是深思熟虑、诡计多端的偏执狂，他们追逐着以自我为中心的妄想。即使他的圣人，或者说准圣人，也表现出狂热的执着。譬如《去吧，摩西》中的艾萨克·麦卡斯林，他真诚地想去补偿此前他并不认识的那些黑人亲戚，因为他的白人祖先尤其是祖父卡洛瑟斯·麦卡斯林曾对他们的祖辈那么坏，他因此放弃了自己的地产，这做法摧毁了他的婚姻，也让邻居对他的行为起了疑心。他拒绝拥有种植园，结果让种植园落入了表亲麦卡斯林·爱德蒙兹之手，而此人并没有艾萨克的同情心和道德感。艾萨克真的想确保那笔钱由麦卡斯林的奴隶后代继承，甚至去了阿肯色州找到了其中一位作为继承人。他拥有道德感，但过分苛求了。从斯诺普斯家族的贪婪到萨托里斯家族的荣誉，福克纳的人物由于他们的执念给自己带来了混乱和灾难，而这些执念是与人物标记一起呈现在读者面前的。随便挑一本他的书，你很快就能找到被欲望驱使的人物和他们的特征。每本都如此。

还有《我弥留之际》。我们有很多理由来学习这一小说瑰宝，但其中最具说服力的理由是，人物动机清晰可见。在反常的本德伦家族（对阅读福克纳来说，这是废话，但这些人很特别，即使对福克纳来说也是如此）中，每个人都有秘密，一个燃烧的欲望，一种执念——以及一个代表了执迷对象的物件，即 T. S. 艾略特所谓的“客观对应物”。朱厄尔，那个愤怒的儿子，有他的斑点马。四十年后，它或许会变成一辆大排量汽车，一辆福特野马或者 GTO 跑车，他需要辛勤工作、省吃俭用才能买得起，但后来，因为他那位喜爱挥霍并以自我为中心的父亲，他又会失去这样东西，就像他失去那匹马。当然，讽刺之处在于安斯不是朱厄尔的父亲，他是个私生子，他的执念就是要逃离这个沉闷乏味的家庭。朱厄尔无法告诉你他的欲望是什么，而且如果他曾试图告诉你，他可能会说就是那匹马，但其实不是那匹马。远不只是马。安斯本人想要一副新牙，或者看似如此。他带艾迪去杰弗逊镇举行葬礼的“决心”，掩饰了他想要新假牙的愿望。然而，它们也不是真正的欲望。欲望与继续生活、甚至与找一个新老婆（就像在小说最后他所宣称的那样）有关。当然，此刻亡妻还躺在棺材里，你不能明说，你计划去镇上给自己找一个新老婆。即使可鄙如安斯·本德伦，也不可能对自己承认那一点。但是你能说你需要一副新假牙，而只要你上了路，那就……

为什么不呢？至于瓦达曼，他还是个孩子，需要去理解那些他还不能理解的事情：生与死以及死亡的真实含义。他很担心，他母亲躺在盒子里，还活着，所以他在棺材盖上钻了几个洞——都钻到了她身上——好让她透透气。他的客观对应物很容易看出来，因为他把一切都告诉你了："我妈妈是条鱼。"在文学史中那篇最短但最令人难忘的章节里，他这么说。瓦达曼捉到了一条大鱼，几乎跟他一般大，当安斯要他自己将鱼清理干净时，他把鱼、妈妈、活着、死了以及他世界里的一切事物都搞混了，所以，当他说出刚才那句著名的话时，我们受到了震撼，不是因为它不同寻常，而是因为它完全合情合理。他还会说什么别的吗？即使是卡什，他看似只在焦虑如何替母亲打造棺材，但其实也在被欲望所驱使。他不想感觉任何东西，想尽可能地推开深深的不安感。他通过强迫性地打造棺材来做到这一点，由他叙述的一章，完全由将边角削成斜面的十三条理由组成。心无旁骛很好。关注细节没什么错。但是，当一个人如此专心地关注一个逻辑极简单的问题时，他一定是在努力试图避开别的东西。还有杜威·德尔，这个悲喜群体里的少女，和她的父亲一样强烈希望去到杰弗逊镇，她听说那里有个药剂师能够治好她的"病"。她怀孕了。只有达尔，那个最年长的儿子，看似对他家族中那种强迫症思维方式的倾向有免疫。多么让人宽慰，我们以为——他是这一群家伙中唯一还算正常的人。但最后他被送进了精神病院。本德伦家的人一个个要么情况糟糕、要么滑稽可笑、要么引人同情、要么令人沮丧、要么让人震惊。但总的来说，他们容易入手，因此是教师的理想教材。

一贯如此。小说家想让我们理解他们的创作，或者至少理解他们创造的人物。所以他们沿途张贴了路标，暗示我们应该寻找什么。

萨拉·伍德拉夫有她的法国中尉，倒霉的米考伯先生有“一切都会好起来”的信念，毫无疑问杰伊·盖茨比有黛茜家码头上的绿灯。我们会问，乔·克里斯默斯真正想要的是什么？匹普想要的和他需要的怎么区别？他是否能分辨两者的差别？当杰克·巴恩斯照镜子时，他没看见什么？这一点怎样对小说产生了重要性？每个人物都有他的“终极目的”，这是亚里士多德的术语，指在一个以目标为方向、甚至有些强迫性的过程中那个必然的终点——这不是角色实际的终点，而是他被驱使着而去的某个事物，他的终极追求。我们的工作就是去发现它。它们是否总是那么明显？很遗憾，不是。它能否解释关于人物的一切？答案仍然是否定的。但它能解释很多东西，如果我们想了解是什么在驱动小说，就需要去找出是什么在驱动人物。

15

关于小说的小说

那么，谁是第一个后现代天才？你可能认为是贝克特，或者阿兰·罗伯－格里耶？可以这么想。但我觉得是查克·琼斯。对，就是那个人，华纳兄弟公司的杰出动画师。在著名电影《混乱达菲鸭》里，达菲鸭经历了一系列难解而荒谬的变身，穿上了蓬蓬裙，脑袋变成了一朵花，身体变成了狮子等等。到最后，当我们发现拿着那支漫画家画笔的顽皮家伙事实上是兔八哥时，我们觉得很有趣，但并不会太惊讶。在电视剧《狂欢三宝》中，华纳兄弟公司甚至将这种自反技巧运用得更为极致，整个片子就像是与漫画历史的一次持续对话。事实上，漫画看上去尤为适合这一整套的自我指涉，无论是那些电视剧集（如《辛普森一家》《恶搞之家》《南方公园》），还是电影剧情片（如《谁陷害了兔子罗杰？》）。然而甚至真人拍摄也加入到这场游戏中。在电视系列剧《蓝色月光》（不可否认，这不是典型的好莱坞作品）中，其中一季有一集为了收集服装和道具，半中间就结束了，也就是说这集还没完，剧集的一季就结束了。然而，不知什么原因，当严肃作家这样做时，一些读者也许会疑心他们被欺骗了。但最不可能的事就是小说让我们上当；我们开始了解并喜爱的“元小说”这一策略非但没有终止可能性，相反，开启了可能性。

只是那些读者，特别是学生读者，在阅读中对有趣的事情会有点不耐烦。

怎么就不耐烦了？继续往下读。

有时候我们谈论的其实是用飞一般的叙述写成的飞一般的小说。听起来很美妙，对不对？终生难忘啊。可以想象莫里森的激情、沃德豪斯的风趣、托尔金的广阔、马尔克斯的创造力。这没什么问题，世界上确实有一些精彩的小说。它们中的有一些看上去拥有可以飞翔的翅膀，但我指的不是这些。我要给你一本飞翔的书：《法国中尉的女人》。

这是美国大学里最常被扔飞的一本书。

我知道它在什么时候飞翔，以及什么时候会让你问为什么。什么？你想要最确切的段落？有两个选项，你可以自己选择。有时候它是在第十三章飞翔，这时叙述者刚刚在十二章的结尾问，萨拉是谁，“她是从什么阴影中冒出来的”，答案短小精悍：“我不知道。”这不是我们期待的典型答案。常规是：当叙述者问了一个问题，他必须去回答。福尔斯的叙述者的确回答了，但不是我们满意的答案。哦，稍等，它更糟。他不是承认自己无知，令读者满意，而是主动打破了他用十二个章节来延续和维持的幻象：

> 我正在讲的这个故事完全是想象的。我所创造的这些人物在我脑子之外从未存在过。如果我到现在还装成了解我笔下人物的心思和最深处的思想，那是因为正在按照我的故事发生的时代人们普遍接受的传统写法（包括一些词汇和“语气”）进行

> 写作：小说家的地位仅次于上帝。他并非知道一切，但他试图装成无所不知。但是我生活在罗伯－格里耶和罗兰·巴特的时代；如果这是一部小说，它不可能是一部现代意义上的小说。[①]

哇！这样一个立足点！紧靠着墙的《体育画报》的泳装日历本摇晃起来了，大杯装南帕诸岛纪念啤酒也差点从架子上掉下来。

第二个选项可能没那么绝对，它是这样开始的："不，我说得没错。你不仅把匕首插入我的胸膛，而且还扭转它来取乐。"[②]在这里，文字本身没有任何东西可以让这本平装书飞起来。除了我们之前已经读到过的这句话。确确实实。而且刚刚读过。这一段出现在结尾章节的前半部分，刚才读到时还觉得有点多余。第六十章以一个小说式的结尾作为终结，用一个布娃娃、一个永远的拥抱和一千把小提琴（不是我编造的）完成了这个结尾。那么，谁还需要又一个章节呢？嗯，举出一个，福尔斯需要。第六十一章给了我们一个完全不同的结尾——没有永恒、没有弦乐部分。他使用了作者代理人这样一个手段，让他的表回拨十五分钟，以此借口创造了另一个备选结尾，这个结尾没那么快乐，但调子上或许更符合现代感。当一些学生意识到，**那个**结尾仅仅只是**一个**结尾，还存在着**又一个**结尾时，福尔斯航空又起飞了。无可否认，有些读者将这一多出来的章节——以及额外的选项——视为礼物。

小说不过是幻觉，这一揭示令人恼怒，至少对那些要在规定时间内读完的读者来说是如此。但某些程度上，我们其实明白这一点，不是吗？小说是编出来的？远不止于此。某种意义上，小说就是习

①约翰·福尔斯，《法国中尉的女人》，陈安全译，南海出版公司，2014年，第96页。
②同上，第475页。

得的行为——靠文化的养成，靠读者和作者中单个人的经验。就像福尔斯暗示的，一部小说就是习惯常规的汇编，是一系列“如果—那么”的假定命题：如果小说开始时，主角是个小孩，那么小说的目的就是要在结尾之前，将他放置在某种成年的状态里；如果从第一章到第五章，叙述者只知道一个人物的心思，那么在第二十三章关键时刻到来时，她不能突然假装知道每个人的心思。又或者：如果一个叙述者前十二章里都摆出一副全知者的姿态，然后，他提出了一个关于某个人物的重大问题，那么当我们继续阅读时，他最好乖乖给出一个答案。没有一个全知叙述者会突然像婴儿一样无助；全知开关上，没有突然短路这回事。

除非这是个游戏。除非你只是利用这些习惯去剥开它们的幻象，在此情况下，你最好为强烈的反扑做好准备。这正是让那些学生读者发狂的地方：要是刚才他只是在玩游戏怎么办？要是他不是当真的怎么办？这看上去对那些学生读者太不公平了，他们辛辛苦苦啃着小说（通常是为了找出教授许诺过的存在于书中的神奇或神秘事物），而小说家却没把它当写作，而是当游戏。不仅如此，它看上去还要搅浑整个小说事业：如果我们不能相信福尔斯，他却又在用常规的小说技巧和写法，那么我们又怎么去相信其他小说家？

对，我们不能。然而这真是个问题吗？当你打开一本小说时，你知道它是编造的。幻觉一定要是“真的”吗？这个问题真的有意义吗？有，也没有。我们进入了文学层面上量子物理级别的问题：在这里，命题可以同时既真又假，在这里，波和粒子互相交叠，物质和能量可能是同一事物。

欢迎来到元小说。

元小说：关于（meta[元]，意思是“超越”或者“囊括”）小说（这部分不用动脑筋，对吧？）的小说。相对于历史悠久的写作实践，这是一个新鲜术语。如果你打开20世纪70年代出版的第一版《美国传统词典》，里面是找不到这个词的。小说家和哲学家威廉·H·加斯在他的批评和理论著作《小说与生活中的人物》（1970）中提出了这个术语，用来表示这样一些小说：它们都自我指涉，关注（或至少部分地关注）小说本身的制作过程，类似“自我指涉”、“反身”和“自觉”这样的词语反复出现在关于元小说的讨论中。首先，加斯试图描述他那个时代的一种现象：在那时，出现了许多长短篇小说，作者是像约翰·巴斯、罗伯特·库弗、B. S. 约翰逊、克里斯蒂娜·布鲁克－罗斯、伊塔洛·卡尔维诺、福尔斯，当然还有加斯自己这样的作家。但他所讲的故事，是在走回头路。回了多远算是“回头路”？也许一直到头。它大概是这样的：第一夜，穴居人艾利讲了一个故事，第二夜，穴居人奥普又讲了一个，其中某处包含这样的句子：“这是小说的典型做法，所以我将（a）也这么讲，或（b）不这么讲。”或者，要是插入语早就被发明出来，他已经这么做了。事实上，穴居人艾利可能早就这样做过了，“因此，你们知道故事将怎样发生了……”毕竟，为什么要等到第二个夜晚？无论哪种情况，元小说诞生了。

你有疑问？汤姆·斯托帕德的《罗森格兰兹和吉尔登斯吞之死》（1966）就是这样一出戏剧，戏要了几个出自《哈姆雷特》的倒霉小人物。它因此成了一部元戏剧，是元小说的一个近亲。但它的源头也是如此。哈姆雷特在一出戏剧内做足了戏剧所需的一切事务，并教导演员如何上演那出小戏剧，而那是1600年。莎士比亚一生都在做这样的事情，一出接着一出，要么是实实在在的戏，比如《仲夏夜之梦》，要么是为了演给剧中其他人看的戏，比如《无事生非》。

而且我们知道，他并非开山鼻祖。杰弗雷·乔叟的《坎特伯雷故事集》（1384）就讲了一群朝圣者去大教区的中心城镇过复活节，在旅途中讲述故事的过程。有时一些故事彼此抵触，或者真实生活中产生的敌意倾注进了故事中（或相反），又或者，比如在卖赦罪券的人和他的故事中，讲述者因为过于投入乃至忘了自己身在何处，开始举止失当，引起其他朝圣者的大声斥责。要想对元小说作富有见地的批评，《故事集》里有大量素材可用。

但稍等，就像广告片说的，“还有更多等着您”。看起来乔叟也并非首创者。此前刚刚故去的乔万尼·薄伽丘，在《十日谈》里第一个这样做了。他笔下的这个由十个年轻人组成的小团体，在一次黑死病爆发期间逃离佛罗伦萨，出逃两星期中，他们每人讲了十个故事。这组整齐的叙事方阵，涵盖了相当范围的可能性，而结构框架的设置必然让人注意到故事设定的人为因素：这些故事是为了某个特定情境而编造的。这部作品不断提醒我们，这是部虚构作品，现实中写作事业没有任何浑然天成的部分。我们回溯得够远了吗？完全不够。荷马和维吉尔都乞灵于缪斯女神，但各有千秋。荷马——如果说真存在这样一个人——是游吟诗人；他需要激发所有可能的力量和智慧，因此在有巨大压力的时刻，他习惯性地呼唤缪斯来助他一臂之力。而维吉尔是个作家，不是歌者，他并不那么需要力量和即时回忆；当他呼唤缪斯时，是在实实在在的引号内表示的，因为这是史诗作者做的事情。如果需要，我们还可以追溯到更早，但你已经明白我的意思了。

所以说，这种“元XX”已经存在了相当一段时间。你说什么呢？先不说维吉尔，乔叟和薄伽丘可都不是小说家。噢，我明白了。假设小说需要这样一些构成元素：一本书的长度，虚构的，多个人物，主要情节加次要情节，叙事，散文。他们缺了什么？只有最后一项。我承认，这是个重要元素。不过，在乔叟和他之前的时代里，实际上没有什么可以阅读的文学是用散文写作的，而是用韵文。鉴于这三位作家的兴趣所在，以及他们叙事的复杂性和恰当形式，他们显然为早期小说家提供了榜样。我们讨论的词语不是元小说，而是元虚构[①]。而且，永远不要忽视另一个事实：小说家会从任何地方、任何人那里，在任何时间偷师学艺。文学世界里的贼喜鹊，就是小说家。

而后，当我们看到“第一批”小说时，就不再少见多怪，它们早已是高度自觉和自反的了。有人几乎会说它们已经后现代了，如果他想挨揍。当然他不想。这里的要点是我们倾向于认为自我指涉的写作是后来才出现的，不过就小说而言，这可能是错误的。第一部元虚构的小说是什么？《堂吉诃德》（1605）。同样，就它出现的时间而言，它也差不多算是第一部小说。在英语文学中，元小说至少早在《项狄传》中（1759－1769）就出现了。这两部作品都充满了玩笑、无厘头的文字游戏——双关、颠覆预设、“空白页”这样类似印刷失误的精心设计等等，塞万提斯或斯特恩用所能想到的一切处理这种新形式，而且显然他们没把这形式太当真。塞缪尔·理查森的《帕梅拉》墨迹未干，亨利·菲尔丁——对，就是写《汤姆·琼斯》的那个人——就已经写出了戏仿之作《沙米拉》。在某些方面，小说的初创期很像狂野的西部：规则很少，出格行为很多。部分原因在于，小说家还没有任何模板来确定小说应该遵守的规矩。在传统尚未形成之前，并不存在对传统的尊重。那些早期小说家可以随

①元虚构（metafiction）中 fiction 可做“小说”解，也泛指虚构作品。英文一般不用 metanovel 一词指代“元小说”。

心所欲地创作，而且他们也的确这么做了。

只是到了后来，小说写作才被规范。我在前文说过维多利亚时代小说出版的详情。这里我们感兴趣的是那些写作实践——连载发表、大量读者、线性叙事、广泛背景——告诉了我们叙事本身的情况。总的来说，它们暗示了小说在规范化：它们在结构上越来越相似，而且由于哲学上及商业方面的原因，它们不像别的时代那么具有实验性。维多利亚后期小说开始追求写实，这不仅意味着它们追求精确地描述世界，而且以近乎于宗教的热忱付出成体系的努力，去创建现实的幻觉。或许还不仅仅是“近乎”。小说家想让读者投入小说的怀抱，就像进到朋友的生活（读者也确实经常会思念那些角色，他们和这些角色一起生活好几个月，就像是自己的知心朋友或不共戴天的仇人）。无论如何，如果你的世界观、经济原则和出版实践协力促成现实主义小说是能想见的最高形式，你就几乎不可能花很多时间呼吁关注形式上的技巧。这并不是缺陷。作为读者，当你和德伯家的苔丝一起躺在巨石阵的一块石板上，等着被警察带走时，难道你愿意被人提醒，这只是在玩形式？我想你不会愿意。

这是否意味着哈代没有注意到，他一坐几个月，写了五百页左右的手稿，其实是在制造一个人造品？当然不会。不过，这也确实意味着，哈代没有选择去强调这本小说是个人造品。在批评界，这种强调被称为“置于显著地位”，它意味着作品的某一方面被放到前景，以引起特别关注。而绝大多数现实主义作家倾向于将故事放在前景，而让人为的自我意识这些乱七八糟的东西退到后台。退到很深很深的背景里。

有一种倾向，要将所有这种元虚构当作“后现代主义”（这个术语如此模糊，几乎完全没有价值），当作某个历史时刻的一个功能性标签，这个时刻大概就是作者黔驴技穷之时。而事实上，似乎的确出现过这样的险境。就在加斯这本著作出版的那段时间，出现了很多“小说已死”的论调。1967 年，约翰·巴斯在《大西洋月刊》发表了著名的评论《文学的枯竭》，在文章中，他认为，小说已穷尽了它的可能性，这一形式所能做的也许都已做完了。然而，仅仅十四年后，他又发表了一篇与之相伴的评论《文学的复原》，宣告那个病人奇迹般康复了，那个叙事上的肺炎不过是流了点鼻涕罢了。太让人宽慰了！

然而，小说探究自己的基础和实践、即便一直宣称自己真实却又怀疑自己真实性的这一趋势，从一开始就存在了，有时甚至在最现实主义的小说中出现。你还记得福尔斯的飞翔吗？第十三章，对吧？那好，他不是第一个。还有另一部小说，也使用了维多利亚时代的形式，在叙事的中途，作者停了下来，在题为“本章里，故事略停”的一章中，亮出了她的小说写作理论，并谈论了作为一个小说家她所能知道的东西的局限。这是第十七章，不是福尔斯那“不祥”的第十三章。那么，这位革新家是谁？安吉拉·卡特？简·斯迈利？不，她是那位伟大的后现代主义者乔治·艾略特，而此书是《亚当·比德》（1859）。好，如果艾略特这个现实主义者中的现实主义者，展现了这种自我指涉的元素，即使只有一点点，它也必然是种强烈的冲动，才会让她这么写。是，当然它是。为什么呢？

因为小说不是长在花园里的。它们是人造的事物，而它们的制造者，通过阅读大量其他小说，才获得写作的诀窍。你不可能读遍那些小说后，拿起鹅毛笔，却突然忘了你曾经读过一本小说。所以这里是（你知道轮到它出场了）**“拥挤书桌法则”**：当一个小说家坐下来开始写一部小说时，还有上千个其他作家与他共处一室。这还是最少的。甚至还有她从未读过的作家们也在场。但这真让人发疯，或至少令人极为头痛。

那么，这意味着什么？是啊，是啊，一个房间，很多同伴。不过用实在的话来说，这对作者意味着什么？意味着没有人是单纯的。你不可能坐下来就写一本小说，好像这世界不是早就满是小说似的。世界已经充满了小说，你的头脑里也同样如此。情况就是这样。对于这种有自觉意识的小说，我在课堂里听到过一种反应，认为那是一个噱头，一种人为的惺惺作态。我的学生是对的。确实是噱头。但是，你猜怎么着？那些忽视房间里所有其他作者的小说也是一个样子。假装天真或缺乏自觉同样是：做样子。

做样子并没错。作者都摆姿态，一直如此。叙述者并非严格意义上的作者？姿态。全知的、上帝一样的叙述者？当然也是姿态。我们阅读小说，像作者一样假装有些事物存在，假装知道那些并不完全真实的事情。自觉——或者缺乏自觉——只是假装之一。

不过，还有另一对需要实际考虑的因素：一，你不可能去做任何未被做过的事情；二，一切皆有可能。如果你知道，所有能做的事情都已经被做过了，你有两个选择。一是彻底结束，或至少永远不再尝试那张面纱下的任何事。我们可以认为，阿兰·罗伯－格里耶和写作所谓新小说的法国“反小说家”，走的是这条道路。这些人尝试打破小说的幻觉，拆解小说的常规形式——你知道的，去除情节、人物、叙述连续性、主题等等这些外部特征——并将叙述缩减为对事物的主观理解的一系列片断。这是罗伯－格里耶从未真正在英语阅读世界里引起关注的一个原因。那么，另一个选择呢？继续下去。写你自己的小说。你当然知道，以前已经有过像你那样的小说了。你当然不可能第一个跑到。这没什么。小说不是赛跑；你没必要去跑到第一名。事实上，没有人能完全确定跑赢是怎么回事。

在此，你依然有几个选择。你可以假装所有那些小说都没存在过，而尝试去写这样一部小说：它就像它自己世界上的一个窗口。杰罗姆·克林科维兹把这种装样子称为“透明”，指作者努力让小说的结构隐形，以便读者能够直接看到里面的内容。或者你也可以用一种克林科维兹称之为“不透明”的策略，呼唤人们关注小说的技巧。一部不透明的小说，它需要读者注意到这点，即便读者试图只关注故事。绝大多数现有的小说都在力求透明。但并非全部，即便所有我们认为是透明的小说也不是如此。你可以根据戏剧的情况来思考它。剧作家是不是假装观众没在那里，演员和道具都是“真的”，舞台拱幕仅仅只是一扇窗户？或者，她是不是打破“第四堵墙”，直接向观众致辞，和观众直接交流，提醒我们这只是一出戏？或者同时做着这两件事情？通常，莎士比亚会讲述他的故事，直接与我们交流，但每隔一段时间，他也会在戏里附带提到之前的戏，插入对编剧艺术的讨论。对小说作者来说，也是如此。时不时地，他们就会让你大吃一惊。

是否某个方式比另一个更好？是的，对具体作家的具体作品来说，合适的那个当然更好。那么我是否对两者有所偏爱？这就好像在问我更喜欢馅饼还是蛋糕。它们为什么必须相互排斥？我希望狄更斯、哈代或者劳伦斯继续他们的写实风格。如果我喜欢的悬疑作家突然都去写元小说了，岂不让人抓狂。但是我想要福尔斯成为一个元小说家，还有卡尔维诺、巴斯、B.S.约翰逊、朱利安·巴恩斯、安吉拉·卡特。

然后，来说一说那些奥布莱恩们吧。过去的一个（或事实上是所有）世纪里，有三位好的小说家都姓奥布莱恩。艾德娜，这姑娘来自一个压抑的爱尔兰村庄，长大后打破了围绕着爱尔兰女性作家的所有传统习俗，她彻底地坚持透明写作。她讲故事的方式要求读者沉浸其中，直到结尾都不能走神。从 20 世纪 60 年代的《乡村女孩》三部曲，到更具实验性的作品如《夜》（1972），再到后期的社会政治小说《疏离至极之屋》（1994）和《森林中》，她的小说要么因主题而让读者反胃，要么从开始几页就把读者牢牢吸引住。在某种程度上，艾德娜·奥布莱恩是在无主之地上工作；当她开始时，她想写的那类小说很少有（如果有的话）范例可以学习。不过，无论如何，那种自我意识强烈的叙述方法从来不是她的风格。即便在《夜》里，她和詹姆斯·乔伊斯的幽灵扭作一团——这部小说是对《尤利西斯》“潘内洛佩”一章主题的重写，是一名女性在夜里一次漫长而凌乱的冥想，回顾她迄今为止的所有生活——她对《尤利西斯》也只有极小的认同。美国小说家蒂姆·奥布莱恩，在叙述直接性和一定程度的自我反思之间取得了平衡。这一点在他的越战小说《追寻卡西艾托》（1978）和《士兵的重负》（1990）中更为突出。要写战争小说，海明威一定会站在你身旁，假装他不存在是愚蠢的。但蒂姆·奥布莱恩将《爱丽丝漫游奇境》这种童话小说的素材和他的海明威气息混合在一起，让我们沉浸在战争的体验中。他的小说是混酿精品。然后，还有弗兰·奥布莱恩，之前我说过，他其实并不姓奥布莱恩，他出生后叫布莱恩·奥诺兰，后来他从第一部小说《双鸟渡》起用了这个笔名。《双鸟渡》是爱尔兰学生腔小说、美国西部小说和爱尔兰史诗（大部分来自关于芬·

麦克库尔和疯狂国王斯韦尼[①] 的神话传说）的大拼盘，它非常有趣，有时让人有点迷惑。在这部小说套着小说再套着小说的三层结构里，《双鸟渡》有三个开头和三个结尾。里面有一个角色是小说家，他被他创造的角色造了反，最后成了他们的俘虏（他们给他下了药，所以他没办法令他们陷入更多的困境）；有一个角色是巨人，或者说是魔鬼，他控制了小说里小说家的后裔（儿子），以及他笔下的一个人物。现在，就有了一个我们很少见的乱伦形式。总算完了。他的其他小说，尤其是《第三个警察》（1967）和《可怜的嘴》（1941，1973 年翻译成英文），对小说的形式进行了类似的破坏；这一文类到现在还没有完全恢复过来。

我刚才所说的是否已经囊括了元小说和非元小说的全部领域？也许没有。总是有人能指出一点不同的东西，同时每个作家也都有不同的策略。不过这三个奥布莱恩大致告诉了我们小说能做什么。另外，他们用各自完全不同的手法写作，都非常了不起。只读姓奥布莱恩的作家写的小说，是一条不错的阅读策略。

当然，我们也许不想要一份用作家名字限定的阅读清单。元虚构小说到底什么样？嗯，它有很多种样子。

部分是对经典故事的重写：

- 约翰 · 巴斯的《烟草经纪人》（1960，18 世纪同名诗歌）
- 瓦莱丽 · 马丁的《致命化身》（1990，《化身博士》）
- 约翰 · 加德纳的《格伦德尔》（1971，《贝奥武甫》）
- 朱利安 · 巴恩斯的《福楼拜的鹦鹉》（1984，《一颗质朴的心》

①芬 · 麦克库尔是北爱尔兰传说中的大力巨人。疯狂国王是苏格兰传说中的人物，据说战场的噪声使他发疯，像鸟儿一样长出羽毛，飞走了。

和《包法利夫人》)

• 简·里斯的《藻海无边》(1966,《简·爱》)

• 简·斯迈利的《一千英亩》(1991,《李尔王》)和《山中十日》(2007,薄伽丘《十日谈》)

还有对早期或者其他形式的重构:

• 约翰·福尔斯的《法国中尉的女人》(1969,维多利亚小说),《想入非非》(1985年,18世纪原始文件汇编,在此是私人法律诉讼)

• 巴斯的《信》(1979,18世纪书信体小说),《水手大人的最后一次航行》(1991,《一千零一夜》)

• 艾丽丝·默多克的《独角兽》(1963,哥特式小说)

• 蒂姆·奥布莱恩的《追寻卡西艾托》(1978,海明威和《爱丽丝漫游奇境》——想一想其中的联系)

• T. C. 博伊尔的《水上音乐》(1982,18世纪冒险小说和流浪汉小说的混合体)

• 弗拉基米尔·纳博科夫的《微暗的火》(1962,叙事诗和诗歌注释)

有些是错综复杂的形式游戏,就像《项狄传》那样:

• 福尔斯的《巫术师》或《收藏家》。小说在互相冲突的叙事中,质疑叙事的可信度或真实性这一概念。

• 伊塔洛·卡尔维诺的《如果在冬夜,一个旅人》。小说里插入了许多不同风格小说的开篇,探索了流行小说的世界。或者像《看不见的城市》,其中,马可·波罗似乎来到了大可汗宫廷,清楚描述了他途经的神话般的、甚至是不可能的城市。又或者,就此可列上卡尔维诺的所有小说。

• 默多克的《黑王子》。就像福尔斯的《收藏家》一样，这部小说借小说主角的主要叙述和其他角色的评论，提供了对事件的不同认识和互相对立的说法，由此探索了主观感受。

它们有趣、令人困惑、着迷，有时候又令人恼怒，但总是鲜活而新颖。元小说的目的之一，就是庞德所说的“保持常新”，因为……

你能做任何事情。只要一个作者能想象到，她就能写下来。没有任何规则说，你只能做到这个高度，只能将真相展开到此，或只能出格这一点。

我们读者有时候太当真了。我认为必须给我们的作者一点自由。让他们胡闹、开玩笑、哄骗我们、给我们使绊子。小说不就是嬉戏吗？与所有那些非虚构体裁——曝光文章、宣传手册、布道文、演说词、实验报告、新闻报道、传记、历史，还有，对，文学论文——不同，小说摆脱现实的羁绊，给人愉悦，而想象力除了自身，没有任何束缚。最棒的是，它还邀请我们加入游戏。我们忘了我们需要自担风险。

也许，当这类作家式狂欢出现在我们的流行文化中时，我们很少会看不惯，其实，我们应该像对待兔八哥和达菲鸭那样，对安吉拉·卡特感到同样的愉悦。当作者玩这些元虚构游戏时，他们只是在邀请我们进入他们的世界一起游玩。至少从菲利普·锡德尼爵士开始，作者们就一直在告诉我们，文学的目的是教化和愉悦。关于小说的小说能够告诉很多关于我们自己的心理，我们对故事的期待，对了，也告诉我们小说的本质。再说了，它实在很有趣。

16

旧瓶装新酒

你一定见过这种事。这是公众阅读的事故现场，当头就是这样的问题：“你写作时用钢笔还是铅笔（或键盘等等）？”哪怕只是范围很小的读书会，你也会缩紧肩膀揪心坐下：什么时候会被问到那个可怕的问题？它是第一个还是第二个？整个过程中，它一直在客厅盘旋，这种紧张对普通人强度实在太大，几乎无法忍受。然后，作者感谢读者，感谢大家的认可，再接着就是问答环节了。好了，那个问题来了，作者忍不住发出几乎听不见的呻吟：“你从哪里获得的灵感？”

嗯，从我的脑袋里？以全体作者的名誉保证，我从未听说过这样的答复，不过你可以看到这种想法成形，然后推着往前，但又被某种更高的存在所遏制，只得不情不愿，偷偷溜回到俏皮话的地牢里。那问题如此天真、肤浅和愚蠢，听上去就像在问：“怎么你会拥有创造力，而其他人不能？”有时，它甚至听上去像在问：“你是不是脑子搭错线了？”然而，我认为，问题不止于此，尽管这些问题是一整套问题的一部分。对我来说，它看上去和创造力这个更大的问题有关：为什么是这个灵感，而不是那个？是什么让这个灵感比其他灵感更适合这部小说？是什么让你从这些素材而不是其他素材那里获取灵感？或甚至说，你如何决定从谁那里偷一手？这听来更顺耳一些，不是吗？但让我们面对事实吧：它们都只是同一个问题。我们这些不写小说的人，总是会对写小说的人好奇。他们到底是从哪里得到灵感的？总的来说，不去管素材的多样性，有一个共同答案。

四下观察。

在我定期教授的一门课程中，会讲到一些小说：一部以古老的英语史诗《贝奥武甫》为根源；另一部以作者在越南作战的经历为基础；还有一部取材于作者在印第安保留区的家庭生活；另外一部来自一次清晨的幻想，里面夹杂了关于维多利亚小说的大量知识；又一部是小说家遭遇非裔美国人历史后的产物；还有一部小说，确切地说，来自毒品产生的妄想，并混合了十分惊人且相当无用的博学。那么，那些作家到底从哪里得到灵感？任何地方。而且，尤其是一个特定地方。小说来自大量素材，其中最重要的总是个人体验。

所以，它们是自传性的？

不是。我是说，是的。我的意思是，你是什么意思？“自传性”是那种信息量过大而很可疑的术语之一。就像另外那个低级（并类似）的形式，影射小说（字面意思是“带钥匙的小说”，[1] 意味着小说里某些东西和真实的人物与事件大致有一一对应的关系）。“自传性”通常意味着某种“与我有关”的东西，潜藏在小说、诗歌或者其他任何体裁中。这通常是最糟糕的写作方式，或至少最缺乏想象

①“影射小说”一词由法语 roman à clef 直接被吸纳入英语词汇，字面意思是“带钥匙的小说”。

力，还极有可能引起诉讼。想想《穿普拉达的女魔头》吧，或那些半遮半掩的好莱坞式大曝光。这不完全是我脑海里对个人体验的定义，尽管它确实是个人体验的某个方面。

让我们回到我刚才提起过的那门课程。哪种人会去根据《贝奥武甫》写一部小说？会不会是个研究中世纪文学的学者？对，就是约翰·加德纳——作者，批评家，中世纪学者，杰出的创意写作老师，小说、哲学和神话学的研究者，纽约州巴塔维亚人。他的小说几乎囊括了他全部的兴趣。显然，《格伦德尔》（1971）来源于那部最早的英语文学作品，格伦德尔就是其中的怪兽，只有一个来自武士群体之外的英雄才能制服他。《弗雷迪之书》（1980）进一步运用了加德纳对中世纪的兴趣：这是一部故事套故事的小说；内层叙事是由书名中那个隐居巨人弗雷迪撰写的16世纪瑞典的英雄传奇。《阿伽通的残骸》（1970）则转向更为古老的资料，这部小说主要由一位古代哲学家和弟子的对话构成。还有《伊阿宋与美狄亚》（1973），它用韵文重写了阿耳戈船英雄以及一位被亏待的妻子向不忠伴侣的复仇的故事。纽约州西部那些衰退的工业老区也出现在加德纳的几部长篇及多部短篇小说中，最著名的例子是《阳光对话》（1972），小说讲述了两个男人的一次邂逅，一个是坏脾气警长，来自虚构的巴塔维亚，另一个是魔术师/疯子/天才/天生的哲学家，被称作“阳光男人”。他们那有时显得很荒诞的对话囊括了伦理、宗教、当代社会、自由、公正、政府等多个领域，以及此外八百多页所能容纳的其他事情。“XX对话”几乎可以是每一部加德纳小说的书名。他的人物爱争论、喜欢思考，非一般的博学多闻。例如《格伦德尔》的每一章都利用了一种哲学形式，这是源文本中的人物不可能了解的；而恩费斯是大约一千两百年前的一个“爱发牢骚的存在主义者”

（加德纳的用词）。在《十月之光》（1976）这部让他赢得国家图书奖的作品中，一个上了年纪的农夫和他的姐姐隔着门进行了一番没完没了的对话，或者说是争论，或者也可以说是边境战争，要么是他把她关在门后，要么是她将自己反锁在里面（其行为或至少说动机暧昧不明）。在加德纳的最后一部小说《米克尔森的鬼魂》（1982）中，主人公是个哲学家，他的许多对话对象都是那些既不在那里也不可能在那里的人。小说不一定经得起业内哲学家的“考核”，但它以小说为媒介，跟生与死这个大问题较劲。而它确实全面例证了加德纳长久以来一直关注的那个话题。

那么，这一切从哪里来？个人体验。这种体验可以有很多形式：阅读、社会观察、历史、神话、痴迷和关注、家庭事件、个人的失败与成功，还有很多。

毫无疑问，发现文学作品来自文学素材，肯定让你大吃一惊。哇！作者会阅读其他作者——多棒的想法！但这现象并不像它看上去那么令人高兴。当下世界充斥着这样的小说：它们利用、扩展、重新创造，而且通常是残害着可怜的简·奥斯丁。我不觉得我们需要一部小说讲述达西先生表亲的女管家的爱情故事，但我相当确定，我有一天在书店里见到过这样一本书。某人，常常是某个法人，总想着要为《绿野仙踪》《飘》《傲慢与偏见》这样的畅销读物出续集。而且毫无疑问，这样的作品会有一定的读者。但我在这里真正考虑的，是对一部作品富有想象力的重新考察，而不是对它们的商业开发。

而且，那些文学素材也不必然就是小说。简·斯迈利在《一千英亩》中借用了《李尔王》，也在《山中十日》里借用了《十日谈》。当然，要欣赏这些小说，并不非得知道莎士比亚或薄伽丘。在《一千英亩》中，被划分的王国不是英格兰，而是爱荷华州的一个农场；小说所牵涉到的问题不属于伊丽莎白时代，而是属于当下；由围绕着那一决定带来的敌对和荒凉，绝不亚于李尔王的境遇。她延续了《李尔王》中的很多主题和问题——性别角色、姊妹间的对抗、世代与遗产、真情与假意等等，但是她将它们带到了自己的时代，还添加了新的内容和层次。在《山中十日》里，她遵循了薄伽丘那部伟大作品在标题中提及的形式：十人，十天，以及差不多每天十个故事。但她的十人团体男女对半，而不像薄伽丘那样七女三男，而且他们要逃避的也不是瘟疫，而是伊拉克战争的爆发，但是，从概念上来说，这本书就像是那本著名的小说先驱的继承者。书中有各种类型的故事，通过这些故事，人物揭示了自己的面目，有时候甚至比他们原本的意图还要全面。此书猥亵而情色，可能要比原型更为露骨。这些人就像他们在《十日谈》里的前身，是拥有特权的个人，而那群山不在佛罗伦萨而在好莱坞，绝大多数参与者都以这样或那样的方式跟电影业有关。因为在当下社会，真正的贵族已不存在，斯迈利便设法换成了名流。《十日谈》自问世以后一直在启发其他作品，其中最著名的就是《坎特伯雷故事集》，这部作品是杰弗雷·乔叟在薄伽丘去世快九年时出版的。斯迈利从这种关联中得到了什么？首先，是某种共鸣，一种意识，即认识到其他人已经利用过这一手段，即由小说人物来讲故事，探索人类存在的神秘与苦难；其次，可以允许通过跟随这样一群经济优裕、自我中心，而且让我们大胆认定为浅薄的人来构成一部长篇小说。无论何时读者想去抗议人物乏味或无趣，那好，薄伽丘或乔叟的那些人物不也这样吗？不过，最主要的，我认为她获得了一种现成的结构。这其实是个模板，将一群多嘴多舌的人凑在一起，看看会发生什么，而这一模板早在

1371年左右就出现了。对任何人来说，它的谱系都足够悠久。

有些作者通过剽窃更古老的素材取得了成就，即便有时候素材并没有那么古老。我脑子里突然冒出J. M. 库切。有时候，小说与原素材的关联差不多就是那个书名，比如《等待野蛮人》（1980），书名取自出生在埃及亚历山大的诗人C. P. 卡瓦菲斯[①]的一首诗的题目，诗中的标志性诗句是："因为已经是夜晚，而野蛮人还没有来。"在库切作品里，野蛮人不是"文明"世界以外的未开化人类，而是内在于帝国和"文明"中的暴力。是它们犯下了暴力、谋杀、残害这些罪行，愚弄牺牲者，压制所有异见或仁慈行为，并积极参与种族灭绝的战役。库切颠覆了卡瓦菲斯：野蛮人不仅来了，而且一直都在这里。在《伊丽莎白·科斯特洛：八堂课》中，主人公在年轻时代写了一本小说，名叫《爱可尔斯街的房子》，这本小说从摩莉·布卢姆的角度，重新构想了乔伊斯的《尤利西斯》。

小说后面的章节也自如地运用了卡夫卡的作品，回到库切曾在《迈克尔·K的生活和时代》（1983）里广泛使用过的那种资源。任何人，哪怕只了解一点点卡夫卡，都会非常熟悉他对字母K的嗜好，这个K和他笔下那些烦恼的主人公有关，尤其是《审判》中的约瑟夫·K。很明显，库切在一场后现代的互文游戏里狂欢，但他并没有轻率或随意地使用它们；他的游戏存在条理性和严肃感。世上可能没有一个地方比种族隔离的南非更适合称为拥有卡夫卡风格了，因为它有着专横的规矩和刑罚、全方位的压迫以及野蛮和残暴。通过描摹一个反乌托邦的故事，库切让这种氛围更为浓烈，在那里，内战和集中营代替了种族隔离，构成了反人性的统治方式。迈克尔·K

① C. P. 卡瓦菲斯（1863—1933），希腊最重要的现代诗人。下文引用的诗即《等待野蛮人》。

是生物学的受害者，有点智障，还长着兔唇。他将母亲的骨灰送回她的出生地的旅程中充满了危险和敌意，包括遭到一个士兵的抢劫。他寻找的地方看似庇护所，但他最终被人发现，并因为涉嫌协助起义者而遭逮捕，虽然他从来没有碰到过那些起义者——完全卡夫卡式的一刻。整个叙事充满了对卡夫卡的指涉，包括一个打给“城堡”的电话，但是叙事和伦理力量都是库切的，因为迈克尔最终逃走了，问题得到了解决。人物竟被赋予一种能带来满足的启示，这在卡夫卡作品中几乎不太能见到——我想不出任何例子。利用前文本，突出社会评价或伦理思考，这正是典型的库切作品。他并不是他人意图的奴隶。

那么他还能做什么？将女性视角引入英语文学中最著名的男性叙事《鲁滨孙漂流记》又如何？他的《福》抛出一个女性角色苏珊·巴顿，扑通掉在鲁滨孙的岛上，在那里，她发现情形并不完全像丹尼尔·笛福（也就是书名里的那个“福”）所说的那样。星期五显然是非洲人，而不是原著中那个接近于欧洲人的土著；他不会说话，因为他的舌头被割掉了，尽管没有言明这恐怖事儿是谁干的；鲁滨索（这个名字自始至终被故意写错）死在归航途中，只因为苏珊不断缠着书名里的作者“福”，他的故事才被讲述出来，尽管讲述中有诸多扭曲。不用说，小说将一个冒险奇闻，变成了对种族、性别和殖民主义后果的思考，这些话题，快乐的笛福根本没有意识到。他的创作源泉也引起了我们的关注。笛福很典型，他的故事有真实生活原型，他从许多女罪犯的生活中取材，其中可能包括臭名昭著的玛丽·卡尔顿，她在肆无忌惮的犯罪期间出版过一本自传。和死于绞刑架上的卡尔顿不同，笛福笔下的摩尔·弗兰德斯幡然悔悟并被流放了，尽管她那悔不当初要改过一新的说辞并不让人信服，也不像关于她恶行的故事那么吸引人。而为了创造鲁滨孙，笛福取材自他那个时代最著名的漂流者亚历山大·塞尔柯克，此人获救前在一座荒岛上待了四年，他的故事出现在各种虚构的“自传性”叙述中，也出现在与著名记者理查德·斯蒂尔的访谈中。那么，这样一个已经重新改写过许多素材的作家，还有谁会比他更适合成为新小说取材的形象呢？

好了，总之，小说家会借鉴其他叙事。我们已经了解这一点了。素材包括小说、回忆录、信件以及各种类型的故事。已确认。有时那些叙事真的很古老，比写作还古老，比任何事物都古老。美国小说家约翰·巴斯曾表示过，他会到处借鉴，但他更喜欢借鉴《一千零一夜》。为什么不呢？不管什么情形，它都给你备了一款故事。再说，对巴斯来说，真正有趣的故事是山鲁佐德本人“为自己的生命而讲述”的故事，在他看来，她就是“原型小说家”，是那种被环境或命运所迫而不停编撰故事的人。小说家的好榜样。在《客迈拉》（1972）中，巴斯将他的睡前故事王、天才女主角山鲁佐德和她的妹妹敦亚佐德，还有希腊神话中的珀尔修斯和柏勒罗丰编排在一起，另外又创造了一个声称代表小说家本人的妖怪（或者“德让”）。在《水手大人的最后一次航行》中，我们很肯定谁会出场。果然，当那个当代人物西蒙·贝尔勒从船上掉入斯里兰卡海岸以后，不知怎么的，他醒过来，发现自己困在古代巴格达，不得不与水手辛巴达比赛讲故事，他杜撰各种奇闻逸谈，讲得还不赖。巴斯总是着迷于其他讲故事的人和早期的文学，那种痴迷将他带回那些伟大的故事，又从那里回到伟大的神话。这就是关键处：这是巴斯的个人体验。他就像他自己的一对双胞胎：一个生活在马里兰，一个在做水手；一个教着英语，一个在与出版人和编辑打交道。所有这些都参与定义了他，他的阅读、他的痴迷和投入也是如此。

当巴斯遇到这些故事时，他必然会和它们玩一番后现代游戏，但那并非这类写作的唯一路径。乔伊斯在《尤利西斯》中化用了《奥德赛》和希腊神祇，在《芬尼根的守灵夜》里化用了芬恩·麦克库尔和其他——很多很多——神话人物。D. H. 劳伦斯从他到过的一切地方借来神话形象，最著名的也许是《羽蛇》中的墨西哥羽蛇神。在现代主义作家描绘现代冲突的故事中，他们经常会回到古代神话，把它们作为结构原则。不过劳伦斯和乔伊斯还有一位同代作家，让神话变得非常有趣。那是一个希腊人。那个希腊人。你怎么会不喜欢一个叫左巴的人呢？还记得左巴，对吧？安东尼·奎恩把他演得有点过了，是吧？不过，在它成为奎恩的电影（实际上，它是迈克尔·柯杨尼斯的电影，不过，谁会记得他呢？）之前，它是尼科斯·卡赞扎基斯的小说。卡赞扎基斯花了几十年时间写成长篇史诗《奥德修记：现代续篇》。他活着的时候已声名狼藉，多年以后，马丁·斯科塞斯将他的小说改编成电影《基督最后的诱惑》，他名声更差了，尽管小说原名只是《最后的诱惑》。卡赞扎基斯写了关于圣方济各和亚历山大大帝的小说，还写了《希腊激情》，这部小说描写了一场失控的激情游戏，基督不可避免地再次受难。所以，他对循环利用神话非常熟悉。然而，为他赢得盛誉和爱戴的，无疑是《希腊人左巴》。稍等，你是说——神话成分最少的那本？是的，如果你的意思是指表面故事。不过，亚历克西斯·左巴可不是个普通人。他充满激情和欲望，饮酒乱性，寻欢作乐，拥有黑暗的能量和深入挖掘的能力。换句话说，他就是酒神狄奥尼索斯。而那个无名叙述者强调思想，本能地躲避性欲和身体，充满书卷气，看上去就是个纯粹的阿波罗式人物。这与弗里德里希·尼采所说的二元对立相应，这是我们的第一反应——也是卡赞扎基斯想到的。左巴代表了这一对立中更有活力的另一半。左巴与酒精联系在一起，当然更通常是跟丰收有关，也跟音乐和舞蹈相连，但是，他同样跟深层的驱动和冲动联系在一起，尤其像欲望和愤怒那类难以驯服的力量。他善于跟女人相处，这让我们想起狄奥尼索斯也有一帮狂热崇拜他的狂野女性，即那些酒神的女祭司，她们在森林的暗处举行纵欲仪式，还在那里饮酒、跳舞、屠宰动物并生吞活剥。真的，黑暗的欲望。

狄奥尼索斯是奥林匹亚众神中最让人忧虑的一个，部分原因是他的专长，他让葡萄果实累累并教人酿成美酒，而两者的消极后果使他既神秘又可怕。如果葡萄或橄榄歉收，一个群落就会面临灭绝的危险。我们通常将古希腊的顶峰标志认定为戏剧，它从原始的狂热仪式（跳舞和唱诵）演变而来，而这正是为了安抚狄奥尼索斯，满足他，赞颂他。在那时，剧场前排总是会为他保留一个座位，而表演之前，通常会有向他致敬的祭牲仪式。和其他众神不同，对他的描画不是直接展示他的外形，而是云中影影绰绰的一张脸庞或身形。当然，没人能为神本尊写一部好小说，是吧？因此，卡赞扎基斯给了我们左巴，他既是神的代表，也有一个鲜明的人物形象：一个没上过学的工人，热爱大地和大地带来的愉悦，他的天赋就是生活着。

如果一个来自俄亥俄农场的孩子写了这样一个故事，可能会显得有点刻意。对此，我大概有点发言权。但是卡赞扎基斯成长和生活的世界浸润着古希腊及其神灵的点点滴滴。他是个学者，翻译过哲学和经典著作，也了解过不同的宗教传统。他的狄奥尼索斯形象归功于尼采，也归功于古老传统。小说叙述者曾写过一本关于佛陀的书，这不是无心之笔，因为佛陀的教导总是指引人们远离身体和欲望。这是否意味着卡赞扎基斯“信仰”古代的神话？并非如此直白，不过他确实将它们放在了一个更广阔的智慧传统中，提醒读者，救赎（这是左巴最喜爱的话题之一）并不只靠灵魂和意念，也依赖于胃、性器官和身体。这是左巴 / 狄奥尼索斯给我们上的一课，也是卡赞扎基斯本人通过对世界的直接个人体验得到的教训。

不错，这是个人体验的一个类型，但可能不是最显著的。更普遍的情况是作者通过观察当下的社会生活、历史以及自身的生活，来吸取素材。我们会在另一章里谈谈历史，它值得单辟一章来讨论。那么其余的呢？就有一种做法，即头版头条素材学派。当然，这大体上是挺跌份的一种做法，因为很多糟糕的书和电影为了轰动效应，不加掩饰地追逐正在发生的事件。也许，更好的办法是把这种从新闻报道背后的故事里汲取素材的创作，当作一个小说类型。菲茨杰拉德的大部分作品都可以归入此类。虽然司各特和泽尔达[①] 的婚姻经常会被当小说来读——可悲的是，这故事由一位不知道何谓界限和得体的小说家创造——虽然这位真正的小说家的确会利用个人事件和境遇，但真正让他的小说获得成功的，是他观察当时社会状况的能力。《了不起的盖茨比》不是个人自传，但又的确取材于他遇见的以及那些公认代表了20世纪20年代的真实人物。《夜色温柔》(1934)得到了默菲夫妇杰拉尔德和萨拉的慷慨帮助，而且，他们显然为书中人物迪克和尼科尔·戴弗夫妇提供了原型；有一些也参照了司各特和泽尔达，主要是对那个辉煌时代惨淡境遇的描绘；还有相当多内容是来自作者对那个时代的体验。菲茨杰拉德能够非常细致地观察他的世界，即便是在喝醉之时；而且还能将自己的缺陷和失败融入

①即菲茨杰拉德夫妇。

故事的设计，这一切都是他艺术创造力的有力证明。而他著述甚少，又证明他深深陷入了那个他如此精确批判过的世界。

大多数伟大作家都是社会生活的敏锐观察家。马克·吐温可能说过，任何没有简·奥斯丁作品的图书馆——即便它别无他书——都是一个好图书馆，然而，他和奥斯丁却共有一些——当然，也许只是很少几种——重要才能。其中最重要的一项就是看清社会问题的能力。多有趣。我很肯定，马克·吐温对连体双胞胎的了解极其有限，但是，他对奴隶制和种族主义却体验甚多。当他开始创作《奇异双胞胎》（这本小说后来被归类为“荒诞故事”）时，他并没什么计划，只是想讲个荒诞不经的故事，初衷来自他在欧洲旅行时看到的一对意大利连体双胞胎。然而，写作过程中，原来的计划消散了，新的角色劫持了故事。为什么会这样？因为对马克·吐温来说，虽然他充满幻想，但说到底是一个现实主义者。当他审视这个现实世界、无情解剖它的缺陷时，才最为游刃有余。他就这样从容地讲述了两个婴儿被调包并造成可怕后果的故事。奴隶的婴儿被误认为是白人的孩子，进了白人世界，但金钱和特权教他变得残忍自私，最终犯下抢劫和谋杀之罪。而那个白人婴儿所成长的处境让他变得正直勤劳，但他不识字，说着一口南方奴隶的土话；到最后，他虽然回到了他该在的地方，却永远无法融入。在一部接一部的小说中，马克·吐温批评着19世纪美国的虚荣和伪善。

那么奥斯丁又怎样呢？有一次，吐温在写给约瑟夫·推切尔的一封信中说“每次我读《傲慢与偏见》，都想把她再挖出来，用她自己的腿骨对着她的骷髅头乱揍一通”，但他更应视奥斯丁为同道。她也批判她那个时代的虚荣与伪善，只是方式和吐温的不太一样。她也在人类的愚昧中发现了巨大的笑料，无论是爱玛·伍德豪斯瞎作主张的大包大揽，还是贝内特家的女人们乱成一团的罗曼蒂克，以及周边人物身上的势利和阶层意识。也许可以猜想吐温应该会对《傲慢与偏见》产生某些共鸣，因为它塑造了柯林斯先生这一形象，这是个傲气十足又到处攀关系的牧师表亲。他可能不是吐温笔下的“公爵”和“国王”[①]，但也差不离。

两个作者都是他们时代的出色观察者，都对浮华、做作和上流社会的口是心非进行了毫不留情的批评。事实上，大部分伟大小说家都善于捕捉社会生活的生动细节。但事先提醒一句：结果可能大不相同。在《一个改变了的人》（2005）中，弗朗辛·普罗斯描写了一个摆脱了孤立无援状况的白人至上主义者。一个年轻的光头党突然出现在一个由大屠杀幸存者管理的人权组织的办公室里，导致了各党派团体的一系列恐慌和密谋。约翰·厄普代克擅长捕捉历史性时刻，在兔子系列中，兔子安斯特洛姆的生活经历了20世纪下半叶发生的各种变化；而《夫妇们》（1968）和《一个月的星期天》（1975）这样的小说非常细致地剖析了历史性时刻的阴暗面。在表现得更为严肃冷静的层面上，约翰·斯坦贝克擅长捕捉20世纪上半叶美国人在精神与肉体上的无根状态，并主要表现在以下作品中：《人鼠之间》（1937）、《罐头工厂街》（1945）、《伊甸园之东》（1952）以及最著名的《愤怒的葡萄》（1939）。在他的大部分小说中，对历史性时刻的捕捉都带有新闻报道的质感，事实上，《愤怒的葡萄》就是在一系列报纸文章的基础上渐渐成型的，其中，斯坦贝克描绘了移民为了逃避俄克拉荷马沙尘暴，来加利福尼亚寻找更好的生活，但常常事与愿违的情形。是自传吗？不是。来自经验？绝对是。他将自己

① 《哈克贝利·费恩历险记》中欺骗并陷害了哈克与吉姆的坏人。

的大部分体验倾注到小说中：大量的观察、对俄佬[1]境遇的义愤、左派政治信念、对有产阶级的敌意、坚韧和温柔、乐观和某种近似绝望的情绪。小说中几乎每个行动都被证明是徒劳的，但他还是给了一个充满希望的结尾：沙仑玫瑰失去了尚未出生的婴儿，但她用乳汁喂养了一个快饿死的男人；因谋杀指控而逃亡的汤姆·乔德，则向他的母亲许下了著名的誓言：要永远为那些受欺凌受压迫的人们而战。《伊甸园之东》更为个人化，即便这个故事不是“他的”故事，不是他的自传，但是他将它当作对年轻儿辈的致辞。互相争斗的儿子，与圣经的对应，善恶之间的斗争——某种程度上说，这是最纯粹的斯坦贝克。就像他的绝大多数小说一样，这部作品充满个人性，又非常吸引人，部分原因就在于，他对地方（即位于加利福尼亚中心的萨利纳斯山谷和蒙特雷）充满着绝对的忠诚，它们栖居在他的生命中，正如他栖居在它们之中。

那么，还有谁？几乎每个人。D. H. 劳伦斯从诺丁汉郡到伦敦、到蒂罗尔、到意大利、到新旧墨西哥，他的作品跟随着他的足迹。他的人物经历了他的许多体验；他的妻子弗里达有一次用粗陶餐盘把他打昏了，这一事件被写进了《恋爱中的女人》（1920），其中有赫麦妮·罗迪斯用一块青金石打昏了卢伯特·伯金的情节。劳伦斯早年的个人经历和爱情烦恼，构成了他惊世骇俗的小说《儿子与情人》（1913）的基础。在《一个青年艺术家的肖像》（1915）中，乔伊斯采用了自己童年和青少年时期的大量生活素材。海明威呢？斗牛，钓鱼，战争，个人的骚动，不安和焦虑中混杂的坚强与温柔。还有别的，但也不多。狄更斯呢？他至少一半的小说都或多或少写

①即俄克拉荷马州当地民众。

到了债务人监狱，查尔斯十二岁时，他父亲曾被关进那里；他自己也在那时去了鞋店当学徒，他一直没从这两件事中恢复过来。在卡夫卡身后出版的《审判》和《城堡》，表现了他经历过的事情吗？没有，但他无疑是在一个极端的个人层面上，领悟过小说所描写的那种异化和厌弃，以及存在的荒谬感。那么凯鲁亚克和垮掉派作家又如何？凯鲁亚克的很多作品看上去就是他体验的直接记录。我们知道，大部分他自己道出的神话——他用一部打字机和一卷 120 英尺长的打印纸完成了《在路上》的初稿；单纯的、即兴的叙述姿态；一种原生态的报道感——都是精心打造的谎言，我们也知道，事实上，他小说的成效是付出相当多努力的结果，或者至少在他自己开始相信那些神话以前是这样，但是，我们喜欢神叨叨的他。而且你也不能否认，那些故事来自他的个人体验：他和尼尔·卡萨迪开着越野车狂奔，寻找尽可能多的让他们陶醉其中的生活（《在路上》，1957），他和加里·斯奈德隐居山间（《达摩流浪者》，1958），他将他与朋友们的冒险，用作他小说的主题，有时候除了将人名做小小改变外，只是对原型人物稍作改动就变成了他笔下的角色。

好吧，好吧，你已经明白了。那么对读者来说，这意味着什么？我们如何处理这个信息？

写作来自体验，这一点不容置疑。好吧，你猜怎么着？阅读也是如此。只是它们并非同一种体验。很幸运，你不必生活在萨利纳斯山谷或者 1920 年的巴黎，也无须在 20 世纪 40 年代后期穿越堪萨斯，或读过相同的古代史诗，更不需要任何与小说内容相关的特定经验。这里是我们读者和作者可以相遇之处。不管故事源于何处，对读者来说，最终，重要的是感觉到*这件事是真的*，是可靠的真货。它虽昙花一现，但我们感觉到只要伸出手，就能触摸到它。这将我们引向了……

“小说悖论法则”：小说出自强烈的个人痴迷，但作者随后一定要敞开这一痴迷，让读者读到。它们必须得从自传甚至日记中脱身，成为公共话语。它们一定要让我们去关注某些我们也许从未想过的事情，而又让它看上去就像我们自己的念头。我们是否关心或甚至我们有没有听说过乔治·艾达尔吉案件中的不公？一直到朱利安·巴恩斯的《亚瑟与乔治》出版，我们才注意到此事，我们被这本书迷住，感到震惊、义愤，并最终感到满意。这是小说众多悖论中的一个。你能描写你的明星，但你一定要让他成为我们的明星。你能使用旧材料，但旧瓶得装新酒。

还有一件相关事务：即使我们承认，虚构的叙事显然是假的，但我们仍然会当真。真的，我们知道故事是编的。只要我们去追问，所有最好的作者都会告诉我们，那是编造的。你甚至没必要去问马克·吐温；因为他早就说过，他是个职业骗子。然而他也是个专业讲真话的人。在所有的谎言、编造的故事和出格的玩笑中，他发现了真正重要的东西。偏执。伪善。忠诚。德行。他发现了很多。而且，我们也知道它们重要，因为读他的作品就是感觉对路——奇怪的诚实。小说既是仿制品，也是真货。好吧，兄弟，让我们这么说，你可以告诉我们假话，但你最好不要假装说它是真的。

课间休息

用耳朵来阅读

你像个傻子一样，一直在使用眼睛。这不是你的错；你一直是那样被教导的。事实上，你已被那样训练了几百年，甚至几千年。自从印刷品成为知识传播的权威形式后，眼睛就占据了主导地位。回到那个年代，我们的老朋友斯诺格和昂克还围绕洞穴而坐，谈论怎样去捕猎乳齿象；或者那个年代，一百来个将会成为荷马的家伙漫步在地中海的黎凡特，给一屋子喝得醉醺醺的武士讲奥德修斯和阿喀琉斯，用闲闻逸事和听来的故事编造史诗，这时候，故事需要去“听”。但即便在那时候，这一形式也已末日将至。《伊利亚特》有两万一千行诗句，其中，确确实实有一次提到书写。但你知道吗，只要出现一次，就意味着书写并不是不存在。如果我们承认，这首诗在公元前八世纪实现了某种我们了解的形式，那么，大概两千八百年前，口头故事看起来就前景不妙了：以印刷为方向的坏蛋就要来了。好，这可能并未直接指向马歇尔·麦克卢汉所谓的“媒介革命”，但你懂我的意思了。

此外，就像乔伊斯让斯蒂芬·迪达勒斯提醒我们的那样，我们被“必然到来的视觉样式”困住了。这拗口的短语暗示了，除了说话者学了太多拉丁语之外，视觉化信息无从逃避，眼睛理解的东西控制了我们的意识。你很难跟他争辩。毕竟，他是乔伊斯。

不过，让我们假定你在读一本小说。这小说让你想起了你曾经读过的其他东西，它可能是也可能不是小说——新闻故事、古代史诗、新上映的电影、名人或恶棍的传记，还有，对，其他小说。你怎么会产生这样的联想？你看到了那些文字吗？或者应该说，你听到了某些听起来熟悉的东西吗？

诚然，绝大多数时间里，“听到”这个说法确实有点模糊，但不久，它会越来越清晰。这里可以说个例子——有两本书，一本你可能听说过，另一本你应该听说过。跟我的同代人一样，在发现约翰·多斯·帕索斯之前，我发现了E. L. 多克特罗。具体来说，就是发现了《拉格泰姆时代》(1975)，这部小说由三条交错的故事线和历史背景拼贴构成。三条情节线中，有两条线索的人物没有名字：只有父亲、母亲、母亲的弟弟、外祖父以及小男孩，他们都是居住在纽约新罗歇尔市的中产阶级白人家庭的成员；另外是爸爸、妈妈和小姑娘，他们是努力挣扎求存的犹太移民。主要人物中，只有那对黑人情侣，即一个名叫小科尔豪斯·沃克的拉格泰姆钢琴家和他的心上人莎拉人有其名。这三个故事纠缠在一起，走向一个既悲惨又令人振奋的结局，因为多克特罗足够敏锐，他认识到，关于美国，没什么故事能以一概全。这个地方既充满自由和机遇，也包庇种族主义和不平等待遇；它的移民既受到欢迎又遭到辱骂；在这里人们既能一夜致富，也能瞬间一文不名。这个讲述个人命运的故事，交织于20世纪初美国的一幅更大的图景中，从J. P. 摩根和亨利·福特，到伊芙琳·内斯比特、哈里·凯·索和建筑师斯坦福·怀特的悲剧三角恋，再到埃玛·戈德曼，到哈里·胡迪尼，到布克·T·华盛顿。这些历史人物不仅仅只是“真实的”故事上演的背景。相反，他们与虚构人物互动，和他们建立友谊，发展爱情，给他们提供帮助，或需要他们的帮助；给他们造成障碍，或需要他们的阻碍，他们发挥着官方的职能，也犯下了私人错误。

现在，来说说多斯·帕索斯，就像我在别的地方说过，他创作了“美国三部曲”，包括《北纬四十二度》(1930)、《一九一九年》(1932) 和《赚大钱》(1936)。小说里，故事的主线交织着名流和恶棍的传记碎片和从报纸（主要是《芝加哥论坛报》）头条里摘来的新闻短片，以及抓取了美国点点滴滴、被多斯·帕索斯称为成人意识的“相机之眼”式的速写。听起来很熟悉？好吧，你们比我聪明。我清楚地记得，第一次阅读《北纬四十二度》时，产生过两个反应：一，这小说不像我以前读过的任何作品；二，我看漏了什么。事实上，我读完整个三部曲时，没有看出它们的联系。在多斯·帕索斯作品惊人的独创性面前，虽然我始终有种有什么在回响的感觉，但没能在脑海里形成清晰的想法。直到多年后（在此期间，我曾讲授过一两次小说《拉格泰姆时代》和它的改编电影），我重新阅读了三部曲的第一部。大约读到一半，我恍然大悟，我知道这回音是什么了。多斯·帕索斯和多克特罗有相似点，我很确定。唯一的问题是，为什么那么久之后我才意识到这一点。尊敬的阁下，辩护恳求减轻罪行。首先，不能不考虑这点：多克特罗是个更出色的作家，特别善于运用角色来控制故事情节，即便他们因为没有名字而先天不足。而“美国三部曲”是一部立体派杰作，和打磨出来的叙事精品不太一样。多斯·帕索斯不太擅长对话，常常在工人阶级领导者式的英语中磕磕碰碰。其次，他后期作品的文字要比早期流畅得多。

多斯·帕索斯运用了“跳接”，这是电影这种新媒介的两种手法蒙太奇和新闻短片的特点；而多克特罗则相对更为流畅，就像小说里爸爸画的类似尼克罗顿频道[1]播放的动画片的“图画书”。最后，在《拉格泰姆时代》中，历史人物与故事主线交织得比“美国三部曲”更紧密。事实上，两本小说的魅力，部分来自它们与历史语境或远或近的距离，这种历史语境可能会带来亲近感。多斯·帕索斯抓住了他写作时这个国家的面貌，但只是将之作为麦克、简尼和其他虚构人物的故事背景。而另一方面，多克特罗是在事情发生很多年后才写这部小说的，当时名流都已故去，不再碍事，所以他能让伊芙琳·内斯比特和母亲的弟弟发生关系，而不用担心法律纠纷。嗨，不要笑；这些实际考虑背后是严峻的责任，不可忽视。

这里有一个相似的情况。你正坐在影院里观看《加勒比海盗Ⅲ：世界尽头》，而突然，你觉得在看意大利西部片。还记得那个场景吗？当时，情况看上去对海盗很不利，他们刚发现面前有一支比西班牙无敌舰队（事实上，“舰队”一词被反复使用）还要大一些的船队，而女主角伊丽莎白·斯万要求他们“连本带利赢回来”。突然，镜头被切换到穿越沙土的靴子上，它们显然是海盗的靴子，但这不再是一部海盗电影了。这种海边的沙子一反常态，是你所见过的最干燥的沙子。而沙子还千方百计要升格为尘沙。尘沙里的靴子意味着最后的一决胜负。好人与坏人的对决，就像《正午》里的加里·库珀，就像《关山飞渡》结尾的约翰·韦恩。嗯，也可以说是任何作品里的约翰·韦恩。但最重要的是，没有名字的人。电影史上，没人比塞尔吉奥·莱昂内更多地展现过大步穿越尘沙的靴子。他是我们该

①尼克罗顿频道是美国著名有线电视频道，主营儿童节目。“图画书”就是每页画一个动作，快速翻动就能形成动画效果的书。

在这里想起来的那个人。我们怎么会知道？因为音轨里不再是汉斯·季默的配乐，在步行持续期间，配乐变成了埃尼奥·莫里康内的曲子。全是怪异的配器谱曲和过火的效果。虽然我知道这不是真的，但我发誓我在里面听到了口哨声。所有出生于1960年之前的人都会告诉你，莫里康内的音乐意味着莱昂内的电影。就像校园老友，他们到哪儿都在一起。看看他们一起的成就吧：《西部往事》《荒野大镖客》。最重要的是，看到这个，就会想起那个。

然后，它打动了你。这就是这里所说的事情。不讲道德的莱昂内的世界。好人是好的还是坏的？查尔斯·布朗森[①]真的是英雄？亨利·方达[②]真的是恶棍？克林特[③]究竟会站在哪一边，天使还是魔鬼？我们究竟能分辨出来吗？然而，有一件事情是确定的，虽然《加勒比海盗》发生在海上，但它仍然是《黄金三镖客》这样的西部片。每个"他"都在摊牌（"她"也是，因为伊丽莎白在这里也成了一个真正的玩家），而每个人都在各方面有充分理由不信任其他人。这是在黑吃黑上的黑吃黑。也许行得通，但有人必须死掉。这一切联想都来自沙土上的靴子。去倾听。

好吧，聪明人，你怎么想到这一点的？

去使用你内心的耳朵。我认为可以叫它第三只眼，不过这个意象太让人发毛了。让我们这样说吧，当读者在处理信息时，他们会使用一种特殊的听觉，不管这些被诉说的信息来自印刷品、胶片还是别的什么。如果你只是去读那部海盗电影的文本，你会看到什么？靴子，沙子，一点水。你不得不带着自己的信息去补足其余部分。

①②③查尔斯·布朗森和亨利·方达都是莱昂内《西部往事》里的演员；克林特·伊斯特伍德是莱昂内《镖客三部曲》（《荒野大镖客》《黄昏三镖客》《黄金三镖客》）的主角扮演者。

莫里康内的音乐当然会助你一臂之力，但你一定得先听过他的其他作品。本片导演戈尔·维宾斯基就假定我们听过，但实际并不一定。不过，甚至在旋律响起之前，我们就能感觉到这一幕要怎么发展。然后,第二步,莱昂内的回声响起了。维宾斯基对他的引用是突出的，并且相当明显，但就算用更含蓄的方式传达，这个回声依然可以被“听见”。这种难以捉摸的东西就是我们需要向微妙差异敞开的原因。太专注于一个文本会压制我们的其他感觉，会让我们错过回音，错过作品中发出共鸣的和谐音律。

这就是**“宇宙关联法则”**：每部小说都是从其他小说中生长出来的。于是，你会问，这是否意味着所有作品都是衍生的？某种程度上来说，是这样的。作者无法避免受其他作品影响，包括他们读过的书、听过的故事和看过的电影。如果你将那种影响看成是衍生，那就是我刚才说的意思。但还不完全。也有对读者的影响。我们能听见小说家在当时或写作时听不见的东西，或听见她没有意识到的东西——甚至到那时尚未存在的东西。我们听到的回音无须只奔向一个方向。随着时间的推移，语词的意义会改变。小说也一样：随着时间的推移，小说的意义会改变。词语自然还是那个词语，但它们的意思变了，尽管字义改变并不是主要的驱动力。小说所处的世界也在改变。我们也在改变。身处今天的我们这些美国人和马克·吐温时代的美国人一样吗？和狄更斯年代的女王臣民一样吗？很难一样。在上世纪前后，社会经历了许多巨变；哈雷彗星在76年一循环的轮回里来了又走了，它上一次来，还是吐温死的那年。当时那个美国和现在这个美国都经历了多次战争、经济危机和大萧条，种族和少数族裔领域里发生了一系列变化，还有19世纪无法想象的国际化程度。作家的作品怎么还可能保持不变？

更重要的是，有些作者邀请他们进入自己的对话。W. H. 奥登在献给威廉·巴特勒·叶芝的挽歌中说，这位伟大作家撒手西山，他“成了他的仰慕者”。这一说法可以理解为许多不同的含义，其中一个意思是，它清楚地反映了人们的确仰慕这样一位诗人。然而，另一个意思一定是这样的：如果叶芝继续活着，他是活在那些仰慕者的心里。我相信，这绝对真实，但他们中没有一个人是他，而他们每个人又都拥有一个染上他们自身色彩的叶芝。我同样确信，我的叶芝是非常个人化的，和奥登的叶芝绝不相同。一个重要的区别是：我不是诗人。当奥登在他自己的诗中化用叶芝的诗句时——他的这首挽歌就这么做了（其他还包括《本布尔本山下》，在诗中叶芝用对话的形式书写了自己的死亡与葬礼），它迫使读者重新思考，不仅仅思考那个被纪念的诗人，也思考他的诗歌。所以，小说也是如此。当我写这本书时，一本名为《费恩》的小说刚刚问世。作者乔恩·克林奇号称要讲述派普·费恩的故事，这是一个对新手（或任何）小说家来说相当大胆的举动，派普·费恩就是哈克贝利·费恩那个粗暴、酗酒、一事无成的父亲。在讲述过程中，克林奇引入了很多原作中的细节，而我们回想起更多。克林奇可以去讲南北战争前任何一个住在密苏里州密西西比河边上的暴力的无赖的故事，但他决定来讲这一个，所以他一定有某种理由。就像吐温，他想要讲一个他认为是真实美国的故事，与更早年代作家写的长短篇小说完全不同，那些作家，其中包括詹姆斯·费尼莫·库柏、华盛顿·欧文，将边境或农村地区的生活过分浪漫化了。同样，关于生活，也有某些事情是吐温在他那个年代不可能说的，有某些他也许没有注意到的事情，甚至一些不曾有过但后来成真的事情。克林奇能述说它们。在此过程中，他改变了我们对《哈克贝利·费恩》的看法，而海明威曾宣称此书是所有美国文学之父。

或者，再说说简·奥斯丁。请让我一吐为快。真对不起，还是忍不住要说她——这一定是受了吐温的影响。毫无疑问，《傲慢与偏见》是英语文学的开创性作品之一。然而，这并不是说它是碰不得的。也许没有一部小说比它更“历经万手”。就像我之前说的，伊丽莎白和达西故事的仿制品似乎成了一个主要的成长性产业。幸好，大部分此类小说会石沉大海，几乎没有在文化上留下印记。不过，也有一两本似乎依然在招摇过市。更重要的是，有多少浪漫小说受到了奥斯丁这部伟大作品的影响？而它们到底在多大程度上改变了我们对原作的理解？我们知道《BJ单身日记》，作者海伦·菲尔丁在小说里混合了《傲慢与偏见》和好莱坞电影《绅士爱美人》。对此你能说什么？菲尔丁不是奥斯丁？她们都不是安尼塔·卢斯[①]？也许吧。不过，她们都非常有趣；你必须得承认这一点。而且，菲尔丁明显对奥斯丁和卢斯进行了借鉴，这提醒我们，这三人写的是同一本小说，书名叫“现代罗曼司”。这三个人都在她们的时代赢得了巨大成功，也都曾被贬为每个时代“小妞文学”的代表，也都对当时的婚恋习俗予以诙谐的嘲讽。菲尔丁的作品在一个不同的时代语境中，对原来的主题和情境进行了重写，迫使我们重新审视之前的两部作品。我们是否会赞同奥斯丁小说流露出来的两性角色和婚姻的中心地位？BJ在恋爱中的主动行为，如何映照出伊丽莎白被社会强加的被动性？在职业妇女赢得那些改变之后，我们怎样看待1925年的掘金女模特？罗莉拉·李[②]出色地代表了这样一类人，是人们一直期待玛丽莲·梦露登上银幕扮演的角色。菲尔丁提醒我们，

①好莱坞著名编剧、导演和演员，《绅士爱美人》的编剧。

②《绅士爱美人》里女主角的名字，她是个歌舞女郎。

我们关于女人的看法已经改变，而我们对她著名前辈的解读，也可能因此改变了。

同学们，这就是我们今天的关键词“互文性”。这个词跟文本如何互相对话有关，它经由结构主义思想家朱丽亚·克里斯蒂娃（她造出了这个术语），让我们向米哈伊尔·巴赫金这位伟大的俄罗斯形式主义批评家致敬。事实上，巴赫金在提到“小说的潜在对话”时，已经给了我们一个术语“对话”，意指小说拥有一种潜能，可以展开永不停息的交流。这两个术语在很大程度上是重叠的，之所以有所不同，可能是因为“对话”还潜含着一层稍稍更深的意义：有意识的决定。对我们来说，这个重要概念指随着时间的推移文本之间的对话。

难道这种交流不是有点单向吗？难道不是只有以前的文本在说话吗？

你会这样想，对吧？但是，不对，实际上不是那样的。立刻进入脑海的模式是，就像是在一个讲堂里，唠唠叨叨的老前辈对着济济一堂的新贵诉说往昔时光如何美好。如果对话是这种模式，那么座位上会坐满质疑者。不过，更恰当的比喻应该是像一场研究生的研讨会。某个讨论者有优先权，在这个例子里，就是在时间上稍稍领先于别人，更早到来，而其他每个人也都带了问题、洞见、批判和信息，坐到了研讨会座席上。小说也是如此。用《BJ单身日记》来举例：不错，它是受到早期那些关于女人、爱情和独立的小说的启发，但在具体写作中，它也发表了对早期小说的看法，而且在某些意义上，重新修订了那些作品。菲尔丁迫使我们去修正我们对奥斯丁和卢斯的看法。BJ拥有更强的社会流动性和自我怀疑意识，让我们重新思考社会秩序给罗莉拉·李带来的各种局限，以及伴随而来的自信。诚然，就她能到之处和能做之事而言，罗莉拉并不是一个那么自由的行动者，但那些限制让她能更踏实地依靠脚下的土地。而 BJ 的焦虑在某种程度上，是当代女性获得更多自由后的产物。BJ 所寻求的，自然也就不同于罗莉拉或伊丽莎白·贝内特的。当然她们都在找男人，不过，一个男人并不是这本 20 世纪 90 年代小说的目的。男人们有时候被证实是靠不住的（小说男主人公丹尼尔·克里弗就提醒了我们这一点），人类生活是脆弱的，女人们就像需要家庭幸福一样，需要一份职业。哦，我们发现我们在想，这是奥斯丁不知道的事情。这三个作者都审视了在她们各自社会局限内女性的角色问题，而由于这些社会极为不同，因此，产生的问题和故事也极其不同。

是的，对话。在这里，它指文本在进行一场永不停息的交流，那些回声、引用、戏仿和重述将同时改变现在和过去的小说——即使作者从没有读过那些历史上更早的文本。你会注意到，我这里强调的是“文本”，这是 20 世纪后期（甚至更后来的）被称为“后结构主义理论”的批评流派厚爱的术语。它摆脱了“作品”一词，以及“作品”所不可避免的暗含意思：如果存在一部作品，那么肯定是有某人完成了所谓的作品，而我们可以对作者存在与否，进行目的性很强的讨论。但文本和“改编者”（罗兰·巴特这么称呼它们）这一概念，与近似神的“作者”概念对立，将我们带回到了巴特的论文《作者之死》（1967），在论文中，他认为在建构意义的过程中，读者的作用更为重要。为了抬高读者的地位，他必然贬低作者，把作者当作意义王国里微不足道的暴君，一个不那么重要的神，他把所有东西都塞进小说里，而读者将会幸运地在另一头拆解开来。而且，巴特还指出，在文本中，存在某种甚至作者都没意识到，而读者可能看见了的东西。作者会清楚所有影响她选择的东西吗？也许不能。读者实际上可能处于更佳位置，能够注意到这样的细节。因此巴特淘气地否决了以下概念，即“作者是确定意义的场所和表达含义的所在地”，并将它转向**文本**并最终转向**读者**。你不觉得光荣吗？

我们关注的是文本还是作者，真的重要吗？在绝大多数层面上也许并不重要。但在巴特和他的追随者（还有诋毁者）那里，关系很大。巴特文章的目的，是要将读者和阅读的行为确立为意义构成的场所。尽管我有很多理由认为作者－读者的对立是种错误的二元对立，但我并不反对巴特的这一观点。不过这里有一件真正重要的事：作者也是读者。文本不可能突然无中生有地冒出来；它们是作者与之前作品（是他们遇到的无数事物中的一种）不断相遇后的产物。他们读了再读，并从他们对其他人读过、重读和创作的作品中，创造自己的作品。是不是完全糊涂了？

以下是我所理解的阅读和再阅读。谁是过去半个世纪美国流行音乐里最有影响力的人？你们可能会有争议，但绝大多数业内人士很可能会告诉你，是鲍勃·迪伦。那么影响过他的又是谁？伍迪·格思里？那是一定的。还有汉克·威廉姆斯、埃尔维斯·普莱斯利、利德·拜利、巴迪·霍里。而反过来，他又影响了各种各样的音乐人：“The Band”乐队、布鲁斯·斯普林斯廷、尼尔·扬、唐·马克林（他的“美国派”颂歌确认了“弄臣”迪伦取代了“国王”猫王）。无论如何，这是一种相当专门的“唱作人”传统，带着浓重的鼻音。所以说，很自然，2007年，一张以迪伦为封面的唱片专辑出现了……那是布莱恩·费瑞的唱片。你知道的，那个英国佬。他是洛克西音乐团的主唱，这个乐队玩的是糅合合成乐与修饰音的原创新浪潮音乐。听起来就像迪伦，是不是？乍一看，这张唱片就像是那些怪异的高概念[①]唱片之一，在这些唱片中，英国朋克歌手比利·艾多尔唱着美国抒情民歌手欧文·柏林的调调，或摇滚乐队 AC/DC 唱着格什温的爵士风格。然而这张唱片并不像人们猜的那样，是营销天才在录音室里做出的商品。费瑞是认真的。他是个迪伦迷，在采访中他显示出对这种并非属于他的传统的了解和高度的敬意。这张唱片非常有意思，它将两种不同的风格、不同的手法，真正地结合在一起。它可能不会让对费瑞或迪伦不感兴趣的人变成他们的歌迷，但是它的确会让那些倾听者重新思考这两种变化。它引出的，不单单是“我们错过了布莱恩·费瑞的什么”。这里，最重要的问题跟“我们错失了迪伦的什么”有关。例如，他从叮砰巷[②]那里学会了什么？对他来说，乔治、欧文和叶普是否跟汉克、伍迪和猫王一样重要？在这个充满鼻音、不成调的说唱歌手身上，是否隐藏着一个低声吟唱流行歌曲的歌手？不过问题会导向各方各面。田纳西的老大歌剧院真的跟百老汇差很多？《美国流行金曲簿》里是否也有猫王的《你欺骗的心》和迪伦的《躺下，女孩，躺下》？最后，歌曲之网的所有这些线头会延伸到时空的哪个地方？

我们最终从费瑞－迪伦的组合那里学到的是：倾听，和阅读一样，是不断扩展的。只迷恋一种风格或一个演唱者的普通歌迷，只听见一种声音；他们常常只听一种类型的音乐。这种倾向到了极致，当迪伦走向电子乐时，粉丝们会出离愤怒。但回想一下，如果我们

---

①原是电影术语，指因节奏快、悬念迭起、情节惊险等特点而具有高度吸力的电影。这里指非常引人关注的唱片。

②流行歌曲作者和出版商的所在地，因有人抱怨那里嘈杂的声音就像是敲锡锅，便把那儿叫作“叮砰巷”。

留意迪伦受影响的作品和他的偏好，这一转变似乎是必然的，但当时，许多民谣中坚歌手都大吃一惊。在另一方面，音乐家会去倾听所有类型的音乐。这样说吧，我不知道安格斯·杨是否热爱乔治·格什温，但如果确实如此，我不会感到震惊。他们都能写出伟大的调子。问题的关键是，音乐家会欣赏各种音乐，即便它们出自完全不同的传统。

作家们也一样。他们常常比普通读者拥有更广泛的兴趣和口味。罗伯特·B·帕克给他的侦探起名“斯宾塞”，取自一位诗人[①]，但很少有侦探小说读者会去阅读那个诗人的作品。这一关联没有让《寻找华莱士》变成一部《仙后》的现代改编之作（虽然他在小说中提及了这首长诗），但是它透露出一丝帕克写作中所受的潜在影响。此外，作者还会被很多他们没有读过的作品所影响，通过别的作品，他接触到它们的点点滴滴，而那些作品的作家，曾读过他们没读过的东西。他们受到了影响，而影响他们的人也受到了影响，以此类推。这是真正的“环球信息网”，一个一直在延展的网络，一场生者与死者以及还未出生的人之间的对话。

这如何可能？后面我会进一步阐述，但这里我们只需一个概念：只存在那一个故事。它总是在那里，还在那里，永远是同一个，也永远在变化。每个故事、每首诗、每出戏、每部电影、每个电视广告和政治演说——所有这一切——都已经被说过，被写过，被记住过（不管多么模糊），它们都是那个故事的一部分。这意味着，在最广泛的意义上，文学是一个系统的一部分。你未曾读过的小说、未曾听过的故事，你都会受它们影响，也对它们了解很多。为什么？

①即《仙后》作者、文艺复兴时期英国诗人埃德蒙·斯宾塞（1552/1553－1599）。

因为你读过的东西，会提到它们，利用它们。而且，有时候，那些作品的作者都没有读过最原初的故事。但是它们影响过他们。换句话说，文学是一个系统，一个全世界几千年来共享的体验。到处都有关联，因为一切都已关联。

这就是耳朵介入之处。你看到的联系，没有你听到的那么多。我们谈论“注意那些关联”的语言，都属于听觉。我们提到维吉尔里荷马的回音，或者海伦·菲尔丁里奥斯丁的回音。你能看见这些回音吗，或者看见那些调调、主张、流言、痕迹（不过，我也不能确定你能听到最后这个）？在这里，我提倡阅读过程中的一种内在听觉，它让你的内耳去适应正在诉说的文本，去倾听藏在主旋律后面的声音。“这位新派悬疑作家身上，有一丝雷蒙德·钱德勒的调调。”“他受托马斯·哈代影响很大，带点 P. G. 沃德豪斯的痕迹。”现在，我很想去看见这些。

17

不可能吗？
弃儿和玛奇，上校和小巫师

郑重声明：我从不曾是南美洲的上校、维多利亚时代的交际花、误入歧途的武士、木筏上的奴隶、18 世纪的弃儿、齐佩瓦族保留地的居民、越战士兵或者希腊男童学校里的英语教师。假如有机会，我可能会成为木筏上误入歧途的南美洲交际花，可惜事情并不会那样。另一方面，借由小说，我已经在此时或彼刻成了所有那些人。不错，他说这些的时候带着一抹邪恶的笑意，更有甚者，我也将这样做。再一次这样做。这是阅读的妙处之一。

你们这些在某个年纪的人，我请你们思考以下三个年份：1966、1969 和 1970，想的时候，回想一下，在这几年里，我们不仅过于自信地预言了“小说之死”，甚至这一点还被宣布为既成事实。死了，死了，死了。没有未来了。人们要继续生活，要把这些“以印刷为方向的混蛋”丢在身后。还记得吗？对没有在蒙特利和肯特州之间走动的人来说，在这一点上一定得相信我们这些老家伙。几年前，一个朋友跟我说，她清楚记得，1966 年，如果一个人没读过福尔斯的《巫术师》，简直没法在校园里混。三年后，《法国中尉的女人》也是一样的情形。它是那一年卖得最好的小说。那真是约翰·福尔斯最好的年代。然后，1970 年，浪潮到达顶峰，冲向我们的海岸，发出隆隆声，那就是拉美文学大爆炸。大爆炸，也就是说，那些来自南半球的幼狮们突然遍地开花，让小说变得崭新而神奇。魔幻现实主义小说被译成英语（上帝祝福格里高里·拉巴沙①），并且，在译后新的语言里，被称作"百年孤独"。你无法回避，我也不知道你为什么要回避。那一浪潮在 20 世纪 60 年代不断地被筑高，作品包括卡洛斯·富恩特斯的《最明净的地区》（1959）和《阿尔特米奥·克罗斯之死》(1962)、胡里奥·科塔萨尔的奇作《跳房子》(1966)。巴西人若热·亚马多在这个阵地上甚至坚持了更长时间，他早在 30 年代就开始发表小说，他的《加布里埃拉、康乃馨和桂皮》在 1962 年、《弗洛尔和她的两个丈夫》在 1969 年被译成英语。退一步说，如果需要单独一个事件来确定一个趋势或浪潮，那么拉美文学大爆炸的标志性事件就是加布里埃尔·加西亚·马尔克斯的那本精彩小说。

不过，还是让我们回到那三年和那三本书。它们有什么共同点？我确信有很多，包括惊人的事件、少见的娴熟文体、深刻的历史洞察，但是对我来说，最突出的是它的异国情调。我们永远没机会成为尼古拉斯·乌尔夫②，在一座希腊小岛上教男童们英语，与一个神秘的男人惊奇的相遇，为我们上演了一出现场心理剧；我们也没机会成为查尔斯·斯密森，一个心怀存在主义困惑的维多利亚有闲绅士；更不是神奇的布恩迪亚家族成员，生活在哥伦比亚沿海小镇马孔多，那是整个南美洲后殖民经验的缩影。小说里并不只是吃

①拉美文学英译者，译了《百年孤独》。

②他和下文的斯密森都是福尔斯笔下的人物。

喝玩乐。当尼古拉斯烂醉如泥时，我们陪着他，一样迷迷糊糊。而对他为非作歹、虐待妇女的行为（我总是好奇女人如何看待他，我也从来没有找到令我彻底满意的回答），我们敬而远之。

电影和电视让我们间接地，或者以窥私的方式体验到别的生活，我们观看那生活在上演。但在小说里，我们能变成那些角色，我们可以从内心里对某个角色产生认同，就算他的生活与我们的截然不同。最妙的是，当它结束时，当哈克贝利·费恩拼命逃向那片土地，或者当伊丽莎白和达西先生结婚时，我们重新变成了自己，虽然通过那一体验或多或少地有所改变，也或许有了新的领悟，但仍然可以认出是我们自己。小说一部分的魅力正在于，它能够把我们带入不熟悉的空间和不可能的生活，让我们变成我们所不是的人，哪怕只有短短一瞬。

这里，还有一种我从未成为过的人：一个小巫师。而且这虽然有点冒险，我还是要说，在哈利·波特成千上万的粉丝或普通读者中，也没其他任何人成了巫师。那又如何？“哈利·波特”是历史上最令人惊叹的出版现象，而地球上没有人曾有过书中主人公那样的体验。假定里面有点经验可学？在很多为年轻人写的小说里，主人公和读者很像，无论天性还是生活经历。事实上，我们发现，很多为中学生写的小说里，都刻画了中学生角色，他们面对的事情和问题，无疑也都是中学生面对的事情和问题。许多这样的小说都写得不错，也很流行。例如，凯斯·科佳在《小活佛》（2003）中给我们呈现了一个非常普通的主人公贾斯汀，当某个非主流人士（就是标题里的小活佛）搬来本地后，贾斯汀发现了学校的偏执和狭隘。这样的设定是一个老朋友了：汤姆·索亚是个生活在普通城镇里的普通少年，他最狂野的冒险活动只是稍稍有些与众不同，而且也当然还在熟悉的领域内。我们知道，大部分小说初版的读者并没有在密苏里汉尼拔小镇甚至任何相似的小镇上生活过，但他们还是能轻易地想象自己生活在那里。作者还可以通过将故事设定在熟悉的过去，来稍微挑战一下极限，就像克里斯托弗·保罗·柯蒂斯在他的纽伯瑞文学奖获奖作品《巴德，不是巴迪》里所做的那样，将故事设定在大萧条时期；或就像他的《沃森一家去伯明翰：1963》，书的标题显然向成人读者揭示了他们会读到什么。绝大多数读者，当然也大部分是柯蒂斯的目标读者，既未经历过大萧条时期（也不可能成为孤儿），也未经历过围绕民权运动与种族主义逆流的骚动期，当时三 K 党炸毁了伯明翰的一座教堂，小说的情节突出刻画了这一事件。

还有一类就是哈利·波特那样的故事，我倾向于将之看作是一种镜子小说。一个非常普通的年轻人穿过一面镜子，或者跑进衣橱，或者掉入兔子洞，然后突然进入了一个他们（对我们来说也同样如此）从未到过的世界。这对成人故事也有效，且至少从乔纳森·斯威夫特的《格列佛游记》（1726）起就开始出现了。刘易斯·卡罗尔带着我们和爱丽丝一起，进入了《爱丽丝漫游奇境》和《爱丽丝镜中奇遇记》里的神秘世界，在那里，猫消失了，但它们的微笑还会继续逗留；在那里，白兔们和红桃皇后还有疯帽匠喝起了下午茶。在《纳尼亚传奇》（1950－1956）的第一部《狮子、女巫和魔衣橱》中，佩文西家的孩子们碰巧穿过旧衣橱背后时，他们进入了一个魔法世界，在那里，狮子成了国王，邪恶的白女巫能把整个世界冻结成永久的寒冬。就跟爱丽丝一样，佩文西家的孩子也只是非常普通的孩子，并不比其他任何孩子更出类拔萃。他们只是偶然去到了一个并非由他们创造的世界，这个世界有着他们几乎不能理解的事情、规则或逻辑。听上去很像是对儿童时代的描绘，不是吗？

然后，便出现了哈利·波特。不错，他拥有非凡的力量，但他一点也不了解这些。和霍格沃茨的其他学生不同，当他去那里时，他对魔法没有过任何体验，对那个世界也一无所知。当他无意中给他那活该遭罪的表哥达力·德思礼带来灾祸时，或者当他能和巨蛇说话时，他和其他人一样感到惊奇，也无法解释他能给别人或自己带来的这些神秘遭遇。在人生最初的十一年里，哈利感受到的是残忍、孤独、失败、孤立和别人带给他的糟糕待遇。除了是个孤儿，被迫睡在楼梯下的储藏室外，他各方面都很正常。他的正常也是让斯内普教授最抓狂的事情。斯内普抱怨哈利不够聪明，也不用功，爱走捷径，破坏规矩，总之，一个如此“普通”的人却又正好是那个被选中的人，实在太不公平了。斯内普是对的。世界并不公平，就算魔法世界也是如此，而哈利也确实普通。但他碰到的那个世界并非如此。很自然，他让很多人不信任他，对他感到愤怒和困惑，而最让我们感兴趣的是他如何应对这些个人问题。我并不会说那些魔法元素是用来装门面的，它们正是主焦点所在，如果没有这些魔法，读者也许就不会拿起这本书。但哈利遇到的真正问题——你知道，除了他几乎被杀，灵魂被吸走等等——是普通的校园问题：敌意、弱小者受欺凌、女生及怎么和女生打交道、友谊、妒忌、孤独、家庭作业和考试。如果你上过学——我猜看这本书的人都该上过，如果你没处理过这些事情，我只能说，你不过是熟视无睹罢了。一个普通人被放到非同寻常的境遇中，这种真实与虚幻的混合，甚至在读者出现前，自打宫中人群倾听诗人吟诵《奥德赛》开始，就已经抓住了读者。奥德修斯是特洛伊之战中最平凡的希腊英雄，没有出众的体格和能力，只是脑子够聪明，外加一个不想死的信念，同时，还有点运气——在古希腊，这通常是女神雅典娜的偏爱。但他的回家之旅历经艰险，遭遇女妖卡吕普索、喀耳刻和独目巨人库克罗普斯以及冥府之旅，都非常精彩。我相信，这也正是哈利·波特成功的关键：运气、勇气、机灵，还有一种知道何时去抗争、该去做什么的直觉。它似乎是行得通的叙述。

这对霍比特人也行得通。弗罗多·巴金斯如果不是那些小矮人的代表，还会是什么？想一想。这本书（实际上是三本书），并不缺英雄，但这些英雄没一个中心人物。为什么核心人物不是睿智的灰袍巫师甘道夫？为什么不是矮人金雳或者精灵莱古拉斯？特别是，为什么不是曾经的和未来的国王阿拉贡？他似乎是作为中心人物而生的。他甚至还有爱情，不像弗罗多。如果在古代，这会成为一部史诗，阿拉贡会是其中的英雄，这不是假设，史诗里也不会有第二主角，更不会有例外。阿喀琉斯拥有属于他的史诗，奥德修斯有他的，埃涅阿斯也有他的，为什么阿拉贡不能有？不错，这就是问题所在，不是吗？这不是史诗，是小说。小说不是关于英雄的。小说是关于我们的。小说作为一种文学形式，是和欧洲中产阶级同时兴起的；这些做点小生意、拥有一些资产的人既不是农民，也不是贵族，而小说也是专门针对这个中产阶级的。抒情诗和史诗都出自精英时代，那个时代相信君权天授，其他所有人加在一起都算不了什么。因此，那两种文学形式在主题和描绘上倾向于贵族，也就不足为奇了。但另一方面，小说不是关于他们的，小说是关于我们的，除了那毛茸茸的脚之外，弗罗多就是我们。他是个小人物，正好赶上了一场至高权力的争夺。他没有英雄气概，更喜欢自家的壁炉，而不是充满危险的广大世界。在这场战争中，他甚至不是自愿效力。本质上来说，他是应征入伍的，而且不是被征兵委员会选中，而是被情境所逼（这个情境以戒指为表达形式），那个戒指恰好被传递到他手上，需要他去处理。这大概就像你所遭遇过的那些不公平待遇。然而，没有他，大英雄就成不了英雄，邪恶也不可能被打败，魔戒无法被销毁。他反复说这个任务不是他力所能及，但他坚持了下来，即便无论身体还是意志都看上去快顶不住了。我在想，到底有多少士兵会在他身上看到自己的处境？有多少英国平民发现自己在反抗纳粹及其统治世界的野心的斗争中做出了让人惊讶的贡献？这是托尔金的真正用意。无论我们属于哪个民族，我们都能够认可小说中对抗邪恶的斗争，也都能在小人物被推向英雄的极限时，看到我们也能如此行动的可能性。

我们应该明白，这并非认同主人公的问题。据我所知，无论人们多么热爱某本小说，都没有人会想成为其中的亨伯特·亨伯特或者维克多·弗兰肯斯坦，尽管理由各自不同。也不想成为希斯克里夫。有人想成为希斯克里夫吗？我想没有。他们不是我们梦想生活里的人物，然而我们或许会沉醉在他们的世界里，甚至有时候迷恋他们。想想亨伯特吧。纳博科夫使用的叙事策略非常大胆，因为它需要我们去认同一个犯天条的人，他打破了几乎每个人都认为是绝对禁忌的规矩。对儿童的性侵犯是可怕的罪行，违背了自然伦理，而亨伯特却任由自己放纵，犯下如此恶行。这是不可能引起共鸣的。然而，小说却要求我们读下去，而某些东西的确给了我们大胆读下去的理由。语言的游戏和智慧的光彩无疑助了一臂之力；他确实令人厌恶，但他也十分迷人并且才华出众。另一个原因是我们在用充满惊愕的迷恋看着他：他是否真的有那种企图；他是否真的这样做了；或甚至他是否真的有那样尝试过；他是否已经完全丧失了分寸？回答的顺序是：是的，是的，是的，以及是的。那么，显然，那些愉悦存在于文本中，而非内在于主要人物的人格中。纳博科夫的主要人物通常并不引发温暖而暧昧的情感。是我们倾向于觉得他们有趣而不是可爱，我们想去观察他们，而不是成为他们或体会他们的感受。

这大体上是（并非绝对是）现代小说的特有品质。多半来说，19 世纪小说首先依赖于情感反应。我们可能不想成为德伯家的苔丝，因为生活带给她太多不幸，不过我们被她吸引，跟随她的命运，和她一起受苦，同情她的遭遇。哈代让我们经历着情绪的折磨：失望、警觉、高兴、怜悯、同情、希望、同情、害怕、沮丧、狂怒、同情、同情、同情。这说到底就是托马斯·哈代。他让我们的苦商[①]变得比任意三个维多利亚时代的作家加在一起所能带来的还要高。但是，他同辈的三流作家在获得读者反应方面跟他差不离。他们想对读者做感情投资。部分原因当然与维多利亚时代有那么多连载小说有关；如果读者要读杂志上连载两年的小说，他们必须被角色牢牢吸引。我们可以想想 19 世纪和 20 世纪小说希望赢取的读者反应的层级表，应该如下所示。

19 世纪小说	20 世纪小说
1）情绪反应	1）审美反应
2）智力反应	2）智力反应
3）审美反应	3）情绪反应

在这种比较之外，显然还存在着例外和未知数，但一般情况下，这一对照还是有效的。直到 19 世纪晚期，小说家都并未把他们的

① HMQ 是 human misery quotient（人类受苦指数）的首字母缩写。

作品当成艺术。那时，文学艺术是由抒情诗或叙事诗和戏剧构成的。散文体小说或多或少是商业的一个分支，这种定位并非完全不公正。当印刷小工站在你家门口，不耐烦地等着你写的最新一章油墨干掉，你很难觉得自己是米开朗琪罗。直到将近世纪末，1884 年，亨利·詹姆斯才在《小说的艺术》中将小说当作一种严肃的艺术形式。（辩护律师声称这变化早在 19 世纪中叶过后的法国就出现了，归功于那个叫居斯塔夫·福楼拜的人。）很难要求人们对一个被当作二流艺术的事物产生审美反应。小说的审美考虑绝对是现代的，那更多属于伍尔夫或者海明威的领域。也不要以为维多利亚时代的读者会有很高的智力需求，他们不需要纳博科夫、福尔斯或者卡尔维诺的文字游戏和谜语。维多利亚时代小说高举的是情感这面大旗。

这些小说的目的是：让我们喜爱（或者憎恨）那些角色。在狄更斯或萨克雷笔下的角色身上，并没有很多微妙差异。我们都狂热地喜欢或讨厌那些角色。读者们对这些角色的反应，好像他们是自己的家庭成员（或者对头）。角色是系列连载的绝对中心。参考一下J. R.欧文和鲍比·欧文[①] 吧。为什么苏珊·露西[②] 能长期扮演那个角色？因为观众发自内心地认同她演的人物。在维多利亚时代，读者会写信给作家讲述他们对正在连载的新书的想法，作家也会听进去。读者对萨克雷说，他们想“减少关于阿米莉娅的内容”，《名利场》中那个甜腻的、有点无聊的女孩，也想让《潘登尼斯》里的劳拉和沃灵顿喜结良缘（这本书的书名总是让我觉得有点淫秽[③]，不过那没关系）。小说因为粉丝的反应而改变，有时候甚至按照预期

①均为美国著名电视剧《豪门恩怨》（又名《达拉斯》）里的角色。

②《豪门恩怨》里扮演希拉里·泰勒的演员。

③书名 Pendennis 容易让人联想到 penis（阴茎）。

的反应而改写，就像布尔沃·利顿曾给过狄更斯一个著名忠告：不要给《远大前程》一个更符合逻辑但不幸的结局。再次以电视剧《豪门恩怨》为例：为什么他们让那个死去的鲍比·欧文神奇地复活了？因为剧迷们不干了。

无论如何，最现实的情况是，读者都希望自己全情投入到小说中。希望？哦不，是需要。19 世纪的读者对人物和他们的故事十分热诚，这种热诚之所以令人感动，是因为它单纯而天真。同时我们知道，在我们的时代，电视连续剧中的角色，有时候也会收到表达崇拜或愤恨的邮件（后者更常见），而肥皂剧的明星们常常因为他们扮演的角色（而非他们自己）而获得爱戴或者仇视。投入感的需求从何而来？我相信它出自“带我去别处生活”的欲望，这是小说可以做到的，即便它把我们带去的别处看上去和我们自己的所在没什么不同。一个多塞特或者威尔特郡的读者，可以认出哈代笔下韦塞克斯的风景和出名建筑，可以在他的卡斯特桥看见多尔切斯特的面貌，但是苔丝或裘德居住或挣扎过的地方却和当下或历史中的地点没有相似之处。乔伊斯笔下的都柏林有真实的地名，人们能根据他的每个短篇（《都柏林人》）和两部长篇（《尤利西斯》和《芬尼根的守灵夜》）画出地图（事实上，有人已经这样做了，而且不止一次）。而我们中参加过学术研讨会的人会惊愕地了解到，或更有可能是松了口气，那些地方并没有英国小说家戴维·洛奇或马尔科姆·布雷德伯笔下那样有趣或糟糕。它们只是和原型地点足够接近，让你能认出那些地方而激动得颤抖；又和原型地点足够疏离，让阅读不失愉悦。美国诗人玛丽安·摩尔描述她的诗是“想象的花园，里面有真实的蛤蟆”。就小说而言，真实的——或者可能是真实的——蛤蟆就是那些角色，那些能让我们产生反应、建立联系、接受或拒绝、认同他、替他难受的人物。

有时候，那些人物和他们的境遇我们很熟悉，艾丽丝·默多克的小说就是如此。她27次使用同一个相当简单的叙述程式，大部分都很成功：挑一些特权阶层里的普通成员——学者（就像她和她的丈夫约翰·贝雷）、电视台高管、出版商、演员，把他们放进普通环境里——避暑公寓、养老山庄、乡村别墅，接着引入一桩离奇事件—— 一个老朋友或者陌生人的突然现身、一次意外死亡、一桩被目睹的罪行，然后看看会发生什么。我们也的确看了。从《在网下》（1954）到《杰克逊的困境》（1995），读者们纷纷阅读她的作品，有时候不得不忍受里面的风评家和头脑轻率的人所讲的空洞的哲学评论，只是为了看看接下来会发生什么。这是一个耳熟能详的世界——许多读者事实上的确属于她所描写的那个阶层，也的确生活在“默多克世界”（人们常常这么称呼它）或类似的海外。为什么？因为她让我们对她的角色产生了信任，让我们想去了解他们会怎么样。

我们必须得爱他们吗？想成为他们吗？不。这正是小说的美妙之处，它遵循着**“我们和他们法则”**：读者可以选择他们认同角色的程度。我们可以用几小时时间，尝试一下那种体验和身份，只要别是永久性的；或者我们也可以和那种过程保持距离，只对它拥有冷静客观的兴趣。我们不必非得成为希斯克里夫、奥雷里亚诺·布恩迪亚或者苔丝，但只要我们想，我们就可以。每个老师都知道这一点，同一课堂上，学生们会分成两种，一种完全认同阿提克斯·芬奇或简·爱，另一种总是对他们有所保留。小说可以走向任一方向，阅读也是如此。

如果有人把刚才那个程式稍微改动一下，让突发事件不仅离奇，而且更怪诞，那么此人就是菲·维尔登。她的世界和默多克的很相似（事实上，她曾在英国电视行业工作），但落在角色身上的事件却截然不同。一个女人早上醒来后，发现她不忠的丈夫克隆了另一个她。不奇怪，这就是《乔安娜·梅的克隆人》（1989）的故事缘起。在《男人的心灵与生活》（1987）中，一个小女孩的父母正在闹离婚，他们其中一个命人绑架了她。然而事情出了差错，她乘坐的飞机在半空中爆炸。而她远远地坐在机尾，机尾轻轻落地，让她踏上了奇异的童话之旅，旅程既有欢喜，也有心碎。小说对当代社会许多值得一谈的现象进行了充满喜感的讽刺，大部分都牵涉到那种有钱无脑也无心的人。毫无疑问，维尔登最著名的人物形象是鲁丝，在《女恶魔的生活与爱情》（1983）中，这个被辜负的妻子为了报仇，唤醒了她的黑暗面。据我所知，直到今天，没人是女恶魔，没人被克隆过，也几乎没有记录说飞机尾部能优雅地滑翔落地，但这一切都没有阻止读者与维尔登的人物产生认同，也没有阻止他们被其中的冒险和意外故事所吸引。或许这就是阅读最不可思议之处，在阅读中，我们既能被熟悉的事物吸引，也能被陌生的东西俘获。

18

什么是大问题，
或者，什么是小问题？

快速回想：弗兰肯斯坦。一部傻瓜电影，有个家伙穿着增高鞋、脖子上铆着螺栓，对不对？好吧，电影里面有个怪物。但是玛丽·雪莱的小说事实上表达了浪漫主义哲学，同时论述了科学的局限性。如今有核能、转基因食品、干细胞研究和其他任何这些年被认为是"我们时代的弗兰肯斯坦"的事物，要是她生活在我们这个历史年代，她也可能去书写这些东西。然而，她的幸运是在她的时代，医学院研究着新近死者的尸体，而商人们高高兴兴地把它们挖出来，给医生们作标本。

有句流行语，说英语文学教授都是些受挫的小说家，不过还有个更有趣的问题，小说家是不是都是些受挫的哲学家？好吧，也许哈罗德·罗宾斯不是，但其他人肯定是。《亚历山大四部曲》并不像我的学生以为的那样，仅仅是关于性变态。劳伦斯·德雷尔称这四部曲是"关于相对论的小说"，尽管我觉得比起爱因斯坦，他也受益于海森伯格良多。性变态也许无关紧要。接着是尼采和柏格森，几乎每一本现代小说都有他们的影子。

或许那个形容词“受挫”是错的。可能哲人小说家并没那么受挫。跟《存在与虚无》比起来，索尔·贝娄、约翰·福尔斯和艾丽丝·默多克的小说，是存在主义更易入手也更令人愉快的入门读本和批判读物。读起来也有趣得多。在《法国中尉的女人》中有一段伟大的文字，其中，查尔斯要被迫做个困难的抉择，福尔斯让他的叙述者谈了对查尔斯的看法：“他并不了解存在主义的那一套术语，但是他的感觉的确是因自由而焦虑的一个典型案例——就是说既意识到自己享有自由，同时又意识到享有自由是一种恐怖的状态。”[①] 这段文字是小说的点睛之笔，也是他所有小说的要点。福尔斯怀有极大乐趣来对待他的“维多利亚”小说，他试图用自己的作品来映照维多利亚时代的风俗和危机，发现那个时代的人并非像我们所以为的那样优雅或伪善，相反，他们的困境正是我们时代的绝佳写照，也就是 1967 年前后，这部小说写作的年代。他们的焦虑来自达尔文主义给宗教信仰带来的新的威胁，对福尔斯来说，这种焦虑恰好预示了让－保罗·萨特和阿尔贝·加缪所阐释的存在的焦虑。他们的“虔敬”变成了我们的“求真”，他们的“地狱”变成了我们的“虚无”。查尔斯·斯密森这位生活在 1867 年的绅士，他所纠结的问题——责任、荣誉、尊严、意志和忠诚——依然回荡在现代人身上，即使外在因素都改变了。

毫无疑问，福尔斯不仅仅是在猜想这些问题会引起现代人的共鸣。早在三年前，他就已经在《巫术师》里进行了这样的尝试，而那些问题引起了巨大反响。两本小说表面上很不相同，但核心都是

①约翰·福尔斯，《法国中尉的女人》，陈安全译，南海出版公司，2014 年，第 348－349 页。

在追问同样的问题。尼古拉斯·于尔菲的两难也正是查尔斯·斯密森的当下处境：怎样过我的生活？它有意义吗？我是真诚的吗？什么赋予生活意义？那些存在主义的大词，诸如焦虑、荒谬、虚无和真实，很多方面都是古老的命题。什么赋予人类生命以价值？如果人类与上帝分离，那么意义居于何处？如果存在什么是确定的，我们能确定的是什么？我们又如何与不确定性共处？我们如何阻止死亡对生命价值的否定？福尔斯的两个主人公之间的区别在于，与查尔斯不同，尼古拉斯了解这些术语，甚至还隐匿在术语的背后。然而，他的保护色并不能让他真正逃避问题。他发现必须通过精致的虚构——在小说中被称为"上帝的游戏"——来直面这些问题，而这一发现仅仅表明，读者同样也是通过与虚构文本的相遇，介入那些伦理困境和问题。我们也许可以坐下来看故事，但小说会让我们激动地站起来，深入思考为人举止和道德品行。

这其中存在着了解小说思想的关键。如果一本小说有可取之处，首先它的故事和讲述方式必须吸引人。谁是思想小说领域的领袖人物？可能有很多候选人，不过我会投票给乔治·奥威尔。他的两部大作《一九八四》（1949）和《动物农庄》（1945）是两种不同风格的思想小说，前者是未来主义学家的警示，后者是伊索从未想到过的农场寓言。它们的攻击目标都是政权对个人自由的侵犯——革命走错了方向，公理被颠覆，朝着极权主义前行，对敌对势力的执着让所有公民都变成了敌人。这一切都没说错。20 世纪这样的例子比比皆是，而奥威尔并不知道红色高棉、卢旺达和波斯尼亚的种族灭绝大屠杀。但这里的问题是：它们中没有一样会造就一本好小说。绝对没有。好小说之所以成为好小说（奥威尔的那两部小说要比好小说还要好），是因为它的情节、人物、语言和叙述：一句话，故事。

伊曼努尔·康德有着精彩而惊人的思想，但这没让他成为一个小说家。而另一方面，乔纳森·斯威夫特的思想还算可以，通过《格列佛游记》，他把这些思想放进了一个非常引人入胜的故事，让读者停不下来。

这是**“小说思想法则”**：如果小说本身很糟糕，它的哲思再好也没用。针对“富有深层含意”的电影，无厘头大师塞缪尔·高德温曾经这么说过：“要送信？找邮局。”[①] 这可能及不上他说的另一句话，“空头承诺不值得用纸记下”，但也够好了。不过，我还想比老塞缪尔更进一步。如果你想写一部有思想的小说，首先是要写小说。让它好读。所有创意写作教师都会告诉你，学生腔小说（坏小说）都有两种基本风格：一种是一直在行动，全部是“打打杀杀”；一种拼命想传达主题，但非常枯燥无味。第一种情况被创意写作权威斯蒂芬·迈诺特称为“山寨福克纳”（不过你可以轻易换成斯蒂芬·金或布鲁斯·威利斯电影），它们通常会用二千五百个字完成三次谋杀、一次自杀、一次马棚火灾、一次强奸、一次追车。另一种情况，则是在同样的两千五百个字里，什么也没有发生——两个郁郁寡欢的愤青谈论他们的无聊，翻来覆去就是英格玛·伯格曼式的对话。比较而言，至少前者还能提供一些（虽然不是他们有意提供的）浮云变幻。有人猜想，这就是为什么创意写作课的成果和处女作通常会被丢弃在桌子的抽屉里而不是摆在书店架子上。

---

①在英语中，message 一词有双重含义，一指信息、口信；一指作品里的深层含意。上述高德温的话，在电影圈非常出名。据说有位很有抱负的导演为了自己的电影和好莱坞巨头塞缪尔·高德温争吵起来，他说自己的电影里有一个 message（深层含意），高德温反驳道：“这是电影，如果你要送信，去找邮局。”

那些经受了时间考验的小说，那些有话要说的小说，先用故事吸引住我们，然后才让我们体味它们的思想。通常如此。当然也不是绝对的。约翰·班扬的《天路历程》从 1678 年起就一直受到追捧，而它的叙事力量并不耀眼。它真挚、虔诚，而且绝对枯燥。所以一切皆有可能。然而，在多数情况下，小说必须是小说。必须吸引读者，而不能依赖于宗教或观念上的共鸣。《法国中尉的女人》是 1969 年美国最畅销的小说，这证实了福尔斯有高超的叙述技巧，但不能同样说明他的思想力量，虽然这些思想的确很有趣。而这部小说一直在引起反响，没有遭受到畅销书常见的昙花一现的命运，这一定和其中的思想有关。

战后，大西洋两岸都出现了许多作者，思想观念构成了他们小说创作的重要组成部分。就像纳博科夫或者阿兰·罗伯－格里耶的作品那样，有时，那些观念是美学或形式上的，更多体现在小说的形态而非主题内容上。事实上，在《为了一种新小说》（1963）中，罗伯－格里耶提出，主题已是一个过时元素，应和人物及情节一样，从新小说中清除出去，小说不再需要它们。像伊塔洛·卡尔维诺、约翰·巴斯、克洛德·西蒙、B. S. 约翰逊和艾德娜·奥布莱恩这样各种类型的作者，都用各自不同的方式，一部接一部的小说，对形式问题进行了攻关。福尔斯说过，叙事上的改变是神学上的改变；我们因此也可以进一步说，文学形式的改变也是神学上的改变。但很多战后作者面对的就是这样一些问题：存在与行动，社会规定个人的角色，世上是否存在上帝。

通常，最焦虑于在小说中建构观念的是那些来自“新兴”族群的作者，这些族群包括少数族裔、妇女和前殖民地公民，可以理解，在长期被别人代言和被别人讲述以后，他们有很多话要说。以女性小说家为例，我在上学的过程中（包括读研）得到了这么一种印象：每个时代只有一位女作家。19 世纪的美国？艾米莉·狄金森。英国？不错，有两人，乔治·艾略特和勃朗特姐妹中的一个（不是两个，更不可能是三个）。现代英国呢？伍尔夫，但这人选不那么容易。诸如此类。现在怎样了呢？有两个新情况。情况之一，女性主义学者和批评家先锋，诸如邦妮·凯姆·司各特、桑德拉·吉尔伯特和苏珊·古芭，还有伊莱恩·肖沃尔特，她们改变了文学研究的视野，因此，现代主义不仅仅包括那些男性作家和作为无歧视象征的伍尔夫或者朱娜·巴恩斯，也包括了薇拉·凯瑟、伊迪丝·华顿、内勒·拉森、多萝西·理查逊、H. D.[①]、米娜·罗伊、维塔·萨克维尔－韦斯特、佐拉·尼尔·赫斯顿以及其他很多女性。换句话说，也就是那些一直都存在的、的确有很多话要为她们自己说的作家。

另外，强有力的、有时令人震惊的女性声音也在出现。到现在为止已经很明显了，我非常推崇艾德娜·奥布莱恩。很多读者也是，而恰是她作品里那些受人欣赏的特质，让她的小说在爱尔兰一部部被禁。奥布莱恩不想去写爱尔兰的“好女孩”，也不想成为其中一个。她的《乡村女孩三部曲》触犯了许多禁忌，其中之一是爱尔兰妇女不可以被描述得好像在性问题上很开放。当然，展现爱尔兰男人的孤僻、情感淡漠或暴力，或许无所助益，但在凯特和芭芭的传奇中，的确是性欲在发力。然而，无论 20 世纪 60 年代的审查员对此做何感想，性在这部小说里并非是为了淫秽。在小说中，是这样一种非常基本的观念：只有女人被赋予包括身体和性在内的完整人性，她们才能赢得完整的人权。男性的写作总是倾向于将爱尔兰妇女表现

①指希尔达·杜利特尔（Hilda Doolittle），美国诗人、小说家。

为修女、母亲、凯瑟琳女伯爵和贫穷老妪[1] 的混合体，贫穷老妪是祖国爱尔兰的象征。这些并不是活生生的人，而是象征符号，因此，奥布莱恩坚持认为，把女性的一生看作是一种标记符号，真的很难令人接受。她甚至对乔伊斯的摩莉·布卢姆也表示了不满，虽然摩莉比起其他男性作家比如叶芝笔下的女人，更像一个真人，当然更有性欲方面的内容。在短篇小说《夜》中，奥布莱恩给了她笔下的女人夜间冥想。她的主人公玛丽·霍利根和摩莉一样魅惑、热情、有性欲、世俗，然而她是个更近乎完整、真实的女人，少了一些人为的概念。而这正是作品的主题思想所在。

奥布莱恩并非单兵作战。几乎在同一历史时刻，多丽丝·莱辛、玛格丽特·德拉布尔、玛格丽特·阿特伍德、穆瑞尔·斯帕克、埃里克·乔恩，还有如芭芭拉·金索沃这样一群稍微年轻一些的作家，都开始在书写所谓的“女性问题”，但它们实际上是人类问题。尊严、自由生活和自我表达的权利、得到同类的平等对待、自主、犯错误的权利等等，对我来说，这些听上去都是非常基本的问题。当然，重要的是，这些人都是小说家，而非评论家或辩论家（至少在她们写小说时是这样的），因此，她们的小说必须作为虚构来完成。而确实也完成得很出色。在《金色笔记》（1962）和《暴力的孩子们》五部曲（1952－1969）中，莱辛融入了这样一些观念和命题：社会公正、女性权利和男性过失、理智与疯狂。特别是《金色笔记》，它是 20 世纪写作的伟大成就之一，它既复杂又直接，包罗了个人与政治、情感与历史。它的结构是四种不同颜色的笔记，记录了一个作家生活的方方面面，还有一本作为总体架构的金色笔记，而小

①爱尔兰作家叶芝曾写过《凯瑟琳伯爵夫人之歌》，而《贫穷老妪》是 1798 年爱尔兰起义期间流行的一首哀婉的歌曲，后“贫穷老妪”一度成为爱尔兰的代名词。

说最有趣的一个特征就是，这一系列构成部分，也就是那些笔记，最终挫败了想要将它们划分开来的努力，坚持其存在的整体性。鉴于这部小说关注一位虚构的小说家安娜·沃尔夫的生活，因此，它最终反映出它自己的创作过程，反映出作家生活中的一切共同对创作中的作品施加着压力，或发挥着影响。

阿特伍德和金索沃都获得了流行意义上的极大成功，但她们同时也表达着重要问题，最终揭示出，“女性”问题，不过是小说讨论的更广阔命题中的一根线索。例如，阿特伍德获得布克奖的作品《盲刺客》（2000）使用了多重叙述框架，小说套小说，虚构含真相，甚至还探讨了女性身份和个人历史的话题。从之前的《浮现》(1966)开始，阿特伍德就是小说世界里一个重要的女性主义声音，但这声音从未像在《盲刺客》里那样既微妙而又直戳要害。这场围绕真实、谎言、罪恶、救赎、作者身份、不可知性、虚构和身份进行的游戏，让人十分着迷，而且，如果与第二年问世的伊恩·麦克尤恩极具思想性的《救赎》相对照，就更为吸引人。这两本小说都精彩非凡，如此相似又如此不同，它们面世的时间如此接近，可能正说出了我们这个时代一些意义深远的事情，尽管我们因为和这时代太近，可能无法确知关键的内容。不过至少，我们可以注意到，这两位小说家作品里的元小说，早已不再是单纯的文字游戏，而成为小说更大设计的一个主要组成部分。金索沃的《毒木圣经》显然关注美国和欧洲殖民非洲期间及之后犯下的过错，但这些关注是与女孩和女人遭受男性殖民权力的伤害融合在一起来表现的。无论在国家还是家庭层面，殖民者都有点疯狂，这一点已不用多说，而这种伤害留下的永久伤疤，既在意料之中，又令人震惊。从她的第一部小说《豆树青青》开始，金索沃就将个人和政治联系在一起，并表明面向世界的道德行为与面向自己的个体责任密不可分。正如泰勒·格里尔在寻找她自己的道路的过程中，必须正确对待那个土著小孩（在小说中那个小孩被强行放在她的羽翼之下）那样，普莱斯家的女孩也必须在努力创建自己生活的过程中，与世界尤其是非洲建立联系。

这些常常让人不适的宏大概念，在令人忧虑的“族裔小说”和“后殖民小说 ”中泛滥成灾。这几乎是不可避免的。一个非裔美国作家或者非裔加勒比作家所写的小说，怎么会不从奴隶制和种族压迫的历史遗产中提取素材呢？一部非洲、印度或任何前殖民地的小说，怎么会不讲述受压迫的经历或压迫者撤离后常常要面临的混乱呢？钦努阿·阿契贝写过一篇著名文章，批评了约瑟夫·康拉德的《黑暗的心》，文章本身也是一篇充满了观念的小中篇，但阿契贝更好的驳斥是他从《这个世界土崩瓦解了》开始及以后的小说。那篇文章陈述了他的观点；而他的小说则具体体现了这些观点。我曾提过，历史是一种不可逃避的现实。斯蒂芬·迪达勒斯说过，“历史是我试图从中醒来的噩梦”，这只表明他不够成熟。那些表面看来很不相同的作家，如萨尔曼·拉什迪、R. K. 纳拉扬、基兰·德赛、卡里尔·菲利普斯、托妮·莫里森、艾丽丝·沃克、路易丝·厄德里克和爱德华·P·琼斯，都有一个共同点，即他们都创作充满理念的小说，来回应历史传递到他们手中的遗产。琼斯用《已知的世界》(2003)这部讲述黑人奴隶主的小说，震撼了所有种族的读者，不过具有讽刺意味的是，这样的素材让他可以用一种传统的白人－黑人奴隶制故事所不可能有的方式，自由地谈论种族、特权、阶级以及对错这样的问题。同样，菲利普斯的小说《坎布里奇》（1991）是声音的一次令人惊讶的实验，它让两个人相遇：一个是前往西印度照料父亲的蔗糖种植园的 19 世纪英国妇女，一个是获得自由后又被重新转卖的奴隶，他的名字就是小说的标题。

在所有这些小说中，最重要的、也是让小说作为思想容纳处而具有重要性的，是一种特定的能力，这种能力将体验的广阔领域带回到个人层面。群体没有生活；个人有。拉什迪的《午夜的孩子》不是关于“印度”独立的故事，它是萨利姆·希奈的故事，它讲的是这个人，他诞生的家庭，他作为个人在新兴国家中的经历。通过他，集体得以被表达。

正是在这里，小说形式发挥了它的天赋。它是呈现个体存在的完美中介，反过来也是描绘群体经验的近乎完美的中介。普通人的生活——就是“普通人”这个宏大概念，也是小说曾有的第一个概念。之前的文学形式，说的都是精英。悲剧和史诗都是关于统治阶级的，尽管出于完全不同的理由。喜剧人物常常不那么高贵；虽然我无法为你证明，但我的先辈（如果有的话）会表明，在莎士比亚戏剧中，掘墓人和滑稽奴仆这样一类无足轻重的阶层的角色，在舞台上拢共待不到几秒钟。甚至抒情诗也是为识文断字的有闲阶层准备的——里面会有牧羊人，但它不是为牧羊人而写，甚至不是关于真正的牧羊人的。是的，如果你的姓暗示出你的职业或你工作的场所——米勒（磨坊主）、库珀（制桶匠）、史密斯（铁匠）、菲列尔（兽医）、弗里斯特或福斯特或弗斯特（守林人）——你就不是旧文学描写的对象。然后，这种新的文学形式出现了，它迎合了一个新兴的中产阶级，通常说的也是他们的事，而它的容量足够大，甚至可以为那些工人阶级留点位置。当然，社会仍然更看重有产者而非干活的，但这是个开始。尽管这并非偶然：小说的兴起和中产阶级的兴起是同时发生的，同时兴起的还有自由和民主。在这种文学形式之中，普通人也可以很重要。然而，它不是关于某个阶层的，它只是关于其中的个体成员。事实上，在西方文明史上，小说这一形式第一个暗示，在宏观大局中，个人也可能非常重要，哪怕他没有头戴王冠。多么伟大的思想！

你不信？来看一下，汤姆·琼斯、克拉丽莎、哈克贝利·费恩、杰伊·盖茨比、乔治·巴比特、奥吉·玛奇、BJ、爱玛、塞拉斯·拉帕姆、堂吉诃德，这些人有什么共同点？他们都是让小说得到名字的人物，也就是说，他们的名字就是小说的书名，他们也是小说中的明星。以前，什么时候发生过这样的事情？俄狄浦斯？哈姆莱特？李尔王？请你大声说出来！如果你想在舞台上拥有头衔，你需要高贵的血统。但相反，小说喜欢普通人的红血，而非贵族的蓝血。这构成了文学的巨变，也是思想史的巨变。表面上看，这个章节似乎在暗示，20 世纪都在追求思想性主导的小说，而这样的小说是很糟糕的。但是，观念，尤其是重要的观念，自小说产生之初就一直让小说生机勃勃，一个观念胜过所有其他。当然，托马斯·哈代对宇宙的疑惑，或者陀思妥耶夫斯基对人类与上帝或罪与罚的审视毫无疑问具有哲学意义，但是亨利·菲尔丁关于弃儿汤姆·琼斯以及他试图在世界上找到自己位置的喜剧叙事也是一样。同样，达希尔·哈米特关于一个名叫斯佩德（他也许很不情愿地在挖掘真相）的侦探的悬疑小说，也具有哲学内涵。

对小说家来说，有一个重要概念，它总是存在，总是要求得到关注。它是这样的：成为一个人意味着什么？我们如何以最好的方式过自己的生活？对很多读者来说，小说是我们最接近哲学的形式，而且可能非常接近。那些观念，无论大小，在小说里永远不可以因为“不过是小说”而忽略不计。不错，它是小说，但不仅仅是小说。

19

谁动了我的小说?

还记得在什么时候小说从前往后平铺直叙，从 A 一直讲到 Z？又在什么年代，故事是天衣无缝的连续叙事，用句号相连，除了篇章结尾，无时无刻不在吊你胃口？什么时候，只有柏玛剃须膏[①]的广告词有空格间距？老兄，俱往矣。我的建议？挺住。狄更斯先生已离我们而去。

噢，你仍然能找到读上去像小说的小说，线性叙事，谁都没落下，一切有解释。实际上，这样的小说很多。只是因为有太多小说在讲述过程中颠来倒去，我们几乎注意不到还有那样的小说了。

你可曾拿起过一本“小说”，结果发现它是些短篇故事的集合？怎么回事？是一堆故事，而不是一堆章节，对不对？这堆短篇故事似乎有内在联系但又独立成篇，它们被一个懒得好好干活的“小说家”串在了一起！某种程度上，我们被这堆故事欺骗了。这样就结束了？我在课堂上听过无数这样的抱怨，语气还常常很激动。这是

①美国著名剃须膏品牌，一直用押韵的幽默短诗做广告牌。

我的建议：在脑袋上放块凉毛巾，放松。这趋势已发生一段时间了，而且估计也不会很快改变。

我最喜欢的合成小说（我希望能宣布这术语是我发明的，但它属于乔安妮·P·克莱顿）作家之一，就是路易丝·厄德里克。从《爱药》开始，她已经写了一系列既引人发笑又让人心碎的小说，说的都是在美国中西部北面齐佩瓦保留地及其附近地区的生活。她所属的部落是在北达科他州最北端的龟山齐佩瓦地区，靠近加拿大边境。这些小说中的不同故事，以及现实中这些小说本身的出版次序，通常都打乱了故事的年表。以《爱药》为例，它在叙述的时间顺序上应该是倒数第二本，但它却最早出版。在小说中，叙述从一个发生于“现在”的故事开始，那大约是20世纪80年代初，琼·莫里赛·卡什帕之死启动了故事情节，然后跳回到1934年，那时，故事里的老人还很年轻，三角恋情正在成型。在时间年表、视角、叙述声音上也有相似的跳跃，主要的叙述者有涅克托尔、玛丽·卡什帕和露露·拉马丁，以及他们的侄孙或孙子（这是个让人抓狂的复杂家族谱系）以及利普沙·莫里赛。但是，有些故事是用第三人称讲述的，其中一些还半道变换了人称。显然，戏剧的经典三要素——时间、地点和动作——被消解了。

那为什么要用这种方式讲故事？好吧，为什么不呢？我真的是这个意思。为什么不？任何结构原则都没什么神秘或神圣的，而这些原则很显然包括时间顺序。比起别的方式，我们可能更习惯了按时间顺序来，但这只是约定俗成，其他方式只是大致被忽略了。但永远不该被忽略的是叙述的逻辑，而这逻辑把我们引向……**“叙述一致性法则”**：组织一部小说的最佳方式，就是让这部作品合情合理的那种方式。这里没有放之四海皆准的法则。一部小说的一致性，是作者施加于它、而读者能从中发现的特性。

那么，为什么这种独特形式对《爱药》来说是恰当的？你最好去问厄德里克本人，不过我也确信，她不会告诉你。在这一点上，作者们都有点古怪。我不是很肯定，但可以说一说我的想法。首先，这是一部族群小说。它的故事和结局，既针对个体（例如利普沙很想知道他问题的答案），也针对群体（这些人因血缘、个人和群体的历史、地理以及共同的苦难而联系在一起）。此外，这部小说也事关群体知识，以及他们的无知。在真正的人类社会里，一些人掌握了某些信息，另一些人则掌握着另一些，但没有人能掌握所有信息。那么所有这些信息集中在一起呢？你会认为，可以通过积累得到知识，那么群体的知识是个体知识的总和，尽管这也许没错，但还存在着集体的无知，即所有个体都不知道或选择不去揭示的知识总和，也应该添加到族群的信息数据库中。在很大程度上，这部小说和这个系列中的每部小说，都依赖于人们所知道的以及所不知道的。一个第三人称叙述者，尤其是近乎全知视角的叙述者，能知道和揭示的东西太多了。而且，小说中最重要的两个人，已故的琼和臭名昭著的印第安活动家盖里·纳纳帕什，却没有得到讲述自己故事的机会。为什么？因为在这些故事里，最有价值的就是其他人物对他们的塑造。为了看清这两个人的人生故事如何被各种人利用，我们需要倾听其他人的讲述，而不是琼和盖里自己的说法。这似乎是厄德里克从福克纳那里学到的花招。例如，福克纳知道，如果凯蒂·康普生从没为自己辩解，而是由她的兄弟班吉、昆丁和杰生来解释她的行为，那么她就是一个更重要、更吸引人的形象。事实上，厄德里克显露出，她从那个伟大的密西西比人[1] 那里学到了很多东

①指福克纳。

西，而同时也避免了使用他那过分雕琢的语言。这些推断来自我们对小说的明确感受，但可能还有一个。我曾听西默斯·希尼说，在他心里没有长诗，他不适合创作史诗或者长篇叙事诗。我觉得这不是个缺陷；如果一个人能写出他写的抒情诗，就不需要别的特长了。对厄德里克来说，可能也是如此，她绝对适合书写瞬间性爆发的叙事，她能以最舒服的方式将这些片断融成一体，即使它们不连续，它们也是完整的。

如果情况是这样的，那么她的很多同龄人也是如此。蒂姆·奥布莱恩擅长将一些故事拼凑成小说，并因此而出名，其中最著名的就是两部越战小说《追寻卡西艾托》和《士兵的重负》。他说过，创作短小的、自成一体的小故事有几个好处。一则，每个故事（不像小说中的章节）都有开头、过程和结局，能够给予读者情感上的满足。而写作自成一章的故事，还能让他在整本小说完成前发表其中的一些片段，让他以此判断读者的反应，还能有机会靠这些故事赚钱。这里给拼凑型作者一个警告：如今已很少有地方会为短篇小说付稿费（奥布莱恩是在20世纪80年代说这些话的），因此这不是这种创作模式的充分理由。我不想给大家任何虚幻的期待。我们还能在另一个奥布莱恩那里看到这样的创作模式，在艾德娜·奥布莱恩让人心有余悸的《森林中》里，那个主角，或者说主要的焦点和探究对象，是个犯下了多起谋杀罪、精神严重错乱的年轻人。出于正当理由，虽然我们必须了解他，但我们宁愿不要钻研他的内心想法，所以小说让其他人讲述他的罪行，讲述那个造就了他的社区。

可以有很多词语来描述这些小说，只是不能说它是一套饼干模子。你永远不会认为，“这是用一套元件组装起来的”。恰是因为每个故事都需要证明自己存在的合理，需要以自己的方式建立完整性，所以，每个故事都是独一无二的。这说法也适用于同一个作者写的不同小说。使用这种模式的人里面，我最喜欢的作者之一就是英国人朱利安·巴恩斯。在英国，他因《福楼拜的鹦鹉》而成名，小说主人公医生杰弗里·布拉斯韦特的人生故事和爱玛·包法利那不幸的丈夫查尔斯有某种可疑的相似。小说充满了布拉斯韦特的小论文、私人回忆、生活习惯上的小毛病、搞笑的单子，甚至有一次戏仿的期末考试。小说只有一个常规意义上的章节，名为“纯粹的叙事”，而它实在令人心碎。在这个章节中，人们明白了主角为什么要借由居斯塔夫·福楼拜，尤其是通过他的两部名作《包法利夫人》和短篇小说《简单的心》，来迂回接近他的问题。小说借助布拉斯韦特的心理需求和理性辩护，建立了自身的逻辑统一性。随后一部作品《十又二分之一章世界史》(1989)，更不是由人物推动的小说，反而证明了作家对经典小说的抵制。它究竟是一部小说，还是一套论文和记述，或者一个短篇故事汇编，或别的什么？我倾向于听作者的，而作者声称这是部小说，我也接受这样的说法。后来，即便巴恩斯又回过头来写以人物为中心的小说——比如《亚瑟与乔治》(2005)，讲述了柯南道尔爵士如何参与到纠正对乔治·艾达尔吉的错误判决中来，后者在20世纪初被误判犯下了一桩伤害动物案——他也在叙述中避开那类常规的叙述，而柯南道尔的夏洛克·福尔摩斯故事和其他小说就喜欢运用这类叙述。这类故事的动力——从案件发生到指控、审判、定罪、上诉到最后平反——推动小说以线性叙述发展，事实上，最后成了侦探小说。而巴恩斯因为曾以丹·卡瓦纳为笔名写过侦探小说，因此懂得如何去利用这种小说类型，又不被它牵制。人们的期望和小说的实际发展之间的张力增强了故事的戏剧性：我们知道如果是福尔摩斯，会怎么讲述这个故事，但这部小说并不是那样。相反，它更为丰富，在复杂性和微妙感上更为游刃有余，然而，也仍然拥有最棒的侦探小说所有的那种紧张感。

现在，你们知道了，我喜欢那些稍微有点错乱的故事。其中我最喜欢的作者之一，就是贝尔法斯特诗人克兰·卡尔森。诗人？是的，正是如此——他是诗人、音乐家、传记作家、散文家、寓言作家、小说家。再说，在诗歌方面他差不多算正常。在他笔下，抒情诗还是抒情诗，但一篇散文体的故事呢？那就几乎无法归类了。有时候是完全无法归类。《明星工厂》（1997）可能是篇回忆录，却跟别的回忆录都不一样，里面混合了在“北爱问题”之前在贝尔法斯特成长的个人经验以及在这段动乱过程中在那里的生活，还有工业史、当地传说、词源学以及对黑暗中父亲闪烁的香烟头这一符号系统的沉思。而当他转而求助更纯粹的虚构材料时，正如他在《海捞琥珀》(1999)里所做的那样，文本的编撰方式仍然是混杂的，它将奥维德《变形记》中的故事（在重述时往往有些粗俗）、被列入黑名单的爱尔兰童话（它们通常都聚焦于诱拐和危险）、关于画家和荷兰黄金时代油画的危险而狂野的传奇，编排在一起。这本书很难用什么体裁来概括。卡尔森给它加了个副标题“一个长长的故事”，确实妙不可言。它有一本书那么长，是虚构的，某种程度上通过题材、主题和形式统为一体。这是本小说吗？听上去像，算是吧。它是否像我们期望的小说一样统一？这要看是谁对小说的样子做出了期望。

这就把我们带回了定义：小说是什么？当我们把某样东西称作小说，意思是什么？我们能在不同的期望中找到共识吗？一个在线索上连贯的小说到底有多重要？在主题或话题上到底多统一才够标准？

在关于小说的恼人问题（它们数不胜数）中，最让人烦恼的也是最基本的：小说是什么？这是每个教师都害怕的论题，而且总是以否定句开始:《爱药》(或者《俄亥俄,温斯堡》《福楼拜的鹦鹉》《去吧，摩西》，或者，好吧，随你说）并不真是一部小说，是吗？因为讨论中总存在着这样的反对意见，所以，你面对着一个糟糕的开端。有人会说，小说就是小说，你这不是在捣鬼嘛。而且，这个问题已满是主观臆测和潜在答案:“我知道小说是什么，我们都知道小说应该有什么，做什么，是什么，但这部小说明显不是。好了，别再搭理这个问题了,如果可以的话,虽然我不太相信。”好吧,说真的，老师没法回答这问题，因为提问者已经有自己的主意了。被质疑的小说永远不会成为一部小说。不过，有趣之处在这里：当你想在讨论中认真搞清楚这问题,学生们不会取得一致意见。老师们也不会，不过，还好，一堂课上很少会出现几个老师。可是，这个问题（或挑战）假定只有一个可能答案——小说就是这样，没有别的替代品。然而，这部小说，或者某种程度上“小说”这个总类，就是替代品。我们能够通过一步步的口味测验来展现这个问题。

假定的原型小说	**我们所知道和喜爱的小说**
虚构作品（或多或少有个虚构的故事）	同意。
一本书的长度	同意。
拥有人物	大致同意。
描写了一个主要人物	嗯，也许吧？
一条简单的故事线	休斯敦，我们有麻烦了。
一个单一视角，或至少是一类视角（例如允许多个第一人称叙述者）	现在，你有点傻了。
即使没有按照时间顺序来，也至少是个连续的故事	你读过几本小说啊？
情节、体裁和主题是统一的	某些范围里的统一是不错的。

也许分界线不是那样轮廓分明，但是它确实存在于读者的脑子里，任何讲授20世纪小说的老师们都会这样告诉你。表格左栏的“原型小说”真的存在，有无数具体表现。例如乔治·艾略特的所有作品，或者威廉·迪安·豪威尔斯的。还可以举出约翰·高尔斯华绥、阿诺德·本涅特、斯蒂芬·金、阿加莎·克里斯蒂、东尼·席勒曼和J. K. 罗琳。是，哈利·波特可能是最不循规蹈矩的男孩，但是他处在一个非常传统的小说结构中。每一本讲一学年的故事，这个设计使它成为从头到尾按时间顺序讲故事的范本，而它也呈现出大量的完整统一性。每一章节都有自己让情节跌宕起伏的方式，章末会留下悬念。里面的好人坏人，至少跟狄更斯的小说一样截然分明（接受恰当的赞同和反对）。毫无疑问，对缺乏经验的年轻读者、对寻求神秘或悬念（那种不按次序讲故事的小说根本没有参与到这场游戏中）的读者、对所有类型小说（这些小说依赖于它们的世界里“如果……那么/就……”的逻辑性而得以成立）的读者而言，小说的这种安排是合情合理的。这是一个悠久的传统，至少可以回溯到19世纪。事实上，哈利·波特系列是我所知道的最具维多利亚风范的小说。随着这一系列的展开，它们甚至在长度上也证明了这一点。

这就是我的观点：小说事关形式，而非长度。我们所认为的小说永恒不变的真理——它说明了小说一直以来看上去是什么和它们应该是什么——实际上却是一种受历史和社会经济所限的形式。就像我之前讨论极简小说史时提到的，19世纪，尤其是19世纪的大英帝国，凭借经济和出版史上那个绝无仅有的时刻，展开了一场实验：发表连载小说。我们所认为的维多利亚时代的伟大小说——《米德尔马契》《名利场》《远大前程》，还有很多，一直到《德伯家的苔丝》——都是先在周刊、月刊、报纸或者（奇迹中的奇迹）每月连载的单行本（可以在书摊上预订和购买）上为人所知。这些小说不尽相同，但是它们包含了一些明显的相似性。它们都很长（即使相对短一点的也是如此）。它们都是线性的。它们都追随一个男主人公或女主人公的命运，也捎带关注一下次要情节中所受关注会稍少一些的人物。它们都给出了在情感上令人满意的解决方案，这些方案通常会干净利落地解决每条故事线索（支线情节会解决得更快）。它们都倾向于选择以下两种叙述视角：第一人称视角（个人成长小说）或者全知视角（除那以外的其他小说），对那些扎实的大部头来说，这两种视角都很适用。而且，一般而言，这些小说都很精彩，只是对当代读者来说节奏有点慢。但所有这些特点都能很好地为当时那类故事服务，它们每个月刊登两到三个新章节，要连载上好几年。

不过这正是我要说的：它们才是那个新生儿，是廉价报纸和便宜书业的产物。而我们所认为的不按顺序讲故事的“新”小说，事实上却有着令人敬畏的渊源。只说两个名字吧，福克纳和海明威……或甚至乔叟和薄伽丘。我知道，我知道，后两个不是小说家，不过你应该懂我的意思。不连续的故事早就存在了。不仅仅是在《坎特伯雷故事集》和《十日谈》中。譬如，古老的爱尔兰史诗将散文片断混合在韵文之中，很明显地展现了在叙事中跳跃的倾向。我们还能回溯得更远，譬如回溯到荷马。《伊利亚特》是用非常直截了当的方式讲故事的，从阿喀琉斯一怒之下拒绝参战到赫克托尔之死。它很合理：是一连串的因果关系，这个决定引起的反应导致下一个事件，依此类推。相反，《奥德赛》用了更为迂回间接的讲述方式。忒勒马科斯出发寻找父亲，拜访了特洛伊之战的另一个希腊英雄内斯特，还拜访了其他人，以觅得父亲的消息。与此同时，那个父亲奥德修斯，正在设法离开同居了好几年（这是段艰苦的生活）的女神卡吕普索。当他来到费阿刻斯人的法庭时，他讲述了自己过去十年的生活，包括他所有的挣扎和冒险。这一处理也很合理：他的旅程包含了很多随意的流浪，跟阿喀琉斯之怒相比，因果关系要少很多。马各有其道，各尽其善。一个人讲故事时，需要找到适合故事材料的讲述方式，无论这故事是荷马讲的，还是奥尔罕·帕慕克讲的。几乎跟我发现的一样，人类总是既能接受连续的叙事，也能接受非连续的叙事，小说也不例外。今天，我们会发现很多这样的小说，一个被时间机器将他扑通一下误放在21世纪的某个时间点上的维多利亚人读起来也毫无障碍，但更多是他感到莫名其妙的小说。怎么会这样？好吧，你可能还没注意到，但已经变成这样了。我们可以回到劳伦斯·斯特恩和他的《项狄传》（你发现了吗，几乎关于小说的所有警言妙语都可以追溯到这里？）。在早年岁月，小说可以显得像任何古老的文体。它可以是个海难失事者的日志，或箱子里找到的一沓信件，或罪人的忏悔（不管正不正当），或从开始到结束真正的传统线性叙事。问题是，那只是几个选择中的一个。而对那个世纪来说，那就是正确选择。好，如果你正好来晚一步，生产的方式突然改变了——不再是金钱激励——你会怎么做？该死的对极了。除了那些像高尔斯华绥和本涅特一样的作家能通过传统小说获得美妙的经济前景，现代派在线性小说方面，已经无事可做。

现代派做了你能对小说做的一切事情。我不想再反复唠叨那个可怜的老乔伊斯了，他在那一领域多次抓住了时机。不过，我们可以看看约翰·多斯·帕索斯，在《曼哈顿中转站》（1925）和《美国三部曲》中，充满了拼贴和组合的片断，这么做的目的，不是为了描述那些微小的个体的微不足道的故事，而是要描述整件事情的大局（前者是纽约，后者是整个国家），而对应着整体大局，我们这些微小的个体过着我们微不足道的生活。多斯·帕索斯观察着这个国家——火车到处飞驰，打字机咔嗒作响，地下酒吧莺歌燕舞，左派在煽动，政府在镇压——并且说，现在，有一个值得说说的故事了。的确有。他的确说了值得说的故事。然而，他面临着技巧上的问题：如何讲述一个关于如此狂躁的人群的如此巨大的故事？不可能用豪威尔斯或马克·吐温用过的方法，这一点确凿无疑。或许毕加索的方式可以。通过各种不同的视点，表现它要表现的对象——当代美国，并使用一些我们通常不会将其与小说联系在一起的技巧。诚然，小说中有一条与人物有关的主要故事线，不过小说还有一些被称为“相机之眼”的片断，它们是对发生在全国各地的历史瞬间和场景的快照；还有一种快速的“新闻短片”，这部分内容试图用语言来模仿最新的电影纪录片（使用了真实新闻短片的大标题和电报体）；此外，还有一种迷你传记，绝大部分是关于文化英雄（通常是左派）和文化暴徒的，诸如兰道夫·伯尔那和爱玛·戈德曼、路德·伯班克和大比尔·海伍德。为了进一步混淆这个问题，许多这样的片断并不完全是用散文写的。新闻短片显然有自己的文字风格，很难遵循英语散文体的叙事规范；而传记虽然内容各不相同，但帕索斯所采用的风格大体是点描式和印象派的。有些人的传记，比如伯班克或威廉·詹宁斯·布莱恩的，使用了长篇分行韵文，相比小说，让人更容易联想起卡尔·桑德堡的诗歌或威廉·卡洛斯·威廉斯的史诗《帕特森》。事实上，平民主义的主题、乐观主义和幻灭感的不安结合、不同体裁的混合、大量真实生活材料的整体借用、显然只是形式上的自由，让“美国三部曲”更像《帕特森》，而不是任何其他文学作品。

这一趋势在现代主义文学中无处不在：它毫无疑问存在于福克纳和伍尔夫的作品中，也存在于多萝西·理查逊的十二卷鸿篇巨制《人生历程》中，还存在于乔伊斯、舍伍德·安德森和亨利·格林的创作中。当然，使用传统线性叙述的小说作者从未离场。人们无法想象E. M.福斯特像多斯·帕索斯或甚至他的好朋友伍尔夫那样写作，或想象D. H.劳伦斯和菲茨杰拉德去仿效乔伊斯和福克纳。于是，现代主义时代也是伟大的侦探小说家的时代，这些作家有多萝西·L·塞耶斯、约瑟芬·铁伊、玛格丽·阿林汉姆、阿加莎·克里斯蒂、达希尔·哈米特、雷蒙德·钱德勒、罗斯·麦克唐纳，如果没有线性叙事，他们中没有一个人能写出这些小说。但总体上，现代主义剧烈偏离了维多利亚时代的小说传统。

事情才刚刚开始。现代主义真正发力是在20世纪50年代以后。法国新小说当仁不让，对传统小说的方方面面都进行了严重而有意的破坏，阿兰·罗伯－格里耶引领先锋，然后是伊塔洛·卡尔维诺进一步抨击了小说形式；尽管这一路上还有些英美后现代小说家，从约翰·巴斯、罗伯特·库佛、约翰·福尔斯，一直到厄德里克，那几个奥布莱恩，苏珊·米诺特和奥黛丽·尼芬格。

上述最后一位作者的小说《时间旅行者的妻子》，尤其关注非连续性叙事的合理性。正如书名暗示的那样，里面只有一个勉强能算是主要人物的亨利·德·泰伯尔，也就是那个时间旅行者。他得了时间错位症，就像其他人为偏头痛所苦，他也为此深感困扰。克莱尔·艾伯莎尔最后成为他的妻子，她生活在正常时间中，可以预见，此事的结局很不幸。当他们第一次相遇时，亨利二十四岁，克莱尔五岁。而之后再次相遇时，他三十六岁，而她十二岁。在正常的事物发展过程中，这种不断变化的年龄差距是不可能的：我总是比我的弟弟年长两岁，如果不是这样，我会很烦恼。这个故事却在非连续的顺序中，从一个日子跳到另一个日子，让读者也产生了亨利和克莱尔所承受的错位感和混淆感，尽管在每次新的相遇发生时，尼芬格会说明相遇时间和每个人当时的年龄（在亨利的年龄完全不可预期的情况下，这很有帮助）。老实说，我以前从未见过这样一种手法，尽管我相信它一定存在于某处。不过，这是一个让人眼花缭乱的尝试，将非连续的叙事和强度不断增大的情节发展联系在一起，其中，我们越接近最后的答案，冲突就越强。对我来说，如果用直线叙事的方法来讲述这样一个故事，会违背这部小说的核心思想，虽然大致来说，你永远也说不出这一核心思想是什么。它也会减弱书里让人绝对眼花缭乱的乐趣。

为什么这种非线性叙事的加速发展会出现在战后？这可能与创意写作项目的兴起有关，在这类课程中，短篇小说是受到赞赏的形式，因为对为期十四周的学期安排来说，它具有可控性和可重复性。也可能是因为其他的环境原因，比如电影和电视对线性叙事的过度使用所带来的疲劳（或反感）。还可能是因为，跟我们其他人一样，作者喜欢新玩具；反常规小说蕴含着广阔的叙事潜力，还没被开采出来；依然存在着讲故事的新方法和可以去讲的新故事（就像尼芬格向我们展示的）。如果一个名字就意味着“新”的文学形式[1] 有一样我们可以确定的东西，那就是千万不要一直沿用旧把戏。

①小说（novel）一词还可做形容词，意为“新的”。

20

混沌的结局

警告：尽管一直尽力避免剧透，但这个章节实在躲不开。很遗憾给您带来不便，并提前致以歉意。

有时候我希望自己生在19世纪。诚然，那时候有很多让人不敢逾越的社会约束，还有浆洗得笔挺的高领子，不过，另一方面，我也能手拄一根真正最酷的手杖，顶端镶着孔雀石或者象牙。现在人们依然可以携带一根这样的手杖，不过看上去稍微有点做作，你不这样认为吗？另外一个好处是，能够欣赏维多利亚小说的结局。然而，我是20世纪中叶出生的，我发现我更喜欢有点混乱的结局。我出生的这个世纪，最伟大的小说用“是的”来结尾，但是我们并不确定它赞同的是什么。我的时代充满了不确定性和模棱两可，我喜欢这样。当厄普代克在《兔子，跑吧》的结尾让兔子安斯特洛姆奔跑时，他到底跑向哪里，又是从哪里跑来的？当纳博科夫在那部与主人公同名的小说结尾处让普宁被驱出小镇，他要走向何方？在《押沙龙，押沙龙！》的结尾，当福克纳让昆丁·康普生回应“他为什么憎恨南方”这个问题时，他让昆丁在脑海中大喊：“我不。我不！我不恨它！我不恨它！”这样的结尾解决了什么问题？什么也没有。我们领悟到什么？通过结尾标点符号的增强，从句号到一连串感叹号，有什么东西让昆丁发狂了，但我们说不出它是什么，文本也没说。

我喜欢这一点。我生活在《等待戈多》和《谁害怕弗吉尼亚·伍尔夫？》的年代，生活在斯坦利·库布里克和罗伯特·奥特曼电影的年代，生活在罗兰·巴特和阿兰·罗伯－格里耶小说理论的年代。我这个时代的小说是《巫术师》《漂浮的歌剧》《午夜的孩子》和《宠儿》，对维多利亚时代的读者来说，这都是无法理解的小说。我生活在相对论和量子理论之后的年代，生活在索姆河战役、长崎原子弹爆炸和奥斯威辛集中营之后的年代，生活在长征和红色高棉之后的年代。在所有那些事情发生之后，确定性——尤其事关结局——是一个不可能完成的任务。此外，如果我穿着双排扣礼服，拄着顶端镶象牙的手杖，看上去真的会很傻。不过，我的维多利亚同伴呢？他们喜欢有序和完满。对他们来说，小说需要结尾。问题解决了。甚至解决得很漂亮。

试试这个情形。你在读一本小说，好像都读了好几个月（事实上也可能确实读了几个月）。你终于读完大部分，只剩下一点了。此时又发生了一些事情。经受过一些困难的主人公，又重新进发了。他发现自童年时代就开始的旧苦痛还是像过去一样烦人。两个时不时地进出故事的次要人物已经结婚了，原本四百页前（对，确实那么长）他们就该这么做了，甚至，其中一个已经死了。一个反面人物因为诈骗英格兰银行（你会猜想，这正印证了“要么大干一票，要么回家等死”的格言）而被捕，判处了终身监禁；他说这番经历于他大大有益，那些想要纠正自己生活的人，都可以去监狱试试。然而，稍等，还不止这些。我们还发现，另一个反面人物也进了监狱，因为公然抢劫未遂。一些好人还像以前那样生活着，如果他们特别善良，将得到婚姻作为回报。有几个人物已经死了，环境虽然发生了变化，主人公还是从每种状况中都得到了有价值的人生教训。使劲折磨他的妻子已经死了，从那时起，他就学会了不再相信爱情，至少不再相信类似的更为愚蠢的浪漫念头。一个永远处于经济困境中的善良灵魂未加解释地成了一名法官。主人公艰难地了解了爱，并发现真爱一直都近在眼前，只是自己太鲁莽太狭隘，而没有注意到。无法解释这位怀抱真爱的女性，为何不反感主人公的错误行为。他们很快就结婚了，速度要比你说出杰克·鲁滨孙或大卫·科波菲尔还要快。

你觉得我在开玩笑？好吧，我们再有名有姓地说一下。朵拉，这个丈夫和她在一起时很不快乐的妻子，死了。在一次海难中，斯提福兹和哈姆也都死了，哈姆死于英勇的营救行为，而斯提福兹可能是淹死的，但更可能是死于无可救药的浅薄和残忍（因为他带大卫走上了这条路，他必须死，好让大卫明白他的道路是错误的）。乌利亚·希普将在监狱里度过余生，说起来他对此真的很高兴，而利蒂默也在监狱里。几乎是以一种卡夫卡式的姿态，克里克先生——大卫小时候那个可怕的小学校长——在有效的自我囚禁中，得到了公正的惩罚。因为他正好是管理监狱的执法官，他无法明白这多么具有讽刺意味。因为与艾妮斯一起体会到真爱，大卫克服了对爱情的幻灭感，通过一次闪电般的求婚，和她结婚了。一路走来，他认识到裴果提先生、哈姆、贝特西小姐、斯壮和安妮医生以及裴果提太太的善良。通过小艾米莉·佩葛蒂、甘密区夫人，尤其是他本人的命运，大卫向我们展示出，向善良转变不仅是可能的，而且还会有好报。好人有好报，坏人受惩罚，正义得伸张，总之，公道战胜一切。

借用杰出的文学批评家约翰·麦肯罗那句流芳百世的话：你别太当真了。

哦，亲爱的，不过我恐怕他当真了。而人们——因为他娱乐了大众——为之疯狂。我？程度稍轻。你知道，狄更斯很伟大。他小说里那些怪诞的人物、那些异想天开的虚构、那些低级的喜剧和崇高的理想、那全方位的叙事手法，都很伟大。只有结局例外。他的结尾真的太有条不紊了。每个人物，无论多么微不足道，都有结局。当然，会有问题遗留下来，所有小说都是这样。即使事情看上去都完成了，还是有大量不严密的结尾。

不要误解我；我爱狄更斯。如果没有哈代，他会是我最喜欢的维多利亚小说家，但谁能抵得住哈代的苦难和阴郁呢？《德伯家的苔丝》是我曾有过的最痛苦的阅读体验。或者说痛苦程度最强烈。不管是形容词，还是副词，任何排列组合，意思都一样。《无名的裘德》仅仅是令人沮丧（指引发情绪上的沮丧反应，而非指小说本身拙劣），但《苔丝》就像一场无法阻止的火车事故，你无法移开自己的眼睛，无法相信这残忍是多么美丽。但即使在此，也过于有条理了。哈代也一样用干净的结尾结束自己的小说。那些结局在流血，但很干净利落。他和狄更斯的主要差别，首先是哈代的小说人物更少，次要人物很早就离开了视野，其次，到结尾时，每个人都死了。好吧，不是每个人，只是反派和主人公。两人的差异，可能是因为哈代是个悲剧作家，而狄更斯本质上是个喜剧作家。两位作家都让他们的人物和内心的魔鬼战斗；而只有一个人相信，他们能从战斗中幸存下来。不过，在哈代“插手”之前，我要说的是，我不是单挑狄更斯来指责的。尽管宇宙观各有差异，维多利亚小说的结尾几乎是一样的。干净。利落。它们抵达了那个让我抓狂的词语：终结。彻底地。

不仅如此，我认为这不是狄更斯的错。这是上帝的错。说得更具体点，是维多利亚时代人们为自己制造的上帝的错，这个上帝不能容忍毫无意义，施与奖惩都是黑白分明（对他们来说，没有半吊子的炼狱——要么是恩惠，要么是沉沦），颁布的要求很严格，比如坚持寡妇要穿半个多世纪的黑色丧服，但也是最正义最公平的（如果你要求他）。有了这个上帝，好人和恶人都各有各报。显然，狄更斯没有注意到其中的讽刺，一个充满关爱的、崇高的神，却把那些辛苦劳作的人们丢弃在最无体面的贫困中，然而我们先不追究此事。《大卫·科波菲尔》出版得够早，那时狄更斯还依然相信那个上帝。但一旦他美丽的小姨子死了，他的婚姻烟消云散了，他开始在神学上产生了疑惑。他也开始以连环杀手的力度，杀死那些“年轻、美丽、善良”的女主角。艾妮斯不知道自己有多幸运，出现在这里而不是之后的几部小说里。不过，那些结局并没有真正多大改变，依然整齐而干净。

这里有几条对维多利亚小说结局的异议，有些纯属文学观点，有些则绝对是个人偏好（一贯如此）。对人生之路刚刚开始的人来说（这点绝非不重要），生活并非如此。除了哈代的那类小说，其他的小说结局看上去好像生活中所有问题都被解决了，即使主人公还要再活几十年。这就像在马只跑了四分之三英里的情况下，就说一英里赛马已经结束了。还有很多有趣的事情，可能会发生在最后的四分之一英里中。事实上，这才是会让人们站起身来认真盯着比赛的那部分。然而，不知什么原因，一段人生故事却在四分之三，或者八分之五，甚至一半时就尘埃落定了。由于许多小说不仅始于也终于人生的半途，为它安上一个完美快乐的结尾，就有点没有意义。这种倾向对成长教育小说而言最为糟糕，那种讲述儿童和青年时期的小说，都典型地会在主人公二十四岁上下结束。一本成长小说最需要说的是，主人公远没以前那么稚嫩（笨拙、无意的残忍、天真，你自己挑词儿吧）。然而，它们总是违背这个原则，《大卫·科波菲尔》和《远大前程》就是这样的例子，主人公才二十多岁，作者就已经把他说成了花儿。天哪！我们中绝大多数人在二十四岁时，还没把自己想明白呢，而且，前方的人生道路充满了可能搞砸的事情。事实上，在真实世界里，只有一个结局，而且它们并不那么体面干净。死亡总是会带来各种失控的结局：遗产税、遗嘱公证、亲戚间的分歧、对死者生活的不同阐释。当奥登说，去世的叶芝"成了他的仰慕者"，他并不是说，所有仰慕者都看法一致。奥登自己就至少有两种想法。这还只是保守估计。圣人们保护我们逃离不合时宜的确定结局。

不过，这还不是我最想说的。我主要的不满来自美学：过分的清晰会杀死小说。当我们在一路愉快阅读之时，跟随这迂回曲折的进程，似乎一切皆有可能，然后到了结尾之前的那几个章节，一队设计师冒了出来，他们疏通了管道，让它笔直如线，并在通道底部填上混凝土。这样一种策略让你可以更快到达终点，但并不会让旅程更为享受。情况恰恰应该相反。这里，让作品产生效果的，不能仅靠天降奇兵[①]。在希腊戏剧里，当剧作家设法让情节无望地纠缠在一起后，有时会求助升降机一类的设备，让一个神降临到舞台上，

①在古希腊戏剧中，当剧情陷入胶着、困境难以解决时，会突然出现拥有强大力量的神将难题解决，令故事得以收场。也就是利用起重机或起升机的机关，将扮演神的演员载送至舞台上。

让他来施与奖惩，解决剧情，令剧作家满意。这种解决方式的问题在于，它太投机取巧，情节和人物都没有带我们走向那个答案。换句话说，这是作弊。你不一定非要把我的话当真；事实上早在很久以前，批评家和理论家亚里士多德就已经谴责过这种手法，认为它是不正当的，降低了戏剧的价值。不仅戏剧如此，小说也是这样，而且还存在着更多样的因素。你把情节线整得越漂亮，叙述的设计性就越打眼。这种人为感在维多利亚小说中最为刺眼，因为它花费了很大力气将这种人为手法隐藏起来，只在最后的几章展示了这种人为性，而且很笨拙。如果他们是那种后现代作品，不断敲打我们的脑袋，提醒我们他们全部都是虚构的，也许我们的惊奇会少一点。但恰恰是那些看上去最不可能违背基本礼仪的作品，会打包一个完满的结局来搪塞读者。

我前面说过，但现在依然值得重复：所有小说都是虚构。即使小说是关于真实人物的，它们也不是真的。现实的表象或忠于生活都是幻觉，是有意识地通过点点滴滴的手法来实现的，如同作者有意识地推动作品的框架结构一样。作者——不管是单打独斗还是作为文学环境的产物——会决定自己在多大程度上应用逼真感这种幻觉。因此，现实主义不是叙事的必要条件，而是一种文学建构。然而，19 世纪，这个接受文学现实主义的规范的时代的作家，在书写结局时，又随意抛弃了那些规范。为什么？商业上的考虑。在 19 世纪，小说是一桩大买卖。一方面，这行当竞争对手有限：没有电影、电视、互联网、广播、唱片或者电子游戏。但另一方面，竞争又很激烈。既优秀又流行的小说家（或者有这种潜力的小说家）有一大堆，因此你不得不去争取读者的支持。其中有些努力就是，即便不能让读者欢笑，也至少让他们满足；为每个问题提供答案，甚至包括一些未被提出的问题；抖好每个包袱；收拾不受控制的结尾；维持好秩序。这真是件大事，因为结尾是读者最后读到的内容，也是他们最想记住的。而且，就像我已经提到的那样，因为每个月才能读到一次，读者已经和小说共度了两年多时间，谁会拒绝给他们最后快乐的机会？毫无疑问，狄更斯或萨克雷都不可能拒绝。

这就是在小说结尾时可能会出现的情况。这就像下棋——先摆出你学来的开局，然后从一系列可能的策略中选一步棋，但最后阶段是必然性和你的选择的排列组合。你只能从棋盘上剩下的那些残子中寻找出路。你看见的可能性，自然会受到是否可行的限制，但更受限于你的倾向性和大局观。据我所知，博比·菲舍尔用这种方式了结对手，而加里·卡斯帕罗夫用的是另一种，阿那托里·卡尔波夫还有一种。所有这些方法都很高明，但彼此各不相像。小说也是如此：狄更斯不可能会飞，更不可能写出一个悬置的开放式结尾。部分因为他的个性，部分因为他对读者的认识以及他与读者的关系。这就带我们来到**“关门法则”**：小说结尾的了结程度，与小说家想愉悦读者的热切程度有关。19 世纪的小说家要比之后任何时代的“文学”家都更想去愉悦读者。要了解 20 世纪艺术家与观众之间的忠诚关系（萨克雷或狄更斯钟爱的这种形式），你得从大众文化中去找，关注芭芭拉·卡德兰这样的言情小说家，或白日放送电视谈话节目。想一想奥普拉·温弗瑞不能每天出现在荧屏上面，对于这种忠诚关系你就能知道个大概了。

我是否在说，这是某个特定世纪发生的事情，不同时代对作者和读者有不同感受？是的，确实如此。就算你以前没听说过，你也肯定知道这个秘密：文学是个时尚产业。我们这些从文之人通常不愿承认这讨厌的真相，但没错，这就是事实。文学命运会随时代起落。从华兹华斯开始，大约一个世纪，约翰·邓恩和17世纪的玄学派诗人，一直未受关注，直到现代派（主要是T. S. 艾略特）出现，开始大加赞赏反讽和机智，可怜的老邓恩才从文学史的垃圾堆里被拯救出来。一位作家去世，他的名声和关注度会有一条可预测的曲线图。首先，出于同情和兴趣，可能会有一次爆发，不管他（她）擅长写什么，我们都极为关注，但接着肯定会有几十年（至少是）的忽视。劳伦斯·德雷尔？谁还想读他？艾丽丝·默多克？真少见！安东尼·伯吉斯？太做作了。然后，历史的车轮会到达另一个时代，他们再次声名鹊起。弗吉尼亚·伍尔夫又浮出水面，甚至比以前更受关注。亨利·格林的名声稍稍上涨，他的书被重印，他死后二十年有些文章又谈到了他，但接着又落回被忽视的境遇。我等着他的下一次复兴。

有时候我们可以看见几番这样的轮回。当我最初进入学术行业的时候，D. H. 劳伦斯是英国现代小说两大家之一，还有一个是乔伊斯（伍尔夫的地位大致是事后追认）。长话短说，1930年他去世后，曾有一段时期被遗忘了。但到20世纪60年代和70年代，他又炙手可热起来。中短篇小说《狐狸》和《少女与吉卜赛人》、长篇小说《恋爱中的女人》，在1967到1970年之间，以很快的速度一部接一部被改编成电影。不过，当时还有其他潮流，因此他似乎没扛过女性主义与解构主义的联手抨击。对我们当代人的口味来说，他的结构太庞杂了。雷蒙德·卡佛冷静的极简主义是这个时代备受推崇的写作，劳伦斯那狂热且过于庞杂的文风不可能被欣赏。总之，黑暗的浪漫主义太过时了。同时，劳伦斯无疑认为自己主张女性要变得更强，但是，他的“女性主义”（即便我们能如此称呼），与我们所知道的格洛里亚·史丹姆和西蒙娜·德·波伏娃之后的女性主义，也没有相似之处。事实上，凯特·米利特很早（但绝对不是唯一一个）就对劳伦斯的性政治进行了女性主义批评，即便在最美好的时代，劳伦斯的性政治也是模糊含混，并不明朗。最后，我们完全不能忽视这种可能性，即，肯·罗素在《恋爱中的女人》中的出色表演，给劳伦斯加了印象分。这个电影出现在六十年代末，在那个时代的开端，《查泰莱夫人的情人》的淫秽问题被提出诉讼（小说被判无罪），这一头一尾漂亮地勾勒了这个时期。

这公平吗？不怎么公平，无论兴衰都是如此。但是谁说文学的命运必须是公平的？如果用足够长的时间去追踪一个作家，你会发现流行风尚的改变也影响着他们的作品。不过，这里我有些离题了。被讨论的话题，应该是历史的车轮和刚刚过去的那个“现代”的世纪。

看看1910年（伍尔夫声称在这一年人性发生了改变），小说结尾走向了七零八落。现代性，更具体地说是现代主义，决定它不再需要确定性。当然，一些老派人物，诸如阿诺德·本涅特、约翰·高尔斯华绥，还有一些类型小说作家如拉菲尔·萨巴蒂尼（在19世纪20年代，他每年都出一部畅销书，比如《铁血船长》和《美人如玉剑如虹》）和达希尔·哈米特，都或多或少还走在老路上。但其他人都改换了方向。论及此事，有两位作家值得借鉴，他们中没有一个是激进的实验派。凭借《看得见风景的房间》（1908）这样相当传统的小说，E. M. 福斯特在那个世纪的最初十年获得了成功。这部小说是个浪漫喜剧，结尾完全在意料之中：一对门当户对的小夫妻去他们的初遇之地欢度蜜月。快进十六年到《印度之行》，这是个充满未决之问题的故事，描述邪恶的殖民统治下不同文化之间的相互误解。最后，被冤枉又被无罪释放的阿齐兹医生和善良好心但没什么执行力的西瑞尔·菲尔丁（他们分别代表了印度和英国），争论两人之间是否可能存在平等的友谊。但甚至这段对话——大部分时候是在热情地交流对显而易见的事情的看法——都无法完成；他们的马匹和风景，在合谋抵抗那确定的结局。这一点也同样发生在劳伦斯的《恋爱中的女人》中（除了马之外），在小说中，两对主要夫妻经历了巨大波折和混乱后，厄秀拉和伯金用一场争论结束了小说，最后那句话是“我不相信”。批评家和读者有时候想把伯金充满热情的演说作为小说的结语，但这光荣属于厄秀拉。这可不是你读过的作品中最确定的结尾。

那么其他小说又如何？“这么想想不也很好吗？”在经历了所有奔牛、斗牛、睡觉、打斗、相爱和失望之后，《太阳照常升起》的结尾终结在这个满怀嘲讽的问题上。勃莱特·艾希利女士对杰克·巴恩斯这个她可能爱着但永远无法拥有肉体关系的男人说：“唉，杰克……我们要能在一起该多好。”杰克回答“是啊”，随后他就补上了上面那个著名的疑问。他是什么意思？他同意她的说法，这个念头让人快乐？他肯定希望他俩能够试一试？因为这个想法无法得到验证，所以这么说说很容易？鉴于当时的情形（勃莱特近期的性爱记录），因为不可能，她的说法打击了他？因为永远也无法知道，这种说法在折磨他？你自己选择答案吧。或者提出另外的解释。每个解释都和其他解释一样说得通。这就是纯粹的海明威：叙述充满了歧义，逼迫读者去深思，得出自己的结论。如果说狄更斯跟读者是哥们，想让他们舒适自在，那么，海明威就想让读者开足马力。

从那以后，事情越来越糟。我们开始面对有两个结尾的小说，就像约翰·福尔斯的《法国中尉的女人》；让主人公“悬在空中”的小说——托妮·莫里森的《所罗门之歌》结束于主人公的飞翔；结束于未竟事务甚至未完句子的小说，乔伊斯的《芬尼根的守灵夜》

是这样结束的："一条孤独的最后的被爱的漫长的这"——它不是你每天会看到的句子——它看上去和开头联结了起来，"[这]河在流，流经夏娃和亚当教堂，拐个弯儿汇入弯曲的海湾……"你不可能看到比这更没头没脑的东西了。20世纪后期充满了这样的例子，我们用不着把它们统统亮出来。

大众类型小说显然会保留更为齐整的结尾。毕竟谁会想看一本凶手没被抓住的侦探小说呢？从阿加莎·克里斯蒂到苏·格拉夫顿，这类小说都开始于罪证，结束于正义，不管典雅或粗粝，正义总归得到伸张。还有言情小说、西部小说、科幻小说、恐怖小说。而且这很自然。他有没有赢得那个女孩的芳心？决斗谁赢了？异形和恶鬼是否被打败了？不可能有两种答案。爱尔默·伦纳德、东尼·席勒曼、梅芙·宾奇、斯蒂芬·金和罗伯特·B·帕克都会给你非常明确的结尾。

更"文学"的人群呢？不太会这么做。特别是在贝克特、海森伯格和解构主义之后，我们已经很难再像维多利亚时代的前辈那样，对确定性怀抱相同热情了。有时候文本会自我解构。扬·马特尔的《少年Pi的奇幻漂流》先给我们讲述了关于一个男孩、一只老虎和一条救生艇的折磨人的故事，然而小说接着又给了我们似乎完全可行的另一种解释，从而瓦解了整个叙事。马特尔非常狡猾地克制自己，不给我们一个清晰明确的理由，去选择这一解释而不是另一个。一些读者觉得这一手段令人沮丧，但另一些读者会感到非常喜悦。当然，他真正提供的，就是大部分读者会为自己做出的选择，即为一个完全不合理的幸存故事找到合理的解释。啊，他们会想，这不可能发生啊！一定有某个X。在这本书里，作者很周到地为我们提供了一个X。在马特尔之前，亨利·詹姆斯在《螺丝在拧紧》(1898)中提供了一个自我解构的漂亮结尾：

> 我抓到他了，是的，我抓住了他——它可能是被狂热想象出来的，但在最后一分钟，我开始感到被我抓在手里的东西是真实的。宁静的日子里只有我们两人，而他那小小的心灵，没有鬼魂附身，已经停止了。

年轻的迈尔斯到底为什么死了？因为彼得·昆特的鬼魂？因为鬼魂被驱除了？或者因为家庭女教师让人喘不过气来的爱慕？还是因为她被压抑的愤怒或精神错乱？詹姆斯没有给出答案，事实上，除了说这是个鬼故事之外，他拒绝任何提示。但是，那么，为什么要用这样的书名？为什么在故事的引子里要强调“螺丝又一次拧紧”？读者们被迫自己判断什么是真实情况，以及展开来说，那个被认定的实际情况向我们反映了这个中篇小说其余部分所讲的内容是什么。这是一种狡猾的写作手法。是书写离奇事件的狡猾手法。

情况经常如此。即使阅读最狄更斯式的结尾，我们也会按自己的意愿决定接受还是拒绝。我从不相信匹普和埃丝黛拉式的爱情故事，而当我发现狄更斯早先已经写了一个更为高级（以我的观点看）的结尾时，我被深深迷住了。有些结尾你不可能一写再写。苔丝死了，毫无疑问。裘德也是如此。还有盖茨比。然而，即使这样一些结尾，我们也没有必要照单全收作者/权威的诠释。我多年从事课堂教学的经验是，我们积极地阅读，直到看完最后一个字，但学生们往往不喜欢作者结束小说的方法，并会表达出来。事实上，有很多曾经的学生，会在多年后告诉我，他们完全拒绝某本小说的结尾，以至于把自己想象的结尾错记成小说的实际结尾。谈谈你也参与其中的阅读吧。为什么不呢？开头告诉我们将往何处去。结尾告诉我们到达了何处。我们应该在旅程中说点什么。

我可能不该告诉你这个，但我通常会先读小说的结尾。这像在骗人，对吧？好吧，不是在一开头就这样做，不过也肯定在该读结局的很久以前就去读了，而且通常一旦我对小说的预设了然于心时。相比出人意料的结局，大体上我更感兴趣作者将怎样到达终点。结尾通常是延迟支付的报酬，以便让我们在到达它时得到满足，但那些暗示，比如如果这样会怎样，如果那样会怎样，也是给我们的回报。因为对一个结尾来说，最糟糕的事情就是，它被结束了。

你想要一个19世纪小说的传统结尾？好吧，这里就有一个。

> 可是我估摸我得赶在他们俩之前，先溜到印第安人保留地去，因为莎莉阿姨打算收我做干儿子，来管教管教我，那个我可受不了。我早就领教过了。

哈克贝利·费恩会在印第安人保留地发现什么？那种新生活又将如何？他的问题和冒险并没有结束，仅仅是在一个新地方又开始了。一些门关上了——汤姆·索亚的幼稚傻气、莎莉阿姨和她一本正经的举止、密西西比河两岸充满了下作和欺诈的世界——但另一些门打开了。他将往西进入未知地带，无法知道那里有什么，但谁会责怪他？那不可能比“管教”更糟糕了。

21

小说中的历史，或者，历史中的小说

我不是对谁都能如此，但看在你跟我相处了这么久的份儿上，就给你些建议吧。想得诺贝尔奖吗？是诺贝尔文学奖，不是经济学、和平、物理或者其他什么奖。只是文学奖。你要做的就是：研究一下历史。觉得我在开玩笑？看看这两份名单，判断我说的对不对。

清单 A	清单 B
约翰·厄普代克	托妮·莫里森
F. 斯科特·菲茨杰拉德	奥尔罕·帕慕克
W. H. 奥登	威廉·巴特勒·叶芝
艾丽丝·默多克	纳丁·戈迪默
安东尼·伯吉斯	V. S. 奈保尔
杰弗里·希尔	西默斯·希尼
詹姆斯·乔伊斯	约翰·斯坦贝克
约翰·福尔斯	纳吉布·马哈富兹
弗吉尼亚·伍尔夫	加夫列尔·加西亚·马尔克斯
E. M. 福斯特	欧内斯特·海明威
弗拉基米尔·纳博科夫	赛珍珠
菲利普·罗斯	威廉·福克纳

每一组作家都不坏，对吧？那么，是什么把他们分成了两拨？天分？技巧？形式？还真不是。当然，任何归纳都有陷阱，不过，我们可以说，右边的这组作家，都更关注历史和社会问题。而左边的这组作家没得过一次诺贝尔奖。一个都没有。清单 B 上的作家都是获奖者。这是巧合？我不这么认为。参考一下为英国作家而设的布克奖。几年前，评委选出了一部最佳作品，成为该奖建立二十五年来的“布克中的布克”。这本最布克的获奖小说是什么？萨尔曼·拉什迪的《午夜的孩子》。如果你还没读过（你应该读一读），小说写的是一群孩子，他们出生于 1947 年 8 月 17 日午夜钟声响起的那一刻，在这一刻，印度作为一个独立国家诞生了。这是多么历史啊！

在批评圈里，可能找不出一种比“历史小说”更受鄙视的类型小说了。好吧，可能言情小说算得上。特别是历史言情小说。然而，与此同时，我们必须区分被称为类型（“种类”或“类型”小说，指的是根据一种预设形式而写的小说）的“历史小说”，和真正的历史小说。历史小说已存在很久，它们严肃地回顾——或有时从侧面观察——那些历史上的重大冲突。列夫·托尔斯泰擅长《安娜·卡列尼娜》这样的当代小说，但他真正的大作，让他之所以成为托尔斯泰的，是《战争与和平》，一部关于拿破仑之战的一千四百页的谣曲。跟它的长度一样，它的视野也很广阔，独一无二。小说充满了人物、故事以及叙述中突然跳出来的议论。当时评论界很难认为它是小说，因为它已远远超出了他们所理解的小说的范畴。

今天所谓的“后殖民”小说、“多元文化”小说或者“新兴”小说，它们大展身手的地方通常是历史大行其道之处，有时甚至是历史失控的领域。这没什么可惊奇的。如果你的民族、家园和国土被某个外来势力统治了好几百年，当那个势力撤出或原有关系改变时，你的写作几乎不可能忽视这变化，对吧？

从我自己的国家选个例子。莱斯利·马蒙·西尔科、詹姆斯·韦尔奇、N. 斯科特·莫马戴、杰拉尔德·维兹诺和路易丝·厄德里克这些美国土著作家尽管各有不同，但有一个共同点：他们讲述的故事都直接来自他们所属种族的部落和区域的历史。西尔科的《仪典》（1977）讲了一个退伍老兵塔尤从二战归来，回到位于西南部沙漠保留地的故事。塔尤过去的经历，以及他所属的拉古纳·普韦布洛部落在他出生之前所经历的事情，为叙事的形态提供了所有元素。他的创伤后应激障碍、混血儿身份、与传统的疏离，以及想让自己重回正轨的需要，都在推动小说向前发展。部落历史、民族历史和个人历史主宰了西尔科的故事。同样，人们也可以说，厄德里克的"凯斯帕－纳尼普什"传奇与其说来自齐佩瓦族的历史，不如说来自土地管理局强加在人们头上的保留地制度；所有的怨恨与敌意，各种各样的失败和偶然的胜利，最终都来自那个源头。韦尔奇、莫马戴的故事，甚至维兹诺那疯癫而有趣的《受苦的心：继承人的编年史》（1978，1990）——要解释清楚这部小说，所需文字会比书本身还长——都在某种程度上跟适应、同化、分离以及身份认同的困难等命题有关，因为那些美国人属于另一个长期受压迫的民族。这些小说可能欢闹或者悲伤——通常兼而有之——但其中虚构和历史的交织难以否认，也不可回避。

这情况在任何一部美国少数族裔小说中都能看到，尽管最明显的可能是非裔美国作家的作品。也许因为其中涉及的历史过于可怕，除了将人当商品买卖（这本身已够糟糕的了），还有奴隶制和种植园生活的残酷；奴隶解放后还延续了一个多世纪的大范围压迫；以及那种历史造成的持续影响，非裔美国作家的小说拥有一种难以匹敌的力量。理查德·赖特的《土生子》（1940）只可能来自某个特定的经验，没人希望它发生在自己头上，但这悲剧将我们所有人都牵连在内。佐拉·尼尔·赫斯顿、拉尔夫·艾里森和詹姆斯·鲍德温都描述了奴隶制结束后七八十年的黑人生活，从我们的体验中创造出既熟悉又陌生的东西。有时候黑人同奴隶制历史的斗争具有喜剧色彩，如查尔斯·约翰逊的《中途》（1990）；有时候它又是悲剧的或怪异的，就像卡里尔·菲利普斯的《坎布里奇》（1991，此后非裔加勒比人和非裔英国人角色开始出现），说的是一个获得自由的奴隶发现自己再次成了奴隶；或者像爱德华·P·琼斯的《已知的世界》（2003）对黑人蓄奴历史的刻画。有时候，小说里全是诸如此类的事情，这也是托妮·莫里森成为我们时代最伟大的小说家的原因之一。即使她的失败之作（我读过《爵士乐》）也一样引人入胜。而她最好的作品，如《所罗门之歌》（1977）、《宠儿》（1987）或《天堂》（1998），都有一种弥漫在叙事中的主题思想：历史是鲜活的、它驱使着人物以自己不能完全理解或领会的方式行动。这文风让你难以呼吸。不幸的是，这历史不但永远不会远离，还会为小说家继续提供一千年的创作素材。而世界上所有的小说都无法抹杀奴隶制和种族主义的罪恶，或为它们辩护。

后殖民写作的议题千变万化，不管是印度、非洲、拉丁美洲，还是中东、不列颠群岛或加勒比地区的作品，当然，它们也存在着国与国、文化与文化的差异，然而历史总是会在小说中，以十分显白的方式反复宣布自己的存在。导致爱尔兰共和国二十六个郡独立的爱尔兰内战是阵发性的民族主义，从 1916 年的复活节起义，到一战后英国皇家爱尔兰保卫队前往爱尔兰的镇压行动，再到爱尔兰内战时期，时间跨度正好涵盖了从连姆·欧弗拉赫提的《告密者》（1925）到威廉·特雷弗的《血洗家园》（1983）及之后的岁月。当皇家爱尔兰保卫队被派遣到爱尔兰时，首相大卫·劳合·乔治说："让我们扼住他们的喉管。"这甚至建立了一种叙事模式，即事情发展并未完全按预期进行。这之后的北爱尔兰问题，也出现在完全不同的作品中，诸如罗伯特·麦克连姆·威尔逊的《尤利卡街》（1997）和艾德娜·奥布莱恩的《疏离至极之屋》（1994），在《疏》中，一位居住在爱尔兰共和国的老妇人在自己家中被一个逃亡的爱尔兰共和军恐怖分子挟为人质。奥布莱恩借用了劳合·乔治的话作为小说的扉页题词。还有其他不少关于北爱问题的小说、诗歌、戏剧和回忆录，而且随着时间流逝，还会有很多很多。在我写这一章时，英国军队刚刚从北爱尔兰撤出。1969 年军队入侵，政府原计划这一行动只需几个月；但事实上，它持续了三十八年，牺牲了三千七百多条性命，包括军人和平民。这段时期怎么可能不影响亲历者和旁观者的书写？

建构一个民族从来都不简单。而要形成民族认同甚至可能更为艰苦，需要花上许多年。这个过程美国人非常了解，无论他们是否意识到这一点。试试这个实验。去读几本来自新兴国家的作品。确保不止一个作家，要是读上很多，就会更有帮助。读一读 R. K. 纳拉扬的摩尔古迪系列里的某一本，或是《画广告牌的人》（1976），还有基兰·德赛的《继承失落的人》（2006），再读读《午夜的孩子》或任何拉什迪的作品，或许也可以读一读鲁丝·普罗厄·贾布瓦拉的《热与尘》（1975）。你还可以自作主张换一本看看。换德赛的母亲安妮塔的著作。随便挑一本。作家和书名都不太重要，但好作家能给读者带来最棒的体验。现在到了做实验的时候：阅读时不要把他们看作来自陌生地方的陌生人。把你当作他们中的一员，或者把他们当作你们中的一员。像读 19 世纪美国小说家一样，读他们的作品。我认为你会发现：撇开表面细节，他们想写的和詹姆斯·费尼莫·库珀、纳撒尼尔·霍桑、赫尔曼·梅尔维尔、马克·吐温的一样。他们都试图去弄明白并清晰表述出某种以前不曾存在过的东西：一种身份认同，它是新国家的一部分，这个国家不仅从殖民统治下的同一地方、同一民族中分离出来，而且也从它自己的历史（就印度而言，其历史显然比大不列颠统治要久远得多）中分离出来，而任何活着的人都未曾经历过这一历史。他们尝试用一种已被接受的文学形式创作，并让它适应他们时代的现实和情感。基兰·德赛不是马克·吐温——她的适应让她必须离他越远越好——但她肯定也不会是简·奥斯丁或艾丽丝·默多克。哦，你正好选择了她，那就读一下具有喜剧色彩的小说《番石榴园的喧闹》(1998)，光书名就值得读一下。

你能用尼日利亚小说做同样的实验，读一读钦努阿·阿契贝、本·奥克瑞、沃莱·索因卡和其他人的作品，或者读一读纳吉布·马哈富兹和埃及小说，或者其他任何地方或任何人写的小说。很多年来，我都是拉美小说的狂热粉丝，痴迷于加西亚·马尔克斯、卡洛斯·富恩特斯、马里奥·巴尔加斯·略萨、伊莎贝尔·阿连德和若热·亚马多的作品。我甚至读过奥斯曼·林斯，找他的作品很不容易。我很喜欢这些作品，其中最打动我的，无疑是它们带我离开了熟悉的世界，离开了城郊和豆田。但是，通常更打动我的是“美洲人”，而非“拉丁的”，对伴随哈克贝利·费恩、汤姆·索亚、纳蒂·班波和伊希梅尔一起成长的我来说，他们探寻的事物是那样熟悉。一旦我开始阅读外国文学，我发现，并不非得强调“美国”因素。

文学说的就是包括内心探索和外在观察在内的人类行为，是通过与自身历史和文化进行角力而创造和发现的人类行为，不管这些历史文化是新是旧。我想，你读所有的文学，都会发现其中进行的是同一个过程，就是通过小说来自我发现和建立认同。历史的联系并非总是像《红字》一样直接，有时候更接近于《七个尖角阁的老宅》。但对创作来说，与历史进行角力真的很有效。这一实验很有趣。只是别忘了去留心，这些“相似的”小说各不相同且精彩纷呈。

记得前面提过的那两组作家以及他们之间的区别吗？接着是关于他们的第二个问题：他们有多相似？老实说，我应该去教SAT应试。他们都很有名？当然。他们都能力很强？也对。那么，是不是小说中都充满了历史？乔伊斯似乎已经让斯蒂芬·迪达勒斯说过，“历史是我试图从中醒来的噩梦”，不过这并非意味着作者自己也醒了过来，或能够醒过来，或甚至想醒过来。不要忘了，斯蒂芬很蠢。但乔伊斯不蠢。他是早几代爱尔兰天主教徒中有机会上大学的人。都柏林大学于1854年由红衣主教亨利·纽曼创建，它之所以需要建立，很大程度上是因为这些天主教徒不为新教的三一学院所容。乔伊斯出身激进民族主义世家，这些民族主义者把托马斯·斯图尔特·帕内尔看作是他们的摩西，将带领他们挣脱外来少数民族的统治，不再做二等公民。乔伊斯正好经历了1916年的复活节起义、内战以及爱尔兰自由邦的建立，只是他对此保持了一点距离。他经历了一战，后来又在法国沦陷于纳粹之手后逃到了苏黎世，并在那里去世。这听着像是和历史脱离了关系吗？他的作品充满了对历史的回忆和印象、偏见和信念，尤其（但并非局限）是爱尔兰的变化。如果没有《一个青年艺术家的肖像》中圣诞聚会时的可怕争执，没有《尤利西斯》

中破碎的国民历史课，这个世界将更加贫乏可怜。

乔伊斯的文学传人罗迪·道伊尔在“巴里镇三部曲”中，描绘了极具喜剧色彩的人物和灾难性狂欢的情境。三部曲始于《追梦者》，这本小说表面上是关于灵魂乐的，但其实远不止于此。道伊尔虚构的巴里镇居民之所以存在，是因为一段特殊的历史，这历史造就了挣扎求生的工薪社群，正是在这些人中间，出现了主人公吉米·拉比特，一个集勇气、梦想与纯真于一身的年轻人，虽然原创音乐不再，他仍想在都柏林成立一支灵魂乐队。和亨利·斯马特一样，吉米也是历史的产物，而亨利是道伊尔《明星亨利》和《哦，玩音乐吧》中那个年轻而激进的粗人。

青少年小说也常常这样，至少优秀的青少年小说是如此。哈利·波特系列早已饱受评论折磨，所以，我几乎有些后悔要写下面的这番评论。但没办法，情不自禁要说。最近我看到一篇文章，将哈利·波特系列看作是文学政治方面的罗夏测试，在小说中，人们看见的就是他们想要看见的。就文学而言，情况也许的确如此，以后我们有机会再谈这问题。这篇文章运用了记忆的诡计，让人将阿兹卡班监狱同关塔那摩与阿布格莱布拘禁所联系在一起——说得好，只是早在这些现实世界的监狱存在前好几年，罗琳就已经创造了关押魔法师的阿兹卡班监狱。她不可能知道还没发生的事情，对不对？但她知道纳粹、法西斯，知道极权政府和施加极权的人。她也了解种族主义和种族暴力，由于越来越多的少数族裔移民英国，这个问题在她生活的年代愈演愈烈。她应该已经见识了新纳粹和大屠杀否认者在行动。她哪里还需要什么关塔那摩？伏地魔（来自法语 *vol de mort*，意为死亡之舞），他的使命感和自我憎恶（他坚持种族纯正，尽管自己是麻瓜和巫师的混血儿）、他的领袖魔力和残忍，以及对永恒权力（某种程度上就是第三帝国）不可遏制的渴求，都让人想起了阿道夫·希特勒。那么，这是否意味着伏地魔就是希特勒，这部小说就是纳粹兴起的寓言？当然不是。罗琳是一位精微的思考者，不会做这么简单粗陋的关联，这会让她失去目标读者。然而，如果你像罗琳那样，正好是生于二战后二十年左右的那代人，你对邪恶、统治世界的妄想、种族仇恨和暴力的认识，大部分都来自纳粹。然后，便有了书里的那些事件。第六部《哈利·波特与混血王子》的结尾，在塔上发生的战斗明显是对“不列颠之战”的借鉴，那是场典型的保家卫国的决死战。当然，只要看看 20 世纪下半叶的世界，大可了解那种残酷，但这种了解大部分不过是对第三帝国的简单注解。就罗琳而言，上述关联可能是有意识的，也可能是不自觉的，但我猜，她甚至可以不用特意去思索这一点。任何和她一样年纪的英国人，显然都知道 1933 年至 1945 年期间发生的事情；这种知识是无法回避的。它会浸透在他们的意识中，因此也会渗透在她那一代任何一位作家的小说中。

我了解这点，因为我也是她的同代人，尽管我是那一代的末尾，比她小一点。不过，J. K. 罗琳并没有多么特殊，至少在这一点上——这是真的。所有作家，无论生于何时，长于何地，都是如此。好吧，以下是**“现在和过去法则”**：每部小说都是场激烈的表演，是与它自己时代的历史社会力量的角力。有时候小说赢了，有时候历史赢了。好吧，也许没赢。但是，场面肯定不会好看。确实的情况是，在小说中，历史有时显白，有时隐微。但无论哪种情况，历史总会在场，而作者不得不为小说打造历史中属于它自己的位置。在我们找到一种方法跳出当下之前，我们都和自己时代的人在一样思考。每个作家对历史的反应差别不大。你能反对它，接受它，当它是闹剧，但就是无法逃避。

没有人不是活在他（她）自己的时空里。很大程度上，时空又被历史所控制。如果不了解战后美国，就难以理解厄普代克的兔子安斯特洛姆，同样，如果不回到历史上的塞勒姆女巫和对她们的审判，也无法理解他的东镇女巫。东镇女巫可能不是很像塞勒姆女巫，但没有塞勒姆女巫，东镇女巫也不可能存在。情况一直如此。比如，关于大英帝国对殖民主义、种族主义、探险、帝国主义的态度，以及我们现在所谓的“他者”，丹尼尔·笛福的《鲁滨孙漂流记》或者乔纳森·斯威夫特的《格列佛游记》告诉我们的，要比任何教科书或历史书还要多。提醒你一下，小说的意图并非在此；事实上，你这么说，作者可能也会大吃一惊。真的。有时候历史会出其不意在作家屁股上反咬一口。安东尼·伯吉斯让阿列克斯等四个青年暴徒殴打一位可能是作家的老人，然后又让他们在一位作家家里虐待他和他的妻子，强奸那个女人，并把她狠狠打死。这一幕的原型也许就来自伯吉斯自己，他的第一任妻子曾被四个美国大兵殴打并可能被强奸。在《尘世权力》中，那个上了年纪的作家——很大程度上是以萨默塞特·毛姆为原型的——被街头暴徒痛打。而伯吉斯晚年也在罗马遭到过年轻匪徒的行凶抢劫。你永远不可能说清楚，历史打算对你做些什么。

对历史——就像政治、社会学、心理学和尿床——和小说的关系，要说的是，读者必须要投入。在 D. H. 劳伦斯的《恋爱中的女人》里，厄秀拉·布朗温不以为然地称一只知更鸟为“空气里的小劳合·乔治”，是否意味深长？如果你认为是，那就是。劳伦斯是个和平主义者，娶了个德国妻子，这让他很难认同官方，也鄙视一战期间的英国首相劳合·乔治（在英国小说里他不断出现）。

这部小说基本上就没在意英吉利海峡对岸发生的那场大混战，当情节急需主要人物去蒂罗尔州旅行时，他们没有遇到任何困难；但是，当时的风波，包括阶级斗争和工业资本主义，的确在小说中有所反映。究竟反映了多少，以何种方式呈现，每个读者必须自己决断。而这决断将影响我们会在小说中收获什么。

这种情况几乎很普遍；没有一本小说没用某种方式揭示出它们的历史时刻。一本小说可能会将年代设置在八百年前或好几个世纪之后，甚至可能超越地球，跑去遥远的星系，但它依然是现在的产物，不管这现在是何时。而现在总是过去的产物。无论如何，历史都会不请自来。

好吧，别说我没帮过你，记得要在你的受奖演说中提一下我哦。

22

共谋论

每部小说的第一句都说着同一件事：*读我吧*。腔调可能不同，有的是“请自便”，有的是“准备好一起上路了吗？”，有的是“我要搞定你，傻小子”，但主要意思都一样。小说都有同样的需求、同样的缺陷——没人读，它们就什么都不是。当然，并不是每部小说都想让所有读者来读，但每一部都想要一个读者，那个配得上的读者。后半部分可能要花点时间才能被接受：“告诉你该怎么读我。”不过，这方法终将现身。小说会持续不断地做这两件事：它们要求被阅读，并告诉我们怎样读。想一想是不是这样。一部小说可能有六万、八万、十万或八十万字，要花费我们大量时间。作者和读者之间的这个社会交流，需要作者定期回访，确定我们还在翻阅此书。*嗨，你看到那里了吗？她是不是很讨厌？留点心。你知道接下来会发生什么吗？嗨，想不想买块表？*好吧，我不记得有任何作家说过这些，但几乎都说过：*你现在有多好骗？这次我该怎么脱身？*这些是作者让我们继续读下去、加快速度、一口气读到结尾的花招。交流中，我们的任务要么是继续阅读，要么是将书从房间里扔出去。我们要进行选择，而选择是重要的。

为什么？因为每本小说都需要被人读。没人读，它什么都不是。在它被拿在手里或放到膝盖上之前，一本小说只是一堆写满东西的废纸。小说的意义，是两个思想、两种想象共谋的结果。在文学课上，我们经常假定作者是全能的，但他还是需要读者的想象，让交易进行下去。如果你抑制想象力，那就不会有任何意义。每个人的“盖茨比”可能都相似，这是菲茨杰拉德的功劳；但没有人的盖茨比会和别人的一模一样。黛西是被宠坏了吗？该被指责吗？快发疯了吗？控制欲强吗？诚实吗？狡诈吗？在什么程度上？盖茨比真的只不过是个骗子、一个装腔作势的人、一个没有实现梦想的孤独梦想家？黛西的丈夫布坎南是个什么样的人？尼克呢？我们永远不能就小说印制文字的内容达成一致，更别说根本就没印出来的内容了。

最近我去旁听了一所中学的语文课，班上全是些非常聪明的孩子。这是他们中学生活的倒数第二天，孩子们都很高兴，但那是别的话题。我们花了一个小时，一起谈了凯瑟琳·曼斯菲尔德、莎士比亚以及由简·奥斯丁作品改编的许多电影、续集、前传和长寿剧，最后说到了狄更斯。那个老师说他们已经读过了《远大前程》，所以我有意问：“嗯，你们觉得怎样？”那些脑子好使、积极的孩子知道什么样的答案受期待，因此或多或少都充满信心地说：“小说很好。”有些人还在话里添上“真的”，他们的意见基本一致。只有一个人例外。那个班级里的捣蛋鬼说，它没那么好，并未深深打动他。我一下子喜欢上了他。即使是在中学生涯的倒数第二天，说自己不太感冒一部已被确定为经典的作品，还是需要勇气。首先，你要对抗一个多世纪公认的看法，设想一下，压力该多大。而这些作品在作者在世时已经被广泛接受。很显然，这孩子正逆文学潮流而上。

这很好。我们不可能喜欢同样的书、同样的电影、同样的歌曲，尽管大众营销和“美国偶像”这样的节目让我们这么想。它们甚至想让我们对被讨论的书籍、电影和歌曲说出同样的意见。

不管怎么说，在我驾车回家途经新种的玉米地和建筑工地时，那个坏小子的回答让我想起自己第一次读《远大前程》时的情景。我有什么感受？现在又觉得如何？让我事先声明，离第一次阅读已经快40年了，我可能无法确切回忆起那时的所有情形。不过，我清晰记得两件事：先是觉得困惑，对匹普与逃犯马格韦契的初遇，对匹普与姐姐、姐夫之间的家庭关系；还有就是对结局的不忿。第一件事情，我后来懂了，这是狄更斯小说非常典型的开局，与《荒凉山庄》开头笼罩在大法官法庭上的昏昧和迷雾非常接近。然而，第二件事情就不同了。对我来说，它完全毁了这本小说。不是开玩笑——绝对是毁了它。它很唐突、虚假、虚伪、做作、愚蠢到一览无余。是什么导致了我的怨毒？就是这个：

> 我把她的手握在自己手中，一同走出这片废墟。记得在很久之前我第一次离开铁匠铺时，正值晨雾刚刚消散；现在我们刚走出废墟，夜雾也正开始消散。一片广阔的静寂沉浸在月色之中，似乎向我表明，我和她将永远一起，不再分离。

即使在此书出版的1861年和我初次阅读的1969年之间，人们的感性世界发生了一些变化，这个结尾还是很糟。难道匹普没有从他的苦难中学到点什么？难道他看不出，就算埃丝黛拉历经沧桑改变良多，他俩之间永远也不可能有幸福？难道他就没有一丁点儿自尊？等等，等等。

万一你不知道这故事，我可以大概说一下：匹普曾听一个叫郝薇香小姐的老泼妇使唤，去当埃丝黛拉的玩伴和跟班。郝要利用那个年轻女孩向男人复仇，以补偿自己在婚礼上遭遇的变故，在圣坛上被抛弃（如今，她身着婚纱，在未举行的婚宴的废墟中度日）。然而匹普不知道这些，他成了埃丝黛拉练习诱惑男人的牺牲品，她对这个男孩非常残忍。她很擅长这点。当然他们后来又相遇了，她当然又诱惑了他，但又和别人结婚了；他当然是个一等一的傻瓜，相信自己爱着她，而不是正好相反；要不然，就不需要那著名的最后一幕了。然后，历经很多苦难后，双方碰巧（在狄更斯的技巧中，这一条最刻意）在焚毁后的郝宅废墟上相遇了。他们草率地互相道歉，但没有任何有分量的铺垫，能支撑这琴瑟相和的结尾。所以，很自然，我被惊到了。我猜想，部分原因是当时我才十来岁，也被女孩子拒绝过，感觉正好跟小说里的那个家伙一样糟糕。没记错的话，我差不多总是被当作“男闺蜜”。事实上，也不算太亲密。另一部分原因是，艰难地读了几百页后，却被用这样“轻易”的结局给打发了。可能这就是我阅读时的状态，混杂着荷尔蒙、生活经历、心神不定、男性自尊、审美判断和直觉（或没感觉）。很难仅就小说本身来作判断。但无论如何，当时我就是这么觉得的。

不过，我对结尾还有一个感觉，但我无法证明：狄更斯也不相信这结局。这是一个想法。一种信念。一次说服。没有任何证据支持我的这一看法。

好吧，然后，一些年后，汤姆[①] 又一次读了这本小说。这次是在大学。他不情不愿地回到了“犯罪现场”。同样的小说，不同的版本。

①指作者本人。

现在，妙处来了：这本小说有着标准版和原来打算写的结尾。现在小说多是海明威式的结尾，杰克·巴恩斯说，“这么想想不也很好吗？”还有显然不怎么入流的小说家爱德华·布尔沃－李顿那种貌似聪明的故事（他给过我们这样的结尾：“这月黑风高之夜”——不是开玩笑），它改变令人沮丧的收尾，取悦读者。“噢，”汤姆说，“我懂了。那个结尾是人为设计的。”或者别的话，反正是这意思。由此可见，小说只是被污染了，并未被摧毁，无须绝望。

这导致了一些年后又一次阅读。这一次，汤姆看见一些以前没注意到的事情：“从她那里，我看不到又一次分离造成的阴影。”而不是“再不会又一次分离了”。这可不一样。这可能就是汤姆感觉到、但在第一次阅读时错过的东西：一种言外之意。狄更斯似乎给了读者一份馈赠，但承认它只是个礼物。匹普甚至看不到另一次分离造成的阴影。这又如何？他什么时候看见过发生在他身上的事情？什么时候注意过那些蛛丝马迹？你可以相信这样的结局，亲爱的读者，如果你想相信。但我会保留一丝疑惑，借此，“恰当怀疑先生”能拆解这幅虚幻的画面。

我听见你说的话了。“可这真的是狄更斯的意思吗？”你这是什么意思？他就是这么写的，对吧？再说了，他的影响是有限的。猫王已经离场。别再等了。这不再是他的小说。它是我们的。他的和我的。他的和你们的。主要来说，就是你们的和我的。当他把它交给我们时，它就不再属于他一个人了。

那么，作者的意图是什么？我和哈克贝利·费恩所见略同：我不在死人身上藏东西。事情就是如此：一旦作者将最后定稿寄回给出版商，他就将生米煮成了熟饭。他对小说的影响结束了。当然，我们读过的很多作者都已经去世，剩下的也免不了（对不起，我的阴暗面表现出来了)，但是是否尸骨已寒不是问题：就文本而言，一旦小说出版，作者就已经是过去时态。在文本的当下，现在时是读者。小说家提供的是小说的内容——事实、事件、结构、人物、对话、故事、描写、开头、过程和结局。从“很久以前”到“从此以后”的所有干货。当然，要是没这些，也就没有读者。读者会带来诠释、分析、共鸣、反对、欢呼和嘘声。作者制造小说，读者让它们鲜活。

以下就是**“完全阅读法则”**：拥有你读的小说。(诗歌也是如此。还有故事、散文和戏剧——你懂我的意思了。)我的意思不是去买一本，尽管出于不言自明的自私理由，我不反对你这么做。我的意思是在心理和智力上占有这些作品。让它们成为你的。你不是一个战战兢兢的小学生，请求再多添点稀粥（又是狄更斯笔下的形象)。你是个成年人，在和另一个人对话。你们从未见过面，对方也可能已经死了。但这照样是一次交流，一次精神和想象的相遇，你的思想和想象，跟作者的一样重要。

这笔交易的有趣之处在于，读者如何既接受又抵制这种所有权。随着时间流逝，我的研究转向20世纪，从开始时的乔伊斯、叶芝到劳伦斯，一直朝向后现代主义。如果你原谅我又一次提到这些元小说作家，那么，我想说，他们一直坚持的就是现实的不确定性，以及由此衍生的意义的不确定性。当然，我们能在《法国中尉的女人》的双重结尾中很清楚地看到这一点，但在福尔斯的其他小说，尤其是《巫术师》中，也是如此。我在讲授那篇小说时，最常见的问题是：“发生了什么？”紧接着是：“它发生了没有？”神秘的康奇斯为了尼古拉斯好，上演了一出心理剧，尼古拉斯是否是这出心理剧的受惠者（如果这个用词没错）？他该怎样解释此事？我们该怎样解释他的解释？以及诸如此类。不用说，并非班上每个人都会对福尔斯没有在小说中留下确定性而感到愉悦，但大多数，可能是绝大多数，都会觉得高兴。在福尔斯和他的同代人那里，读者一次又一次被赋予机会、甚至被要求自己去创造意义。

这些元小说作家——约翰·巴斯、罗伯特·库弗、安吉拉·卡特、朱利安·巴恩斯、萨尔曼·拉什迪、伊塔洛·卡尔维诺——的作品，情况肯定如此，但不那么具有自我指涉性的作家的作品同样如此。尽管艾丽丝·默多克可能认为自己通过小说向读者提供了某些伦理或哲学上的教育，但她的那些小说比起交通地图来，更像谜题。小说里有事件发生。然而那些事件意味着什么，它们告诉了我们角色的哪些方面，这不是一回事。《独角兽》里真的有只独角兽吗？课堂上一直会提出这个问题，不是因为我问了。它是谁？为什么？我们该怎样看待汉娜·格林－史密斯、杰拉尔德·斯考脱和主人翁玛丽安·泰勒？小说中的哥特式诱捕起到了什么作用？它是对哥特式风格的模仿吗，还是后哥特式风格，还是反哥特式风格？我的经验是，聪明而敏锐的读者在这些看法上不会达成一致。《黑王子》也是如此。在这部小说里，默多克通过剧情里的其他角色，在布拉德利·佩尔森的第一人称视角上，增添了几个补充：他的前妻、前妻那个假冒精神病医生的兄弟、那个叫雷切尔·巴芬的女人（她诬陷他谋杀了她的丈夫阿诺德）、他以前的情人朱丽安（阿诺德和雷切尔的女儿）。默多克甚至假借一个号称叫 P. 洛克西亚司的编辑之手写了前言和后记，此人的姓正好是阿波罗的另一个名字[1]，让人尤

①阿波罗有着光之阿波罗（Phoibos · Apollon）、鼠之阿波罗（Apollon · SminqeuvV）、狼之阿波罗（Apollon · Lykeios）、灾害的阿波罗（Apollon · Loxias）等称号。洛克西亚司正和灾害的阿波罗同名。

其联想到阿波罗与德尔斐神谕的联系。皮提亚[①]，那个用神谕来进行统治的女祭司，你可能还记得，她以利用神谕的含糊暧昧而举世闻名，而洛克西亚司指的就是阿波罗在预言方面的模棱两可倾向。于是，默多克选择了这个名字，运用它，肯定不会让小说中的事件分析显得更为可靠和扎实。一直到《绿衣骑士》，默多克的小说都充满了断言和对断言的驳斥——它们通常无法被客观地细究，还有神秘的宣言、似真似幻的导师和神谕使者，以及大大小小的不确定性。只有靠读者自己对小说发挥想象力，完整的图景才能显现。不管什么人物，背后都可能有好几种动机，而且，说得通的常常不止一个。我们通过自己的介入，关注某些词语，根据我们对事件的理解从中选择最可能的解释，认同这个或那个角色，一起帮助塑造叙事。

毫无疑问，有时候这种塑造需要读者的火力支援。例如，要是有人拿了一篇语焉不详的文章给读者，而读者正好又讨厌暧昧，麻烦就会发生。如果你愿意，想一想，一部并非关于一个世界主要宗教创建者的小说，也许会被某些读者——这些读者把小说严格当经文来看，对戏仿这一概念全无理解（或是缺乏幽默感）——认为这就是在描写那个创建者。你会发现自己接下来十来年就得躲躲藏藏，因为你已被判了死刑。阿亚图拉和他的顾问们是否误读了《撒旦诗篇》？绝对是。对自身的困境，萨尔曼·拉什迪是否也难辞其咎？很有可能。这跟他的主题没太大关系，某种程度上，它显然并不是关于那个先知的，问题是出在他对读者的主观假定上。小说借用与穆罕默德生活相类似的某些境遇——例如，妓院里的妓女都用了他妻子的名字——但这并不是说他的妻子是妓女，只是强调世界上存

①古希腊的阿波罗神庙女祭司，服务于帕纳塞斯山上的德尔斐神庙。她以传达阿波罗的神谕而闻名，被认为能够预见未来。

在着某种腐败或伪善，它们不受限制，正在利用宗教为商业和堕落的目的服务。拉什迪以为读者会领会到这一点。只是他没有料到伊斯兰高层也会读他的作品。但另一方面，他又痛苦地发现，这些高层也可能是积极而有创造力的读者，即使他们不能始终明察秋毫。我们希望，这是个特殊而个别的例子，但令人悲哀的真相是，还有其他例子存在。埃及的诺贝尔文学奖得主纳吉布·马哈富兹曾在他最喜爱的咖啡馆里被一名极端分子刺伤。新近的诺贝尔文学奖得主奥尔罕·帕慕克受到威胁，要按“侮辱土耳其”的罪名把他关进牢里。（甚至还有一个谋杀计划，对这个计划，唯一恰当的词汇就是“拜占庭”[①]：《卫报》称，帕慕克“被盯上了，被认为是某个运动的一部分，这个运动的目的就是制造混乱，为计划在2009年发动的军事政变作准备”。）在最近的年代里，很多作者遭到了攻击或暗杀，因为这股或那股狂热分子以自己理解的意思来找碴儿。这种理解几乎很少接近于作者的原意。然而，作者的意图并无法排除其他的或相反的读解。最终，一个作者所有能做的，只是写下她想写的，并希望写到最好。

在霍梅尼的死刑令和混乱骚动的态势下，这看上去似乎是这一历史时刻的特殊问题。然而，如果我们深入回顾文学史，可以看到，作者总是要求我们在阅读行为中带上我们自己的东西。我们能回头聊聊“哈姆雷特和他的问题”，甚至“阿喀琉斯和他的问题”，但我们会把自己局限于小说和小说家。谁是希斯克里夫？他想要什么？是什么在驱使他？他有什么弱点？凯瑟琳是怎样的人？我们相信或信任耐莉·丁恩吗？为什么相信，或者为什么不信？接下来，好吧，

①这个词还有错综复杂、诡计多端之意。

维克多·弗兰肯斯坦呢？我们理解他的动机是什么？他的怪物是怎么回事？这一切，我们是否都意见相同？甚至控制力很强的作者，譬如简·奥斯丁，当然还有狄更斯（我们已经提到他了），也留下了很多阐释空间。狄更斯经常给我们机会，同情他笔下的那些阴暗角色，如果他们不是真正的恶棍的话。比尔·萨克斯明显越过了灰色地带，但费金呢？可以同情他到什么程度？有什么根据？此外，在奥斯丁的爱情小说中，那些故事总是瞄准结婚这个目标，似乎结局总是一个，但其中微妙之处却有很多。我们是否觉得达西先生和我们以为的一样有趣？我们对爱玛·伍德豪斯的错误判断有多苛刻？第三人称、自由间接引语风格的视角——这个视角，我们可以认为它来自人物的想法，但不是由她直接说出，几乎是但又不完全是第一人称——让我们接近爱玛本人的声音，但又让我们和她保持足够的距离，永远不会陷入认同中。而我们对她有多同情，则由我们自己决定。好吧，别想让我再用亨利·詹姆斯举例了。

你看到问题所在了吗？除了这不是个问题，或者说不是普通意义上的问题。也许，这是一个谜，一个难题。模棱两可是小说的手段，即便作者本意并非如此。在创造角色，甚至创造那些大恶棍时，你绝对无法只留下那个本来想要的可能性，而把其他所有可能性排除在外。散文能够成功地限定意思，但小说？做不太到。为什么？某种程度上，要怪语言，它的含义太丰富太多重了。公众人物经常会痛苦地发现，他们很难做出完全准确、坦率的陈述，而且不会有令人尴尬的潜台词。你怎么对付这种语言：它包含了自我否定的用词，那些词语就是自身的反义词，比如动词“to dust”既可以解释为“将灰尘从家具之类的东西上抹去”，也可以解释为“撒上糖粉之类的微尘”。这并非孤例；还有很多，可能成千上万。英语词汇总在不断变换意思，有时借自其他语言，有时借自俚语，有时名词作动词，有时动词作名词。它可能是最灵活、最具可塑性的语言，但也是最让人撮火、最不精确的语言。小说家无法控制这一切，而且他们大部分在运用它的暧昧性，利用它突出自己的目的。某种意义上，这也是小说的本性，它描述而不解释。试图进行自我解释的文本，会导致缺少戏剧性和直接性。此外，我们会觉得作者这样做是对读者缺乏信任：如果你必须对你的读者做出解释，那么你在叙述一开始就已经失败了。不过，我认为真正的原因在于，在根本上，人类本身就是暧昧的。我们常常意在言外，或笨嘴拙舌地为自己辩解，行为与信念自相矛盾，甚至做出一些自己都不理解的行为，在世人或者可能自己面前掩盖大部分真实的自我。如果小说真实反映了人类的存在，那么角色就都会有模棱两可的天性。

你以为只有我这样想？艾丽卡·瓦格纳也说过这问题："好小说在最后一页结束后还在继续。它们离开了作者，进入到读者的思想中，读者会提出问题和要求，有时候会发现自己有些不满足，他们会自己去处理那些有血有肉的人物，好像他们生活在书本之外的世界里似的。"瓦格纳是个小说家，同时也是伦敦《泰晤士报》的文学编辑，所以对如何读——和写——小说略知一二。她当然是对的：好小说真的会在文本之外继续。不过我要在驱动力问题上做一丁点儿改动：好读者会投入小说，从而将文本延伸下去。我们的阅读就是对话：就像瓦格纳说的，我们审问故事、提出问题、做出要求，追逐某些可能性，同时放过其他可能性，还有，是的，有时候感觉自己并不满足。

从最完整的意义上来说，小说是*互动的*。好的阅读——在这里我不是指教授或者专业人士的阅读，仅仅是指小说家希望的、也该得到的阅读——会与那个被创造出来的故事进行积极交流，搞清楚它的微妙之处，产生或抵制共鸣，发掘其中的意义。我们在小说家的领地里和她相遇，但那也是我们的领地。在作者和读者商议之地，意思和意义得以产生。其结果不仅仅是我们在最大程度上领会了小说，我们也在最大程度上领会了自己。伟大的小说——那是一定的——或者也可能是所有的小说，改变了我们，不仅仅因为它们给我们一些特殊的东西，也因为我们给了它们一些特殊的东西。这是一个全方位的胜利。

结语

没有尽头的旅程

只有一个故事。现在所有的，过去曾有的，将来会有的，都只是一个故事。而且一个故事就够了。我曾经在其他地方谈过这个观点，就不继续唠叨了，但真的就这么简单。我们人类告诉自己和别人的一切，都是一个宏大叙述也就是人类故事的一部分。当人学会用语言来交流，开始围坐在篝火边，讲述一天的狩猎活动时，这个故事就开始了。他们接下来所做的事情——这是我的猜测，但证据明显向这个方向倾斜——就是从记录见闻走向讲述神话。第一个故事几乎肯定类似于“拉尔夫被乳齿象踩着了——幕后新闻”。但我认为，要理解那个“拉尔夫可能会被乳齿象踩着”的世界，根本不需要花很长时间，在这个世界中，拉尔夫，这位燧石取火者，昙花一瞬就升天了。死亡正在逼近的前景，不仅仅让思维变得活跃，还让问题开始涌出。一些大问题。对终极问题的思考，几乎必然会导致对起源问题的思索：我们怎么来到这里？我们面前的世界是个什么样子？是否有一个先人，一个高于我们的力量？它长什么样，如何行动，怎么看待我们？我们死时，会发生什么？拉尔夫到哪里去了？就是这样的问题。

你为什么这么确定？

我已经在人群中生活了很长时间，足以明白，人们讲述生活的冲动，已经深深扎根在人类的大脑中。另外，我不是个人类学家，因此可能会漏掉某些事情，但我知道的每个社会都有创世神话，都和关于神圣的叙述紧密相连。一旦你拥有了那两个元素，记录见闻与讲述神话，你就拥有了人类交流中剩下的所有元素。我只是不确定那些元素更偏重哪个方向。

虚构——故事的主体讲述那些显然并非真实的事物——是后来才出现的。我们最早的虚构，出自讲述人类与神交流的故事。这就是已故的伟大批评家诺思洛普·弗莱所谓的“神话的移置”，纯粹的神话（只存在于某种理论范围）被阐释成人类也包含其中的故事。这都是些神圣文本和英雄传说，其中人和诸神直接交流，那是我们普通人从未有过的体验。你母亲是个女神吗（你母亲当然是女神了，不过我问的是确确实实的字面意思）？她最近有没有给你拿来在神灵作坊里锻造的铠甲？你是否从旋风或燃烧的灌木丛中听见过说话声？这里，我既没有接受也没有拒绝任何故事的真实性，仅仅只是指出，最早的人类叙述总是将神的世界包含在内，而它所用的方式，譬如说塞缪尔·贝克特的作品就没用过。史诗和神圣文本都在记录见闻与讲述神话这两个基础上建立起来，讲述发生了什么，说明其中的含义。

小说也是如此。难道其中还真有别的吗？它是对事件和生活的详细记述，是一种感受，关于事件和生活如何表达了他们（和我们）所生存的这个宇宙。这些事件也许关于拿破仑战争，或者是坐自动扶梯去夹层的一段旅程，但那只是细枝末节；无论作者是托尔斯泰还是尼科尔森·贝克，小说基本的功能并没改变。在神话的层面上，意义也许只是神灵在最微小细节上的表达，或宣布意义全然虚无。从这个审视的角度来看，两者都无关紧要。真正重要的是，无论它们如何具体特别，它们都是那一个故事的反复讲述。因此它们全都互相关联。

那么，这有关系吗？它们全都有关，有关系吗？什么意思？

很有关系。首先，我们能够在这部作品和那部作品之间梳理出两者的关系，就像我让你们用耳朵阅读时所暗示过的，追踪文本之间的互动。只要你去听，就能听见文本在相互交谈。你会发现意义的各个层面，而如果你在作品间竖起高墙，就永远感受不到这些。1960 年以来的批评流派，也就是所谓的结构主义以及随后（恐怖啊！）的后结构主义批评，包括解构，都强调“文本”甚于“作者”，但这种强调的最初前提存在致命缺陷，让我很震惊。当然他们的一部分理论有充足理由，那就是：在某些方面，写作比作者重要。但作者理解自己的阅读，在某种程度上，也理解了那些影响过他们的作者。如果你受过乔伊斯的影响，你就知道，反过来他也受了福楼拜、阿奎那、亨利克·易卜生和荷马等许多作家的影响，我只举出其中一二。但到底是哪些？有多少？而他们又读过、听过、接受过、拒绝过哪些作者？几乎不可能勾勒出任何一位作家受影响的完整系谱，因为这个网络有太多线索，而它们反过来又由太多其他线索构成。再说了，乔伊斯到底从哪里听来了所有那些笑话？

一个可能的危险是（或者看上去是），如果所有故事都是那个原型小说的一部分，那么，只要你读过一个，就等于全部读过了。不，情况并非如此。你可能已经读过百来本小说，体验过所有有趣和呆板的角色，记住了所有的叙事技巧，不过，你还是未览全貌。总会有另一个小说家，然后又一个，然后再一个，他们会写出某些你从未读过的东西。而且，如果你充满好奇心，那张网会带你从一个作家走向另一个作家，很快，你会去读你从未想要去读的作家。读小说有点像吃爆米花：一旦开吃，就不会停嘴。比如说，你记得上学时读过安布罗斯·比尔斯的短篇小说《奥尔河桥的一次事件》吧。你上亚马逊去找他还写过别的什么，发现一个墨西哥小说家卡洛斯·富恩特斯，写过一本小说《美国佬》，其中，比尔斯（或者某个比尔斯那样的人）就是那个“美国佬”。然后，你还发现，富恩特斯说，所有的西语小说都源于《堂吉诃德》，他还提到了其他一些小说家。而这才刚刚开始。

又或者，你已经读过讲述现代无赖的流浪汉小说。读过一点《奥吉·玛奇历险记》，或者一堆凯鲁亚克的东西，或许大量 J. P. 邓利维的作品（已经读得太多，对你无益），还稍微触及了艾伦·西利托。最后你会发现，战后美国和英国并没有创造出无赖式的英雄，而这一知识会带你前往新天地。好吧，也许格里美豪森的《痴儿西木传》不是你的第一站，因为你不想消磨时间读三十年战争。但是，坏家伙干着有趣而肆无忌惮之事是 18 世纪的一个主题，英国处于胡闹的中心，因此你可以试一试丹尼尔·笛福的《摩尔·弗兰德斯》，亨利·菲尔丁的《汤姆·琼斯》或者《约瑟夫·安德鲁传》，或者托比亚斯·斯摩莱特写的东西。然后，有很多理由，这些作者会带着你走向另一些作者。可能笛福会把你带向更多他的作品，诸如《鲁滨孙漂流记》，然后你发现，两个多世纪后，一个生活在不同地方的作者，南非的 J. M. 库切，写了一部小说《福》，它重新想象了那个我们自以为知道的故事。而从库切那里又会去向何处？谁知道呢？

所以预告一下：这条路不知去处，又四通八达，它会一直延伸下去。一些小说带来另一些小说，一些观念带来另一些观念。一百张吊床都睡坏了，你还没有读到结尾。这是个好消息。

别说我没有警告过你。

阅读书目

关于小说的批评

由于你刚刚读完的这本书本身就是一份巨大的阅读书目，我觉得，在最后几页复制粘贴上那些相同的名字有些多余。然而，这里有些人名和书名值得进一步探索——这些理论家讨论了小说这一惊人成功的形式，这些书籍会指引我们阅读小说。这份小小的清单只是浮光掠影，不可能涉及小说激发的所有写作，但它是起点。从这里开始，你要自己上路了。祝你阅读愉快。

米哈伊尔·巴赫金，《对话的想象》（1981，写于 20 世纪 30 年代）。与其他所有批评家相比，对建构 20 世纪后期和 21 世纪初期的叙事学术语，巴赫金做出了最大的贡献。

约翰·巴斯，《星期五的书》（1984）和《更多的星期五》（1995）。在星期五，巴斯不写小说。这些文章涉及大量小说家感兴趣的题目，都是在星期五写的。它们聪明、温暖、充满热情，并且很有教益。

罗兰·巴特，《作者之死》（1967）、《文本的愉悦》（1972）、《写作的零度》（1968）。巴特是我最喜爱的文学“内奸”，大胆、有趣、顽皮并且睿智，尽管这些品质并不总能同时呈现。他喜欢激励读者去反应。《文本的愉悦》提出了“情欲阅读”，惊人、有趣而简洁。在一篇批评文章里，你还能要求更多吗？

韦恩·布斯，《小说修辞学》（1963）。标准的伟大经典之一，研究了小说的运作，最早探讨了“隐含作者”这一概念。

伊塔洛·卡尔维诺，《新千年文学备忘录》（1988）。卡尔维诺对小说素材的沉思引人深省，令人沉醉。他用“轻盈”等词对范畴进行分类，实在精彩绝伦，与众不同。

E. M. 福斯特，《小说面面观》（1927）。最早提出了圆形人物和扁平人物的概念，此书是之前一年福斯特在剑桥大学克拉克讲座上的演讲汇编。用浅显的语言讲述了一些伟大的洞见。

约翰·福尔斯，《虫洞》（1998），福尔斯的散文、评论和零星写作的选集，书里充满了如何写小说以及关于基本小说技巧的真知灼见。

约翰·加德纳，《论道德小说》（1978）、《小说的艺术》（1983）、《如何成为小说家》（1983）。第一本书充满了战斗性，因为攻击了很多同辈，引起很多关注，第二本是他的创意写作课本，第三本则对体裁进行了广泛深入的研究，也提出了对小说技巧的伟大见解。

威廉·H·加斯，《小说与生活中的人物》（1970）、《词语里的世界》（1978）、《词语之家》（1984）。第一本书提出了“元小说”。加斯是语言和形式方面的哲学家，同时也是小说家，他的见解既深厚又详尽。

亨利·詹姆斯，《小说的艺术》（1884）。最早的关于小说的严肃思考之一，在英语文学中第一次明确宣告小说这一体裁在艺术中占有一席之地。

杰罗姆·克林科维兹，《自我显现的词语：小说作为语言，或者语言作为小说》（1984）、《美国小说实践：从霍桑到当代作家》（1980）。据我所知，克林科维兹是唯一一个拥有一支棒球队的批评家，他的兴趣倾向于兼容并包，尽管他最擅长分析后现代实验主义。

戴维·洛奇，《小说的艺术》（1992）、《写作实践》（1997）、《意识与小说》（2003）。洛奇是个小说家和成绩斐然的学院派，而且可能是我们这个时代学院小说写得最好的小说家。他的《小说的艺术》，曾在报纸上连载了五十二周，会是你读到的最好的小说入门书。

珀西·卢伯克，《小说技巧》（1921），一个詹姆斯的追随者。卢伯克早年写了一篇关于小说的文章，它在现代主义小说家中引起的敌意，以及它对他们的正面影响，都对日后有重要影响。它对詹姆斯的辩护，比大师本人说得还要好。

《巴黎评论》。从1952年开始的访谈，第一个访谈对象是海明威，采访者是二十五岁的乔治·普林普顿。诗人、小说家、剧作家和其他人物，都提供了关于写作艺术方方面面的见解。多年来，很多访谈被收集成书，成为《写作的作家》系列。最近，大部分采访在网上都可以读到。

弗兰欣·普罗丝，《像作家那样去阅读》(2006)。这本书也很适合读者。普罗丝在书中探讨了很多技术层面的事情，同时也对自己那类颇具吸引力的小说进行了辩护。

阿兰·罗伯-格里耶《为了一种新小说》(1963)。由先驱所写的反小说圣经。因为他呼唤的变革，传统小说家恨他入骨。

罗伯特·斯格勒斯，《讲故事的人》(1967)，后来修订更新为《虚构症和元小说》。揭示了二战后小说在创意和叙事上的巨大改变，他声称它们颠覆和扩展了对小说形式的传统期待。

罗伯特·斯格勒斯和罗伯特·凯洛格，《叙事的本性》(1966)。叙事理论的试金石之一，用一些令人惊讶的评论揭示了小说的构成元素，例如，它认为照相拍摄的选择性，实际上让电影比戏剧更接近于叙事。很理论，也很好懂。

简·斯迈利，《看小说的十三种方法》(2005)。斯迈利写过各种类型的小说，而她对小说的思考也很宽泛，从写作一直到阅读，探讨阅读如何让两个思想互相交流。

图书在版编目（CIP）数据

如何阅读一本小说／〔美〕福斯特著；
梁笑译 .－海口：南海出版公司，2015.4
ISBN 978-7-5442-7652-8

Ⅰ．①如…　Ⅱ．①福…②梁…　Ⅲ．①小说－文学欣赏－世界
Ⅳ．①I106.4

中国版本图书馆 CIP 数据核字（2015）第 015285 号

著作权合同登记号　图字：30-2014-165

如何阅读一本小说
〔美〕托马斯·福斯特 著
梁笑 译

出　版　南海出版公司　(0898)66568511
　　　　海口市海秀中路 51 号星华大厦五楼　邮编 570206
发　行　新经典发行有限公司
　　　　电话 (010)68423599　邮箱 editor@readinglife.com
经　销　新华书店

责任编辑　葛建亭
特邀编辑　陈　蒙
装帧设计　宋　璐
内文制作　王春雪

印　刷　河北鹏润印刷有限公司
开　本　720 毫米 ×960 毫米　1/16
印　张　20
字　数　249 千
版　次　2015 年 4 月第 1 版
印　次　2021 年 8 月第 15 次印刷
书　号　ISBN 978-7-5442-7652-8
定　价　49.50 元